新說　狼與辛香料

# 狼與羊皮紙 7

支倉凍砂
Isuna Hasekura

Illustration
文倉 十
Jyuu Ayakura

「爹娘他們也是這種感覺吧？」
賢狼與旅行商人之女
繆里

試圖促進教會改革的「黎明樞機」
托特・寇爾

「我們在找一名叫做強的工匠。」
教廷書庫的見習管理員
迦南・約罕耶姆

熟知封禁技術的工匠
強

「國王有令，發現反賊當即逮捕。」
溫菲爾王國貴族
海蘭

「反賊嗎？那就沒事了。」
溫菲爾王國二王子
克里凡多

## Contents

新說　狼與辛香料

# 狼與羊皮紙 7

Kadokawa Fantastic Novels

WORLD MAP
凱森
迪薩列夫
多蘭平原
阿蒂夫
樂耶夫山
薩連頓
約伊菈
榮菈本
薩羅尼亞
紐希拉
凱勒科
拉波涅爾
堂斯格
樂耶夫河
伊克
凱爾貝
斯威奈爾
溫菲爾王國
雷斯可
托爾金
雷諾斯
羅姆河
普羅亞尼國
特列歐
恩貝爾
N
卡梅爾森
W
E
拉姆特拉
S
崔
尼
國
波羅遜
留賓海根
帕菈歐
約連
斯拉烏德河
帕斯羅

地圖繪製／出光秀匡

# 序幕

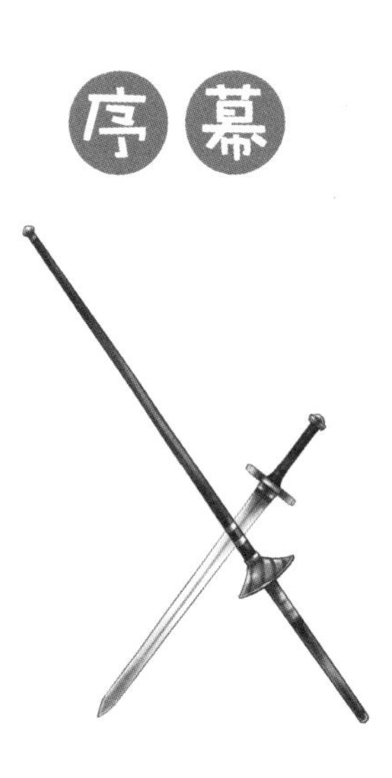

這天我用掌心大小的砥石，磨利慣用的匕首。

出門在外，只能這樣將就了。一不小心就會割傷手指的適度緊張，調劑了瑣碎枯燥的反覆作業，令人轉眼就磨得忘我。

過頭了會磨得太薄，城裡鐵匠見了又要囉唆，便適可而止。

拿塊布擦擦泛起寒光的刃口，視線掃過桌上三根羽毛和牛皮小壺。這些濃乳白色的撥風羽有指頭到肘邊那麼長，一隻鵝就只有幾根而已，線條百看不厭。靜思時，我經常不自覺地撫弄起那滑順的羽毛。

鳥翼有左右之分，羽毛彎曲方向正好相反。右手持筆時究竟是右彎好還是左彎好的爭論，到今天都沒有結果。對此並無偏好的我只在乎羽根的粗細，細的比較好。

我以左手按住羽毛，右手拿剛磨利的匕首切菜般除去羽根頂端，然後削尖，再摸摸尖端。這動作會持續到角度滿意為止，但總會削過頭。

喜歡愈尖愈好，是因為我覺得這樣能為字跡增添莊嚴氣息，以及字寫得愈小，一張紙就能容納愈多字這麼一個經濟面的理由。

不過筆頭愈尖，容墨力就愈差，且更容易折損，施力重的人根本沒法用。對於肩膀施力重到行文都會往右上偏的人更是如此。

我淺淺一笑，在尖端劃出一道縱溝收尾。這條溝會吸收墨水，為我在紙上創造新世界。照光查看筆尖狀況並抹乾淨之後，我將它放進牛皮墨壺裡。

一想到現今世上所有書籍，即幾乎遺留餘世的所有智慧，都是經由這項作業編織而成，我甚至會覺得自己也是這條大江的一部分。

以壺緣刮去多餘墨水的筆頭，落在紙上。

羽毛筆就此毫無抵抗地在紙上留下優美曲線。

# 第一幕

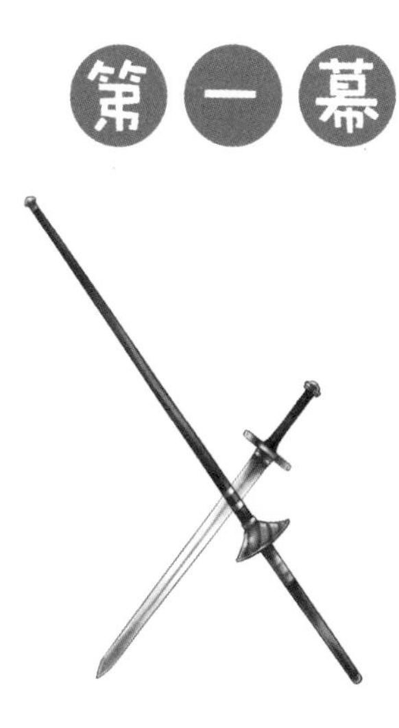

在港都拉波涅爾傳得沸沸揚揚的幽靈船騷動終獲解決的兩個星期後，我們走在通往勞茲本的歸途上。

夾在溫菲爾王國與大陸中間的這道海峽裡，有條終年不變的北向洋流，北上航道不太容易受到天氣影響。而且上天似乎太照顧我們了，頂著一望無際的藍天，待在甲板上甚至會熱。

拉波涅爾的大騷動裡發生過很多事，最後我還發高燒躺了好幾天，在這樣的暖陽下曬一曬恰好。

望著清澈透頂的藍天，讓人覺得滿載人骨的幽靈船實際存在的事彷彿遠在天邊，一切都只是月光底下的林中一夢罷了。

金燦燦的太陽在萬里無雲的天空大放光芒，我伸手遮擋，瞇眼看見它淡淡的圓形輪廓。聽說眼力好的水手，在白天都能見到藍天另一邊的銀白星月。

自從那場大騷動以來，我望向天空的次數變多了。

因為天空總會讓我想起在那場大騷動當中見到的金屬球。

圍繞老領主諾德斯通的種種風波最後一夜，我在他的林中小屋仰望夜空，見到金珠般燦爛的月。那屋子裡，也曾有個似乎以月為本的球體。

從前有個不怕觸犯禁忌的鍊金術師居住在諾德斯通的屋子裡，猜想那球體是最大的禁忌，是很自然的事。

「那顆球刻劃的，會不會就是這個世界的真正面貌呢。」

喃喃的我緊握住掛在脖子上的教會徽記。這世上對此有許多異想天開的看法，例如支撐大地的巨龜，海的盡頭是斷崖，在古書上寫得是煞有其事。

而那當然幾乎是騙小孩的童話故事，大人不會當真，持不同看法的也大有人在。儘管毫無道理，卻又具有異樣的說服力。

那個球體多半就是這世界的模型，源於「世界會不會是球形」這麼一個自古以來屹立不倒的思想。

住在諾德斯通家的鍊金術師據說是長年致力於尋找新大陸，某天就忽然不見了。假如她是去追尋傳說中位於西海盡頭的新大陸，就非得知道海的盡頭，世界的形狀究竟是怎麼樣不可。畢竟要是一路西行卻真的掉進了巨大瀑布，那就哭笑不得了。

「可是，要是被教會知道了——」

世上有些絕不能說出口，不能存在的事。

像懂得人話，有時能化為人形的非人之人即是最好的例子。

這已經讓我有愧於教會了，在諾德斯通家見到的那個球體又是另一方面的問題。

或許是不幸中的大幸吧，風波平息後重訪那屋子時，球體已經不在那裡了。此後我也沒機會跟諾德斯通問清楚，可以當作是看錯了，或是燒得神智不清時作的惡夢。

忘記那一切，是我這神的忠僕該做的事吧。但若我們真有需要追尋新大陸的一天，那恐怕會是非面對不可的問題。屆時我到底該怎麼做呢，至今我仍沒有答案。我甚至無法想像，當擺在眼前的事實恐怕要將我深信不疑的聖經徹底顛覆時，自己會是什麼樣的反應。

無論如何，我都得做好面對結果的心理準備，不然緊要關頭畏懼不前就糟了。即使我這樣激勵自己，腦袋仍深陷五里霧中，理不出半點頭緒，滿肚子近似暈船的苦悶。這天我又白白浪費好天氣要陰鬱時，甲板上忽然爆出一大聲海鳥慘叫和少女的呼號，將我從思索的深淵撈回來。

「哇！不要鬧！沒……沒事的啦！不要亂動！」

我對這熟悉的吵鬧聲已經不驚不詫，嘆著氣轉頭望去，只見繆里在船員們的注目中抓住了一隻海鳥。

「我只是要一點羽毛而已啦！啊，大哥哥大哥哥！羽毛筆是鳥哪裡的羽毛做的？」

看來似乎沒有表情的鳥類也有怕的要命的臉孔。然而繆里不管海鳥死命掙扎，露出一臉的天真笑容。

「那叫撥風羽……被妳拔掉以後，牠就不能飛嘍。」

「咦，這樣啊？」

繆里看了看抱在腋下的海鳥。

「不能飛就糟了吧……又不能把你吃掉。」

船上與港邊少不了的海鳥外型優美，個性卻相當凶暴。從前的旅途中，牠們常常從空中衝下來搶我的食物。能讓這樣的海鳥嚇傻，可見森林的霸主到了海上也是霸主。

「很可憐耶，放牠走啦。鳥幫了我們很多次不是嗎？」

即使身上還充斥著似乎又要發燒的倦怠感，但多虧了繆里的吵鬧，我不至於終日流連在關於鍊金術士的種種問題裡。

我無奈站起，挺挺腰桿說：

「說到羽毛筆，妳已經把之前那枝弄壞了嗎？我不是才剛把筆頭削好而已？」

繆里糾結了好一會兒才放走可憐的海鳥。平時牠們不太拍翅膀，總是悠悠地乘著風，從高處用垂憐的眼神俯瞰不會飛的人類，現在卻急得像雞啪啪啪猛拍。

繆里撿起一根牠掉的羽毛，到處打量一番。

「這個能用嗎？」

「要用也不是不行，但是對妳的手來說也還是太小了吧。」

她以握筆姿勢捏住海鳥的羽毛。即使在少女手中，那也小得不堪使用。

「鵝毛就是不會太大也不會太小，才會大家都在用。」

「鵝肉還很好吃呢。」

繆里說完摸摸肚子。

「快中午了吧，不曉得今天吃什麼！」

這靜不下來的小丫頭讓我唏噓地戳戳她的腦袋。

「小心使用妳的工具。」

「我有啊！只是一專心起來就顧不了了嘛。」

說得像是筆容易壞的錯。

拉波涅爾騷動後的這幾天，我們身上出了些變化。

一是我看天空的次數變多了，另一個正好相反，繆里拿筆坐在桌前的時間變長了。

「是妳太用力又太粗魯了。」

「是我太會寫了啦！」

倒是沒錯，這幾天她寫的字說不定比之前整段人生加起來還要多。當然，她不是個愛寫字的人，習字時還得把她綁在椅子上呢。

結果諾德斯通那段冒險之後某一晚，繆里忽然一本正經地抱著整套文具站在我面前，對傻眼的我說她想寫一些東西，要我教她怎麼把字寫好。

教年幼的繆里寫字之辛苦，即使這麼多年了我仍記憶猶新。坦白說，無論什麼樣的詞句都無法形容我聽見那請求時是多麼欣慰。

發現這個教會禁止項目中最危險的思想——球形世界模型而高燒臥床的我，也立刻精神百倍，徹底傳授正確的寫法與文法。

靠印象亂拼的字、錯誤百出的拼寫、亂七八糟的文法，都一一糾正過來。她原本就是個聰明的女孩，將鬥志來了就是所向無敵這優點發揮得淋漓盡致。

僅是如此，作哥哥的我已經高興得不得了了，後面還有更感動的——她居然參考我的聖經俗文譯本當行文範本。

繆里默唸神的話語抄寫下來的樣子，我不知想像過多少次。正確的信仰與流麗的書寫能力，乃是淑女不可或缺的基本素養。繆里笑咪咪地坐在明窗照耀的桌前輕聲朗讀使徒信條的模樣，肯定能迷倒眾生。

對於我這個打從她呱呱墜地就開始照顧她的人來說，不免有種終於將她導上正軌的感慨，眼眶為之一熱。

然而感動掩蓋所有一切的時間，實在是相當短暫。繆里兩三下吸收完我的教學，對「有沒有問題」開始嫌煩之際，現實便如海水退潮般漸漸顯現。

其實我早該這麼問了。

是什麼讓這個少女突然想練字呢？

繆里連日巴在桌前，臉上還沾了墨痕，手拿沒拿過多少次的羽毛筆與文章苦戰。而且原本當文章範本努力照搬的兄長手製聖經，也不知不覺被她冷落在房間角落裡了。

後來她睡覺時抱在懷裡的，換成了一本用軟爛破紙串成的小簿子，裡頭寫的也壓根不是對神的禱告。

「大哥哥大哥哥，我又有幾個字不會拼了。」

如此拉袖子問我怎麼拼字的情境，前陣子我連作夢都不敢想。但她愈搖，我就愈沒興致，原因無非是出在她文章的內容上。

「用來把刺在手上的箭拔出來的那個鉗子要怎麼寫？還有，血花這樣拼對嗎？」

繆里問的單字，每一個都跟待嫁少女應有的素養八竿子打不著關係。這丫頭重學這些字是要寫些什麼東西出來啊？某天我終於問出口，而她是這樣回答的：

「拉波涅爾那場大騷動的結局，我真的是愈想愈不滿意。」

那把騎士之證，刻有狼徽的長劍就在她身邊閃閃發光。

如此像我這種平凡人基本上想都不會去想的事，就是這少女拿起羽毛筆的理由。

「常有人說，人要開創命運。」

拉波涅爾那艘船停靠勞茲本那天，我們剛下船就偶遇在港邊談生意的伊弗。

繆里逮住這個機會，向伊弗訂幾份用完的羽毛筆和紙。還來不及告誡她別浪費錢，伊弗已經在手上木板飛快寫下訂單，與銀髮少女握手立約了。

接著伊弗才總算問她訂紙筆的原因，然後笑了。

「想改寫命運的倒是很少見，而且還是字面上那樣呢。」

看伊弗笑得那麼愉快，我只有嘆氣的份。

大概是看我可憐，伊弗用羽毛筆尾端搔著下巴說：

「紙筆的錢嘛，好，就用諾德斯通家的消息抵掉吧。事先知道那裡的麥子會漲價，就能大賺一筆了。」

繆里手小力氣倒是不小，拿起羽毛筆來不太像樣，伊弗的運筆就十分優美。

「妳啊，真的當上朝思暮想的騎士以後，接著還要寫理想騎士的冒險故事？真是的，比我還貪心。」

繆里似乎將伊弗的話當作讚美，笑嘻嘻地挺起胸膛。

在諾德斯通那場大騷動之後突然要求重新習字，從此與筆形影不離的繆里，寫的是整件事的經過。

當然那不是什麼怪事。世人留下了不計其數的冒險故事，大城也有記載當地歷史的史冊，偉大君王也會也會為其波瀾萬丈的人生寫下自傳。

我和繆里一同見聞的拉波涅爾大騷動，是一場包含滿載人骨的幽靈船，在月光下獻祭山羊祈求麥作豐收的鍊金術師，以及遭古代戰爭翻騰的兩名貴族少年少女，是一篇令人感嘆造化弄人的故事，精彩程度相信是收錄在哪裡都不遜色。

若由總是悄然現身於酒館的走唱吟遊詩人來編，或許能讓酒客聽上十年也聽不膩，但執筆的畢竟是繆里。繆里的重點，放在大冒險的最後一節。

這場騷動的開端，是謠傳利用幽靈船與惡魔交易的孤僻前領主諾德斯通本身。由於他有許多特立獨行的舉動，即使擁有將貧瘠領地變成麥子重點產地，使無數子民免於挨餓的偉大功績，與當地教會的主教卻關係交惡。騷動最後一夜，主教終於決心討伐不信教者，率領武裝民眾前去抓拿諾德斯通。

在夜裡手拿火把穿過麥田的討伐隊，猶如一群誓要奪回聖地的隨軍祭司與聖戰士。諾德斯通這邊則孤立無援，而且準備要討伐他的，竟是他一輩子努力生產小麥，嘔心瀝血潤澤其生活的子民。諾德斯通就要死在他所奉獻一生的子民們手裡了。

不願見到這種悲劇的我是無比地心痛，於是我趕往他的屋子，就算只有我們倆也要作他的夥伴。然而出現在我們面前的，並不是心寒絕望的老領主，而是全副武裝，等著教訓那些忘恩負義之徒的不屈老戰士。而且他一見到我身旁的狼形繆里，就當她是訓練有素的獵犬之類，要借她的獠牙就勇往直前地帶著她跑出森林。

結果那些民眾其實還是將這片土地的大恩人諾德斯通擺在主教之前，免去了領主與子民相殘的悲劇。

但有些東西，在繆里心裡刻下了另一種鮮烈的痕跡。那就是面臨戰場的獨特緊張與興奮。

儘管先前繆里也曾以狼形冷不防地偷襲敵人，像這次這樣團隊合作，包圍明確的敵人，奉持信念正面抗敵的場面完全是第一次。在紐希拉山上就憧憬冒險的她手拿樹枝揮著揮著，經過這麼多事情以後真的得到了騎士頭銜。好比得到牛骨的小狗可以啃上一整天那樣，有生以來第一次的實戰體驗讓她在白天對哥哥說了又說，晚上又在被窩裡不斷反芻。

然而，當初由興奮與榮譽感所支配的事物重複說了幾次之後，總能挑出一些毛病。而且繆里還是個連伊弗都咋舌的貪心鬼，很快就有了改寫的念頭。

幻想那美妙的經驗能有更理想的結局，能不能變得再美妙一點。

尤其那是她成為騎士後第一次戰鬥，意義非凡，自然希望一切能盡善盡美。例如與她一同勇赴敵陣並肩作戰的，應該是什麼樣的人才對。

以戰友來說，那個孤僻領主應該還不壞吧。可是繆里腰間的長劍，刻上了全世界只有兩個人能用的徽記。

所以繆里擺著懊惱的臉說了這種話。

——如果第一次是跟大哥哥一起就好了。

不用說，那嚇得我趕緊用手捂住她的嘴，四處張望。

接著極力叮囑她不能在人前說這種話，會惹來可怕的誤會。結果繆里傻張著被我捂住的嘴，尾巴快速搖了起來。紐希拉是個充滿溫泉的享樂之地，熱情奔放的舞孃們灌輸了這個野丫頭一大堆不三不四的東西。在那村子，連神的威光都會被泉煙掩蓋，讓她的耳朵對不必要的知識閱歷特別豐富。

而且她還有四隻耳朵，想在眼皮底下的黑暗中聽見夢迴跫音，並非難事。

聽過充滿獨特緊張的夜戰聲響以後，她想記錄下來。

寫下一篇與自己心目中騎士首戰相映襯，令人熱血沸騰的那一夜的故事。

「其實，她已經把那段故事重寫好幾遍了。」

我無奈的反應讓伊弗顯得相當愉快。

「這有什麼，我做完大買賣也都會反省缺失啊。當初應該這樣那樣，早知道怎樣怎樣就好了什麼的。」

聽了伊弗的話，繆里覺得英雄所見略同般抱起胸頻頻點頭。

「她不是寫什麼高尚的東西，根本是通篇瞎扯。就我昨天看的，已經寫成我和她兩個人對抗一萬大軍了呢。」

我不敢領教地側眼瞪繆里，卻被她當空氣。

「罵她浪費紙也聽都不聽。現在還能當她在練習寫文章，暫時忍一忍，可是以後……」

事實上，她不僅是寫了很多字，往右上歪的毛病也矯正了。發現字寫太大浪費空間以來，她開始把字寫小。再因為字醜看不清，現在是愈寫愈漂亮。

雖然用詞大多聳動，騎士在戰場上向神祈禱的場面倒是不少。還會不時翻開聖經，問這種場面該如何祈禱等。可說是為她的信仰播下了種子吧。

說來也不怕人笑，見到有人如此仰賴我畢生投入的信仰與學識，心裡實在很高興。

鑑於以上種種，算起來應該是利大於弊。我都是這樣說給心裡發苦的自己聽。

「無論如何，我能接到新訂單就行了。」

對跨越好幾片海洋的伊弗商行來說，那幾張連羊皮紙都不是的紙訂再多也賺不了錢，所以純粹是當娛樂來看吧，但對我而言仍是一筆無法忽視的開銷。

「要是她背著我亂訂東西，我可不付錢喔。」

「怕什麼，我直接找海蘭要就行了。反正錢都不是你自掏腰包吧？那個好心的貴族特別寵這個小丫頭呢。」

我用埋怨她這黑心商人的眼神瞪過去，卻換來伊弗一臉若無其事的微笑。

「不可以再跟人家亂訂東西嘍？」

我對自顧自地看人從船上卸貨的繆里這麼說，可是她看也不看我。明明在她心目中的故事裡，她是個情況再艱難也要保護作聖職人員的兄長，同時忠實依照兄長指揮來戰鬥的高潔騎士，現實卻是這副德性。

在港邊吊貨用的鶴嘴形裝置，讓繆里看得目瞪口呆。我戳戳她的頭，重新背好行李。

「話說回來，這次我們真的受了亞茲先生很多照顧。」

他是伊弗派給我們的護衛，在繆里的央求下還得訓練她劍術和體術，完全成了她的第二號師父。

「他也玩得很開心啦。平常臉都臭臭的，回來以後變得開朗多了。」

即使才剛搭了幾天的船回來，亞茲一見到伊弗就立刻找差事來做，不知上哪去了。雖然下次在伊弗那見到他時再打聲招呼就好，可是在一場冒險後這樣散夥，感覺還是太無情了點。

「他跑那麼快，是因為會害羞，不喜歡依依不捨的告別吧。」

還以為他是個缺乏表情，總是默默達成使命的鐵漢，人果真是不可貌相。

抑或是繆里天賦異稟，連那種人都能打成一片。

「總之，你們先回宅子休息一下吧。聽說那是一場很精彩的冒險。」

繆里聽了立刻插嘴。

「啊，對了。我們在大陸遇過一個叫基曼的人。」

「嗯？」

聽到意外的名字使伊弗睜大眼睛，繆里笑瞇了眼。

「他說他是一個比伊弗姊姊更壞的商人喔。」

「壞」不僅包含狡猾，也具有無所畏懼之類的意思。

伊弗在王國與大陸的跨海貿易中，經常和基曼爭搶地盤的樣子。一聽到繆里帶來勁敵的消息，她臉上就浮現啃了鹹肉乾的笑容。

「隨便他怎麼說。這個男生從以前就很關心我的一舉一動。」

繆里睜大眼睛，對黑心商人之間孩子氣的互鬥開心極了。

到了那熟悉的宅邸，年輕的侍女們都神采奕奕地出來迎接。

那當然不是因為她們都是虔誠信徒，衷心期盼我這未來的樸直聖職人員平安歸來已久，單純是繆里的緣故。很會撒嬌又吃什麼都開心的繆里，被她們當大狗狗一樣疼愛。

具有狼耳和狼尾，在春季會掉毛的繆里抱回來的小狗也來了，頭一個纏住的也當然是繆里的腳。

我挺直腰桿表示一點也不在乎時，一名年邁男傭替我接下行李。我們經常在宅裡的禮拜堂一起晨禱。

「您走了以後，晨禱變得好冷清啊。」

除了神以外，還是有人在注視我的。

受到了他的鼓舞，我立即承諾明天晨禱見。

之後聽他說，海蘭到議會去了。已經差人去通知，或許會提早回來，建議我們先洗洗塵稍作休息。

回程船旅雖然悠閒，但睡久了硬梆梆的木板地，吹久了海風，疲勞自然會堆積，何況還有在諾德斯通那見到的種種。為了將這些心勞排出體外，我很想連頭都泡在熱水裡放鬆一下。

而我當然不會奢求，用他們準備的熱水洗洗臉擦擦身體，最後把雙腳搓乾淨。那對在滿是溫泉的紐希拉過慣了的我來說是有點不夠，但光是這樣就讓我清爽得像脫胎換骨了一樣。

繆里則是耍起小孩特權，光溜溜地坐進澡盆裡嘩啦啦地洗。那天真模樣讓我既搖頭又有些羨慕地整理起行李。

大件行李大半是拉波涅爾領主史蒂芬託我們轉交給海蘭的書籍和土產。其餘是我用來寫報告的一系列事件記錄，以及被繆里弄壞，丟了可惜的幾根羽毛筆，還有她很快就失了興趣的聖經節譯本。

見到繆里抄寫它時的感動明明令人淚眼朦朧，可是看著現在這個用海綿擦澡哼歌的她，我只能嘆問信仰究竟何時能在她心中萌芽。

「繆里，自己的行李自己整理。」

「嗯？好喔～」

繆里答得漫不經心。她的行李又大又鼓，看起來很重的樣子。裡面裝了她努力編寫的理想冒險故事，以及守禮尚義的拉波涅爾青年領主史蒂芬送她的大量蜜餞和糖漬水果。

雖然她以自己已經是騎士為由，走在街上不再與兄長牽手，愛吃甜食這種孩子氣的部分依然保留了不少。苦笑著鬆一口氣時，她本人開口說話了：

「大哥哥，幫我沖掉頭髮的泡泡！」

在船上礙於他人側目而始終隱藏的狼耳彈出幾滴水珠。總是蓬鬆的狼尾，現在滿是泡沫。

「驕傲的騎士是去放假了嗎？」

話才說完，我注意到自己已經捲起了袖子。希望她能趕快獨立的同時，她撒起嬌來又總會自動順她的意。這可以歸咎於長年照顧她所養成的壞習慣。

「騎士精神就是互助精神，你不知道嗎？」

像這種時候，繆里當然跟往常一樣機靈。

「而且我手很痛，洗頭洗不乾淨。」

「手痛？」

我在繆里背後跪坐下來時，渾身泡沫的少女如是說：

「手握起來的時候掌心會痛。」

繆里慢慢勾動纖細的手指，我拿桶子撈水，淋在她的長髮上。

「我不是說羽毛筆不要握太用力嗎。要更放鬆一點才行。」

「你寫久了以後還不是整天都在嫌手痛。」

如同我從繆里出生就時時照顧她，她也從出生就時時看著我。

「可是好奇怪喔，劍比羽毛筆重那麼多，我握起來都沒事。」

「這就表示筆比劍更重要吧。」

經常聽我嘮叨說女孩子不該拿劍的繆里稍微轉頭，露出不滿的表情。

「反正妳遲早會習慣的啦。像妳的字已經漂亮很多了。」

繆里的狼耳和頭髮不同，很不容易沾濕。

耳朵用力一挺，就有水珠甩到我臉上。

「真的？有變漂亮？」

繆里開心地轉過頭來，我苦笑著用袖子擦臉。

「寫字會往右上偏的毛病也不見了。手會痛的話，妳以前幫我揉過那麼多次，現在我給妳揉回來。」

在溫泉旅館半工半讀時，繆里經常替我按摩握筆握到發疼的手。當時她年紀很小，毛茸茸的尾巴跟身體差不多大。踩在手上，那重量是恰恰好。

「再讓我踩你的手吧？」

她當然還記得那時候的事，天真地這麼說。

「現在踩上來，我會骨折啦。」

繆里立刻皺起眉頭，從咽喉發出低吼。

我就這麼東聊西聊，替繆里豐盈的頭髮沖水。洗去旅途塵埃的感覺，就像替水煮蛋剝殼一樣。想到未來還能如此照顧多久，那些撒嬌的黏膩也終將成為甜蜜的回憶吧。

為希望這天早點到來而自個兒莞爾時，下巴擺在膝蓋上的繆里忽然說：

「對了，之前大哥哥不是請人寫了很多書的嗎，那個工作其實很辛苦吧。」

那是我們剛離開紐希拉，還不太適應兩人生活時的事。當時我與教會對立，便請了幾個專門謄寫的工匠，複製我譯為俗文的部分聖經，藉由將神的教誨傳授給民眾來牽制教會。

「謄寫……抄寫典籍這種事，其實辛苦到修士會拿來當作苦修的一部分呢。」

心裡住了個少年的繆里一聽到「苦修」，尾巴就起了強烈反應。右手笨拙地一開一握，深感認同般點起頭。

「書庫那些上鎖的書不是白鎖的呢。」

「知道他人的辛苦是一件好事。」

繆里聽我好像又要囉唆，稍微嘟起了嘴。

「好，我要沖水了。耳朵按住。」

討厭狼耳進水的繆里趕緊用雙手按住三角耳。我從那上頭沖了兩、三次水，宣告結束。

「好，沖完了。」

「幫我把頭髮擰一擰。」

「……」

繆里的小手以特別痛苦的動作又開閉一次，要我幫忙。

我不禁嘆息，動手擰頭髮，善於使喚人的少女便賊笑起來。

「啊，還有喔，大哥哥。」

「尾巴自己弄。不然又嫌我弄得很癢，把水噴得到處都是。」

「才不是咧！我是說那個爺爺的事！」

「諾德斯通先生？好，頭髮這樣就行了吧，剩下的自己擦。」

擰去大部分的水之後，我抓一塊潔白的亞麻布蓋在她頭上。她似乎以為我會幫忙擦，很不滿地轉過頭來，最後不甘不願沙沙沙地擦。

其實用布蓋住她的頭，一部分為了遮掩她的視線。一提到諾德斯通，我就不由得想起那顆球，整個人緊張起來。

那顆球的事，我一個字都還不敢跟繆里說呢。

「伊蕾妮雅姊姊跟他搭同一條船走了，好想他們喔。」

不懂我心事的繆里略顯寂寞地說。

羊的化身伊蕾妮雅，志在創立非人之人的國家，比繆里更熱衷於尋找新大陸。那場騷動後，被逐出領地的諾德斯通也順勢上船出海。他與相信新大陸存在的鍊金術師關係密切，伊蕾妮雅為了探聽便與他一起上船，先我們一步踏上遠征。

伊蕾妮雅可說是繆里離開紐希拉後第一個朋友，難免有遭到遺落的感覺。

「夏瓏小姐或許會有消息吧。記得她說回程是走同一條路，就搭同一條船走了。」

「嗯~不曉得耶。感覺她會說工作很忙什麼的就自己先飛回去了。」

在勞茲本管理孤兒院的夏瓏是鳥的化身，旅行起來比我們自由多了。而她與伊蕾妮雅的交情比我們長，很可能知道伊蕾妮雅的動向。繆里噘起因熱水澡而紅潤的嘴唇，說道：

「大哥哥，你去幫我問啦。」

夏瓏和繆里這兩個人，一遇上就臭雞笨狗地鬥嘴。只是在我看來她們倒是挺合拍，感情很不錯就是了。

「這次她也幫了我們很多，去跟人家道個謝又不會少塊肉。對了，順便幫他們的修道院做點事怎麼樣？」

「咦~！」

繆里打從心底厭惡地大叫，嚇得小狗哭號起來。

「騎士精神也是犧牲奉獻的精神喔。」

「唔……」

小狗茫然地抬望低吼的繆里。繆里將盤在浴盆裡的腿甩出去，聳起成長期常見的尖瘦雙肩望向天花板。

「怎麼當上騎士以後完全沒有帥氣場面啊！」

「真正的騎士，是建立在一步一腳印的行善之上喔。」

聽我說教又讓繆里嘟起嘴，站起來甩甩尾巴，把水都甩到我臉上。

侍女們送了些摻了蜂蜜的麵包，給我們在晚餐前墊墊肚子，繆里吃完就打起了盹。看來外表活潑的她坐了那麼久的船也不是不會累，一下就睡著了。比起終於回到勞茲本而興奮地到處亂跑弄壞身子，這樣乖乖睡覺肯定是好得多。

然而想在回來以後在柔軟床上好好睡一覺的我，卻似乎是在船上躺了太久，睡意出奇地低。

太陽仍高掛，海蘭又是去議會論政，短時間內不會回來吧。要向她報告的事，我都在船上整理好了。

這時，雖然先前跟繆里說了那麼多，我卻忽然想到去找夏瓏問問伊蕾妮雅的動向，說不定能給她個驚喜。再說，我自己也很希望跟繆里以外的人打聽諾德斯通在事件後的狀況。同時也想弄清楚，他是不是為了避免我追問球體的用途，才趁我臥床時離開的。

我在抓著被子大聲打呼的繆里頭上輕輕摸了摸，簡單逗弄跑來找我玩的小狗，在蠟板留話說我去找夏瓏。出門前，路過的男傭聽我說要去散步而露出以為聽錯的表情，最後還是恭敬地送我離去。

夏瓏所管理的私立孤兒院，位在勞茲本特別複雜的區域。平時都是靠繆里帶路的我，很擔心自己的腳究竟走得走不到。幸虧到了孤兒院附近，就有幾個當地人像是記得我，親切地指路。

見到那扇有窺視窗的粗重鐵門，心才安下來。

屋頂上有幾隻鴿子俯視著我。勞茲本一帶的鳥，都是鷲的化身夏瓏的手下。她八成早就接到我這二楞子單獨來訪的通知，搞不好連繆里在船上抓海鳥的事都知道了。

還沒敲門，窺視窗便刷一聲滑開。

「笨狗怎麼了？」

問候之前先問繆里的蹤影，看來她們感情是真的不錯。

「繆里在房間睡死了。我們前不久才下船，這段旅行讓她很累了吧。」

「你精神倒是挺好的。」

夏瓏輕哼一聲，關上窺視窗開了門。

「克拉克那傢伙很想見你，但就是遇不上。」

進門就有股奶酸味，是幼兒多的緣故吧。令人想起繆里小時候。

不知現在是孩子們工作的時間，還是和繆里一樣在睡午覺，裡頭十分安靜。

「他在忙設立修道院的事？」

我和夏瓏是在她所率領的徵稅員公會，與遠地貿易商的陰謀所造成的大風波之中認識的。當時站在她與教會之間扶持她的就是助理祭司克拉克，一個比我略為年少的青年。

經過一番曲折後，克拉克得以與夏瓏他們建立新修道院並將成為院長。而他並沒有因此自大，至今仍不辭勞苦地為修道院的種種事宜奔走。

「都在整理要改建成修道院的廢墟啦。最近身體變壯很多。」

「我們這陣子應該會比較有空，可以來幫忙。」

夏瓏露出意外表情，接著酸溜溜地一笑。

「應該不會比先前的克拉克差吧。」

繆里也說青年克拉克和我很像，一副就是很少碰粗重工作的樣子。

「不過要我選的話，我比較想用你的名字解決資金問題。」

「資金？那方面不是……」

他們已經有大教堂的權狀和王族海蘭這枚後盾，又有伊弗出資，難道還不夠嗎？這麼想時，夏瓏嘆口氣，開導無知小輩似的說：

「資金是再多都不夠的東西。海蘭雖然給了我們貴族以前住的房子，可是在整理好之前，那根本是不能用的廢墟，光是怎麼湊裝修費就夠我頭痛的了。你該不會以為修完以後擺一本聖經，修道院就能開門了吧？我之前是收稅的，經營不善的事見得可多了，滿腦子都是不好的念頭。」

夏瓏摻雜怒氣的冷眼使我不禁縮頭。記得繆里到處幫她訂購物資時，清單長得令人眼花撩亂。整修形同廢墟的房子，加上可供穩定經營的資金究竟需要多少錢，我心裡連個底也沒有。

仔細一看，夏瓏眼眶底下有一抹淡淡的黑，手上也有不少墨痕。

不難想像每天孩子們睡著後，她一人在獸脂蠟燭微弱的燭光下眉頭深鎖，苦擬修道院與附設孤兒院營運計畫的模樣。難怪請夏瓏出馬處理諾德斯通的問題時，她臉上滿是打從心底的煩躁。反過來說，在懷抱如此現實問題的情況下，她還抽空替我們處理那場騷動，實在是個有情有義的人啊。

「如果有聖遺物，巡禮客自己就會來個沒完，修道院資金就有著落了。」

夏瓏說完往我看來。不是用看朋友的眼光，比較像牧羊人查看羊毛生長狀況那樣。喔不，更接近繆里嚷嚷著想要用聖人遺骨製作傳說之劍那時候。

現在大家稱我為黎明樞機，就算遠稱不上聖遺物，或許同樣能招攬到不少人。現在只說好會給他們一本手抄聖經，或許再給點有聖遺物之效的東西會比較好。常見的牙齒骨頭不太可能，衣服倒是沒問題。認真想到這裡，夏瓏聳肩說：

「算了。要是利用你，我會被那隻笨狗嫌到臭頭。」

「這個嘛……」

我不敢說不會。

「跟海蘭多討資金也不太好，真的頭痛死了。」

這倒是讓我有點意外。

「海蘭殿下那邊，我可以幫妳問問看。」

夏瓏聽了為難地笑。

「我知道，而她也會正經兮兮地答應吧。所以我才不要。」

然後嘆口氣，抱起胸來。

「她是個好心的貴族。在這個滿地自私鬼的世界上，那種正派領主經營的領地會賺錢嗎？」

海蘭對領民課重稅的事，我當然無法想像。

倘若夏瓏向這樣的她請求補貼修道院資金，結果會是怎樣呢。

「她絕對是硬擠也要把錢擠出來吧……」

夏瓏高高聳肩。

「大方捐錢給大教堂的事，不要在這個王國和教會起爭執的時候做比較保險吧？這樣一來，選擇就很有限了。」

我也很快就明白剩下什麼選擇。

「伊弗小姐那邊，當然也會願意跟妳談。」

伊弗也有為夏瓏他們的修道院出資。

然而夏瓏眉間的皺褶並未消失。

「她當然願意跟我談，可是啊，那個人跟專等獵物斷氣的烏鴉差不多。想到跟她借錢不曉得要還多少倍，我頭就痛死了。」

會覺得伊弗沒那麼差勁，可能是小時候就頗受她疼愛所導致。

「也是能威脅她說，要是修道院撐不住，先前出的錢都等於打水漂啦。要是真有必要，還能調她的交易記錄來看。那應該能挖出不少髒東西，有一筆遮口費能拿。」

這徵稅員果真不是幹假的。

「受不了，神也太愛考驗人類了。所以你是怎樣，來聊天的嗎？」

眼神疲倦的夏瓏使我不禁挺直背脊。

「啊，就是……」

聽過如此現實的資金問題之後，問那種事情實在蠢得不得了，但不問更奇怪。

「那個，我想知道諾德斯通先生和伊蕾妮雅小姐的動向……」

邊聊邊從井口打水的夏瓏不齒地笑。

「你也太寵那隻笨狗了吧。」

我沒得辯解。

「話說回來，她怎麼那麼喜歡伊蕾妮雅。因為羊肉香嗎？」

她們每次重逢真的都會熱烈擁抱。

「伊蕾妮雅和那個老頭子說要從這北上一段，到王宮去募集航向新大陸用的資金。」

「伊蕾妮雅小姐也去？」

夏瓏不敢恭維地聳聳肩。她雖是鳥的化身，對伊蕾妮雅在新大陸創立非人之人國度的熱情卻沒什麼共鳴。或者說她早就決定要留在人類社會裡，和克拉克一起為照顧孤兒而活了。

「光靠大海另一邊說不定有塊大陸這種不可靠的理想就想出船，實在是太扯了。」

統治勞茲本一帶鳥禽的夏瓏都這麼說了，就表示連能夠飛上雲霄的鳥兒們都沒見過汪洋彼端的大陸吧。

「伊蕾妮雅也有跟候鳥打聽就是了。」

「繆里也跟小島那麼大的鯨魚問過話呢。」

夏瓏鼓喉式的咯咯笑聲，很快就變成嘆息。

「這裡就要提到跟諾德斯通有關的那個鍊金術師了。我是不管笨狗怎樣，只希望伊蕾妮雅趕快醒一醒，結果半路跳出一個麻煩的人物。」

謠傳利用幽靈船與惡魔交易的諾德斯通有個同伴，那就是使貧瘠之地變成小麥主產地，追尋新大陸而去的女鍊金術師。夏瓏的口氣把她說得像是害朋友作惡夢的魔女一樣，實際受此惡夢折磨的我很明白她的心情。

「那件事以後，妳有從瓦登先生或諾德斯通先生那聽說什麼新消息嗎？」

夏瓏忽一瞇眼，害我以為她看穿了我隱瞞的心事。

「我可不是專門在窗邊刺探敵情的貓頭鷹喔。」

我縮頭表示沒這意思，夏瓏哼一聲說：

「還以為你是不會對新大陸之類話題感興趣的人……算了。我聽說的，就只有那個鍊金術師曾為了蒐集新大陸的線索，以沙漠國度為中心查了很多資料，還有瓦登他們都聽令於她而已。」

瓦登是非人之人，真面目是船上一定有的老鼠，聽那位鍊金術師的令而協助諾德斯通，現在已是威風的船老大了。

「沙漠國度啊。」

夏瓏聳聳肩。

「聽說鍊金術師得到的知識，包含小麥培育法在內，幾乎都是隨古代帝國瓦解而失落的技術。在教會的勢力範圍內，那些古代帝國的知識都失傳很久了。」

溫菲爾王國所在的這座大島，原本也是古代帝國與教會兵馬一同打下的土地。而帝國在歷史的洪流中毀滅，成了羊皮紙上的紀錄。

在帝國稱霸的時代，教會並不是今天這麼大的組織，滿天下都是異教神話。帝國毀滅後，教會勢力擴張，並藉機以異端名義剷除不符教義的神話與文化。狼徽從貴族旗號上消失不見，就是一個讓繆里也很憤慨的例子。

相信在這過程中，除神話與迷信之外，還有許多知識也隨之亡佚了。

若尋找新大陸的想法是來自帝國時代的知識，去沙漠地區找資料就說得通了。不僅如此，假如那是教會會當異端查禁的危險知識，那更可能留存於沙漠地區。也就是可以推測，那個球體或許是由得自沙漠的知識所導出的結果。

「話說，瓦登先生他們從沙漠地區蒐集了很多抄本回來呢。」

「是喔？那是因為船南下很容易，他們也很擅長偷東西吧。」

非人之人的真面目，有時是人類不太可能與之對抗的巨大野獸，而瓦登他們變回老鼠時，卻仍能輕易鑽過牆縫的大小。再加上在牆上開洞可是老鼠的拿手好戲，在偷竊方面沒人能出其右。

只是我想說的不是這個。

「是這樣沒錯，不過我想說的是，找出貴重書籍的位置不是那麼容易的事。」

「嗯……？也對，我不覺得他們有那種知識。可是那個鍊金術師是貓的化身沒錯吧？聽說貓原本就是來自沙漠國度的動物，有可能是原本就有那裡的知識，搞不好還直接經歷過古帝國時代呢。」

「啊，對喔。有道理……」

非人之人的壽命隨便就能超出我們的常識。瓦登他們要在沙漠地區找出抄本，必然是需要線人報信，出身沙漠的非人之人十足能勝任這個角色。若是直接經歷過那個年代，更是再好不過。

「總之除此之外，沒聽過什麼值得注意的事。伊蕾妮雅聽得很專心，可是反應不怎麼樣。」

諾德斯通自己，似乎也不太明白鍊金術師為何那麼篤定新大陸存在。說不定鍊金術師出海只是為了確定世界是球形，找新大陸只是順便。

「那麼，諾德斯通先生對新大陸知道的其實並不多吧。」

就算貓鍊金術師以某種方法確定了新大陸的存在，說不定諾德斯通也無從辨明，就只是相信鍊金術師罷了。

「又或者他還不夠信任熱衷於尋找新大陸的伊蕾妮雅，躲起來了。諾德斯通那個人，是我見過的人類裡特別偏執的一個，若無其事地藏了個驚天大祕密也沒什麼好奇怪。」

知道他實際做了個刻上世界地圖的球，讓我同意的笑容變得很僵。

夏瓏抱胸倚牆，累了似的說：

「要跑去什麼都沒有的海上變成水泡還是餵魚都隨便你們，少去亂追莫名其妙的事，讓海蘭替你們操心。」

我明白這並不是因為夏瓏仰慕海蘭，單純是因為夏瓏庇護的孤兒要住的孤兒院，將附屬在海蘭作後盾的修道院。一旦海蘭失勢，修道院也岌岌可危。

「那當然。」

我答得很認真，可是從夏瓏的表情看來，那和繆里答應我會少吃點一樣不可信。

「好吧，就讓你來幫忙清理廢墟好了。多點人手，克拉克也能輕鬆一點。」

「那就說定了。」

「可是——」

夏瓏只笑半張臉說：

「笨狗知道這件事嗎？」

拿陶土杯的手停在嘴邊。

身為神的忠僕，我不能說謊。

「她可是騎士呢。」

幫助有困難的人，是騎士的義務……應該吧。

夏瓏聳聳肩，叫一隻鴿子帶我回去。

無論是以汪洋為家的鯨魚化身歐塔姆，還是曾向候鳥打聽的伊蕾妮雅，都沒有新大陸的可靠消息。就目前來看，可以當諾德斯通也是如此。

讓本來就喜歡冒險的繆里十分入迷的新大陸——

去認真思考這件事，並不只是因為我對伊蕾妮雅口中非人之人自己的國度有所共鳴。為了身上流著狼血，夾在人世與幽暗森林之間的繆里，我的確是很想幫伊蕾妮雅圓夢。

但我只是一介人類，又是皈依神之教誨的羔羊。

以溫菲爾王國為核心的勢力與教會已經衝突了好多年。雙方都打不出致勝步數，只能眼巴巴盯著正面開戰這個選項陷入膠著。而我猜想新大陸的存在說不定能打破僵局，提供一條新棋路。

之所以去幫助諾德斯通，不只是因為海蘭委託，更主要的是聽說他也在追尋新大陸。

此行的確有所收穫，但沒有一個是決定性關鍵，反而讓我覺得這世界的謎團更深更大了。現在，夏瓏又提到遺留在沙漠中的古代知識。

為多了一件值得繆里大為雀躍的事嘆息之餘，我不禁問應在天上的神，這世上究竟隱藏著怎樣的祕密。

悶著頭邊想邊走，不覺之間又來到了那棟熟悉的宅邸前。

「謝謝你們幫我帶路。」

我用指背輕撫停在石圍牆上的鴿子喉部，向牠們道謝。鴿子漲起胸部，說小事一件般咕咕叫幾聲就飛走了。跟著往天望去，雖沒見到神的身影，卻發現有個人從窗口探出了頭。

「午覺睡飽啦？」

繆里皺起剛起床的惺忪睡臉，縮回頭去。大概是起床後發現我不在，跟我去找夏瓏兩件事一起惹得她不高興了。

苦笑著回房後，只見她直接拋開騎士尊嚴，用力抱上來。

「我不會不見啦。」

又說不定是午睡時作惡夢了。我摸摸她睡到流了點汗的頭，尾巴無精打采地慢慢搖晃。

為繆里還這麼愛撒嬌輕笑時，我也遭到了睡意的撲打。要是海蘭備好了晚餐，我卻吃得呵欠連連就太對不起人家了，先睡一下比較好。

要把快睡倒在我懷裡的繆里送回床上，她卻踏住雙腿抵抗。

「乖啦，繆里。」

繆里頭埋在我胸口，咯咯笑著搖尾巴。小狗似乎也聞到玩鬧的氣氛，追著尾巴滿地打滾。

為其獨立的預兆而發的感傷轉眼消逝，我還是希望她早點放開我這兄長。

「適可而止吧，不然妳的騎士頭銜——」

「會哭喔」三個字還沒說出口，繆里狼耳的毛先翹了起來。

隨後窗外傳來馬車聲，我扭身從窗口探頭一看，一輛熟悉的馬車駛入院中。

「又想搞破壞是吧……」

她光憑狼耳就能分清楚馬車上是誰吧。繆里百般不願地說：

「大哥哥～陪我睡到吃晚餐嘛～」

那甜滋滋的聲音讓我想起才剛見過的夏瓏。

「夏瓏小姐她可是為建立孤兒院忙到長黑眼圈了耶。」

「……」

繆里不吭氣，一腳踩在我腳上。

「好了，不要鬧。趕快換衣服。」

「……」

「……我幫妳綁頭髮。」

「好～」

於是我一邊綁她最近很喜歡的辮子，一邊自問寵壞她是不是都是這樣讓出來的。但見到她這麼開心，我也不太想深究了。

如此替野丫頭整理儀容時，有女傭來通知海蘭歸返。

她先叫我去辦公室，令人有些意外。繆里滿意地將辮子當尾巴搖了搖，轉過身說：

「話說回來，馬車的聲音好像有點重。」

雖然今天懶散成這樣，狼耳依舊沒錯過重要訊息。

「是說車上除了海蘭殿下以外還有別人？」

「我猜是一整車的伴手禮啦。」

「這樣不會叫我們去辦公室吧。」

一定是餐廳。

「說不定是我們出門時出事了。和教會那邊談不攏之類的。」

為現在不該因旅途勞頓而萎靡，重振精神時，繆里塞了個東西給我。

「大哥哥，這你拿去。」

我莫名地接下她塞在胸前的聖經，同時繆里將劍繫上腰間。她顯得很雀躍，我卻相反地垂下肩膀。

「妳是睡傻了，以為還在作夢嗎？」

「咦？啊，你幹麼！」

我取走繆里的劍，和聖經一起放在桌上。

「不要隨便帶著劍走來走去。」

並搶在立刻想回嘴的繆里之前說：

「除了劍以外，妳也能智取敵人吧？」

遇上心中別有盤算的對手時，繆里總是比我強得多了。

「靠理智和冷靜判斷控制場面，也是一個英勇的騎士。」

繆里愣了一下，然後想像了情境吧。尾巴隨即用力搖起來，眼睛也亮了。

「看我的！」

「好，麻煩妳了。」

即使辯輸這野丫頭的情況多很多，我仍不能放開韁繩。看來騎士頭銜還能箝制她好一陣子。

接著我跟在拿辮子當尾巴搖的繆里一步後，前往辦公室。看著趾高氣昂的繆里，就讓我放心得失笑。那令人除了擔心還是擔心的背影，曾幾何時也變得這麼可靠了。

「我說大哥哥啊。」

想著想著，繆里面朝前開口說：

「感覺上，還是帶劍來比較好吧？」

繆里壓低音量，是因為辦公室門前站了兩名護衛。一個我們認識，就是教繆里劍術的海蘭直屬騎士。有懸念的，是他身旁體格經過千錘百煉，警戒目光中甚至帶有敵意的壯漢。這表示，門後有個他得守護的人物。

在我們過來的路上，他都毫不客氣地盯著我們，害我很擔心繆里會對他低吼。

「海蘭殿下正在等待二位。」

在教繆里劍術的騎士引導下，我裝作沒注意到一旁的尖銳視線，慢慢點頭。

騎士敲敲門，通報主人：

「寇爾先生到了。」

「開門。」門後傳來答覆的同時，門一併開啟。

「抱歉打擾你休息。」

「哪裡。」

站直後，辦公室裡的訪客站了起來。

這位究竟是何方顯貴呢。

我從腹部使力抬頭，卻有種踏空樓梯的感覺。是因為那人既不是傲慢的貴族，也不是貪婪的富商。

那起身的人物給我的第一印象，是聖職人員。但仍是見習，年紀只比繆里稍長，與直屬教宗的聖庫爾澤騎士團進城那時認識的見習騎士羅茲形成強烈對比。他頭髮柔軟明亮，眼睛清澈得像顆藍寶石，誠可謂是優雅少年的模範形象，與鎮守門前的凶悍護衛很不相襯。

「您就是黎明樞機嗎？」

少年不懂我的疑惑，面帶親切笑容問道。

不過我當下即感受到那不是出於親切，單純只是習慣這類場面的風度。要是被這氣場吞噬了，晚點這頭狼可不會讓我好過。

我用盡全力直視面前這位少年的眼睛，與他握手。

「我是托特・寇爾。人們叫我黎明樞機，實在是太高估我了。」

少年微笑答覆：

「我是迦南・約罕耶姆，請叫我迦南。」

覺得那姓氏似乎歷史悠久時，迦南下一句話使我愣在當場。

「我任職於教廷的書庫管理部，目前仍是見習。」

碰了燒鐵般想縮手時，迦南露出孩子惡作劇得逞的眼神說：

「我並不是各位的敵人。相反地，教會裡還有人叫我叛徒呢。」

身旁繆里不悅嘆氣的樣子，表示我現在渾身是藏不住的緊張，不過海蘭的苦笑並不是因為我膽子小。

「放心。剛接到聯絡時，我也嚇了一跳。」

迦南提到了教廷一詞。即使只是見習，在聖職世界中仍具有特殊意義。在王國與教會正面對立的現在，迦南來到這裡應該是不能曝光的事。

想到這裡，我才理解門口護衛的作用。

這場會面是需要強悍護衛保護的。

「你也明白，他來到王國的事被人知道的話會惹來麻煩。不能讓你多休息一點，實在很抱歉，但我認為必須在消息走漏以前盡快讓你們見面。」

相信海蘭原本要替我們從拉波涅爾歸來而辦的接風宴，以及聽繆里說冒險故事都因此延後了。

迦南接著說下去：

「我是為了調停王國與教會的衝突而來到王國的。」

迦南瞇起他的藍眼睛淺淺一笑。

教會是以教宗——最接近神的聖職人員為首的組織。散布於世界各地的教會以嚴密的階級關係相繫，拜服於教宗的權威之下。教宗底下有許多輔政的樞機主教，在教廷裁決各種關乎教會整體的事象。

教廷即是教會的心臟部位，那裡的人盡是以自身體現世界信仰般的人物。在教廷當差的迦南出現在王國，就如他自己所說的一樣，堪稱是對於整個教會組織的背叛行為。

「說穿了，教會自己也不是完全團結一致。」

迦南以此一言表明了自身立場。

海蘭跟著補充迦南那古風姓氏的來歷。

「約罕耶姆家是屬於古帝國時期教會剛興起時，為創教貢獻良多的教會父老的名門家系。約罕耶姆家本身雖然還沒有出過教宗，但整個家系已經有過好幾個。神可以保證他的身分。」

連統馭世界的君王都要下跪的教宗也有親戚。當我還在試圖嚥下這不太現實的事實，迦南對海蘭的說明靦腆地笑著說：

「就只是緊抓著大樹不放的一根小樹枝而已。在這種時候，這姓氏頂多只能拿來博取諸侯的信賴。」

不感到特別謙卑，是因為這名少年的態度。那是種將事實當事實，不誇大也不貶損，確實看清情況，近似冰冷的沉著。

而事實顯示，我並沒有看走眼。

「不過身為小樹枝也有優點。就算我的背叛曝光了，也能當作無知小鬼一意孤行而走偏來處置。」

迦南似乎把自己當作棄子。可是大概是因為教會這組織的歷史中本來就有許多不顧性命遠赴異地傳教的聖職人員，感覺不出悲壯。

「這就是來自身分有保證的約罕耶姆家的提議。假如王國與教會真的還有和解之途，我們就非得認真檢討不可。假如他們提供的消息屬實，更應該如此。」

「消息？」

迦南點頭回答：

「教會裡不耐僵局，想快點開戰的人愈來愈多了。要是什麼也不做，等到下次小麥收成就決定宣戰也不奇怪。」

「天、天啊。」

我也知道對立再惡化下去將難免一戰，所以試圖挽救的我才會把繆里幻想的新大陸拿到檯面上來說。

說不定，時間比我想像中更緊迫。

「可是這樣很奇怪吧？」

所有視線都聚集到身旁的繆里身上。不同於語氣，她絲毫不帶輕忽的眼睛看也不看詫異的我，而是注視著面帶冰冷微笑的迦南。

「你說調停是吧？」

迦南緩緩頷首。

「吵架爭的都是面子。如果能說停就停，現在就不用這麼辛苦了吧。」

沒說小孩別插嘴，是因為繆里更懂得吵架，同時我也想起了伊弗的話。

那個貪心商人不把王國與教會的衝突當信仰之爭那麼高尚，而是更膚淺庸俗的地盤之鬥。

「那叫什麼，什一稅？原本是用來籌促對抗異教徒的資金，可是戰爭打完了還是照收，現在拿來獎勵那些有戰功的人是吧？所以教會認為自己抗戰有功，停掉這筆稅就等於是停掉獎勵，所以不理王國對不對？」

或許是出於狼血統非人之人的輕蔑，繆里平時都是用裝可愛的語氣說「教會」二字，現在說得特別清晰。

如此扼要地簡述伊弗所點破的衝突構圖，似乎讓迦南頗有好感。

「我還在想這位可愛的小姐是來做什麼的呢。」

相較於略顯訝異的迦南，海蘭顯得比繆里還要得意，我就當作沒看見了。

「對，您說得沒錯。所以說，爭面子是吧……是啊，真的就是面子問題。」

迦南唏噓地說。主張戰後就該停止徵稅的王國，與視什一稅為獎勵的教會都有一定的道理，想解決衝突就得找個雙方都不傷顏面的方式。為此，我打算將他們的注意力從一方得益就有一方虧損的什一稅問題，轉移到能夠增加桌上金幣的新大陸上。

讓他們不再去爭數量有限的稅收，打起攜手航向新領地的旗號，恢復合作關係。

難道說，迦南也看中了新大陸這條路嗎？

這麼想時，繆里說道：

「面子問題可是很麻煩的。所以你說可以和解，我很難不去猜想你有什麼陰謀。」

繆里想問他是不是想利用我家蠢羊達成他們的陰謀詭計吧。

原本這種話是不該對冒險深入敵境的和平使者說的，然而迦南卻收起了原先面具般的笑容，露出少年應有的表情。

「旅行真的能給人意想不到的體驗呢。感謝神的恩賜。」

他笑咪咪地繼續說：

「我們這當然已經有一套計畫。對，為了維護教會的權威，我們當然是不會單方面讓步，輸給王國。」

嗅到他別有用心的繆里目光如炬，臉愈盯愈斜。有如在森林緊盯獵物，以雙耳分辨其腳步。

「不過，我們定義的勝利和教宗等主流派要的勝利並不同。因此，我認為我方派系與王國還有共同作戰的餘地。」

繆里皺著眉望向我，貌似有話想說。她是不懂教會組織的事才這樣吧。

而我卻擱下繆里，驚訝地問：

「這件事教宗大人並不知情嗎？」

若真是如此，迦南自稱叛徒絕不誇張。

「畢竟教會找齊了幾個有力的樞機主教，要和王國抗戰到底。而教宗大人學識淵博宅心仁厚，能接納諸位樞機主教的意見，做出公正的判斷。」

無論繆里如何笑我懵懂無知，我至少不會把迦南的話照單全收。樞機主教階級僅次於教宗，而教宗接任者必定從樞機主教中選出，雙方不單純是君臣關係。有時是臣子，有時是同伴，據說某些時候教宗還會淪為樞機主教們的傀儡。

簡言之就是類似某種命運共同體，而現任教宗在這群樞機主教面前算是比較弱勢。

「那麼，迦南先生所指的勝利是……？」

迦南雙眼略瞇，回答：

「教會獲得淨化。」

「淨、化？」

「對。各位可以把我當成異端審訊官。」

繆里繃起面孔，我倒抽一口氣。而他像是對此早有期待，一甩袍袖端正姿勢微笑道：

「不過我要糾正的並不是人們對神的錯誤思想，而是教會本身的風紀。尤其是那些雙眼被黃金迷惑之人。」

迦南說他來自教廷的書庫管理部。書庫收藏著關於教會的各種文件，據說如今形同迷宮，大到有人走不出來而遇難。

那麼，那裡的書籍或文件底下也藏了不少東西吧。

「迦南先生，會計也是你們管的嗎？」

教會廣布於世，捐獻外的收入也極為龐大。

那黃金的洪流將捲成漩渦，迴流到教廷這教會的心臟。

「會計院是書庫管理部裡面的行政機關，奉神的旨意記錄整個教會的一切金流，並導向正途。但金流和現實的河川一樣，沒那麼容易改道。我們並不想眼睜睜看著河流衝垮堤防氾濫成災，使美麗的大地蒙上汙泥。」

迦南手拄辦公室大桌向前傾身。

「可是黎明樞機，現在您出現在這裡，要匡正教會的弊病。」

被他直盯得說不出話時，海蘭說道：

「各位在好幾個城鎮揭露了教會的舞弊與斂財，但並不是透過貶低教會權威的方式，而是好好面對民眾，結果可說是重建了教會掃地的名聲。」

「我們從這裡面看見了希望。」

迦南臉上不再是那從容的微笑，充滿堅決的意志。

隨後他察覺自己的激動，不禁清咳一聲坐回去。

海蘭也要給他時間平復般先開口說：

「我國在反抗教會之前，也曾和教廷裡對抗腐敗的聖職人員合作過。你也知道，掌握國內貿易以積累不當財富的教會還不少。」

「我們就是因為這點找上海蘭殿下的。」

也就是迦南的提案並不是急就章的最後一搏，而是延續教會悠久歷史中行之有年的事。

「然而墮落聖職人員積累的財富，往往能製造比神的話語還要真實的假象。黃金的光輝可以蒙蔽多數人的雙眼，讓他們同流合汙。無論我們對正確使用信徒捐獻勸誡再多，幾乎都被他們當作耳邊風。更糟的是，由於我們實踐神的教誨秉持正直，黃金這俗世的武器沒他們多。手上缺了黃金，說話也沒有分量，誰也不願意聽。」

忍不住用力點頭，是因為我身邊的少女也從來不把我做人要簡樸的勸告當一回事。高風亮節這種事，只會被人嘲笑傻正直而已。

即使迦南世故的態度是純熟交涉伎倆的一部分，我也認為他所透露的憤慨是出於真情。

「戰勝異教徒之後，什一稅這龐大的收入使貪腐之徒的金幣亮到前所未有的地步。而且有許多人更以此為籌碼，用些骯髒手段擴大、維持自己的權力。別說要他們放開這筆收入，他們還寧願點燃王國與教會的戰火，把金庫照得更亮呢。」

這讓我想起想發戰爭財的黑心商人嘴臉。只要戰爭有賺錢的機會，就能一而再地吸引惡徒。

說到這裡，魯鈍的我也能看見迦南他們的想法了。

「所以你們是打算藉由廢止什一稅來讓這場對立和平收場，同時截斷金流，削弱貪腐之徒的勢力後一次清理乾淨嗎？」

計畫是讓教會在這場衝突大幅讓步，形同戰敗，事實上迦南這方的正義信條卻讓教會得到了真正的勝利。

接著碰地一聲，是撞倒椅子站起的聲音。

「就是要切肉斷骨吧！對不對！」

愛聽戰爭故事的繆里抗拒不了這類頗負戰略意味的事。那興奮的模樣讓迦南眨了眨眼睛，愉快輕笑。

「如今，各位的作為使得教會的金流受到巨大的質疑。儘管只是暫時，但依然嚇阻了部分想從這條河撈錢的人。若想為這條瘋狂之河重建堤防，將水引入正確信仰的田地，沒有比現在更好的時候了。」

的確，不僅是由於迦南這一派正直而弱勢，對於在這場衝突中欠缺致勝招數的王國而言，這都是一個來得正好的提案。

但是，我還是有不懂的地方。

「我了解您的意思了……」

他究竟要我在這場計畫中扮演怎樣的角色呢？怎麼想也想不通。

「所以您是要我在大陸那邊也揭露教會的弊端嗎？那個，我十分贊同您的目的，但有人比我更適合這個角色吧？」

扶起椅子的繆里斜眼瞪我，彷彿在嫌我又說那麼懦弱的話。但我這麼說不只是因為我不夠自信，同時也是基於更現實的理由。

「現在王國這邊不是有聖庫爾澤騎士團他們在處理嗎？」

「啊！」

繆里傻叫一聲。

不久之前，我們遇上了這個失去寄託的騎士團，經過一番曲折後替騎士們找回了榮譽與使命。而這個使命呢，即是揭露國內民眾所厭惡的教會弊病。

「這騎士團有教宗打手之稱，交給他們來辦，可以將來自教會的反感降到最低吧？」

「就某方面來說的確如此。」

然而迦南的反應不太好。替他開口的，是一屁股坐回椅子的繆里。

「的確是這樣沒錯，那些騎士是會被人寫成傳說的騎士大人呢。所以這樣不行嗎？」

還沒抓到意思，迦南先對繆里表示贊同了。

「對。一旦教宗下令，他們就不得不從。就算那是要他們立刻停止伸張正義，再沒道理也一樣。」

說它是白，黑也得是白。忠貞騎士與主人的關係即是如此。

給大陸那邊的教會揭弊，大多時候會直接衝擊教會高層的荷包。

屆時會發生什麼事，並不難想像。

「我們必須打破他們將黃金擺在神的教誨之前的惡習，導正教宗大人和諸位樞機主教大人的思想才行。但是光靠我們做不到，還需要外來壓力。」

大概是常見的「敵人的敵人就是朋友」吧。

海蘭順著迦南的視線說：

「但壓力也不能太強，要是我們王國打著正確信仰的旗幟強硬逼迫教會自清，只會火上加油而已。」

確實如此。而王國並不樂見狀況演變成全面開戰，才會膠著至今。

「我也認為王國和教會繼續這樣各執一方，是不可能平息這場衝突的。就像這位小姐說的那樣，事情是可悲的面子問題，所以我們想委託第三勢力插手。」

第三勢力？

我完全想像不來，而海蘭與疑惑的我反應很不一樣，起身走向占據大塊辦公室空間的豪華櫥櫃，取出一本書。還沒裝訂，只是用細繩繫起，我也見過它。

「我們要找的幫手，就是學過這裡頭正確信仰的黎民百姓。」

海蘭手中那疊厚厚的羊皮紙，即是在其主導下借助眾多顯學之智慧，為了讓百姓也能讀懂聖經而翻譯的聖經俗文譯本。

「俗文版……也就是說……」

在我能看見海蘭想說什麼時，迦南開口：

「單憑這一本書，就能將知識傳播給許許多多的人，這是單獨一名熱心布道者所比不上的。事實上，寇爾先生和海蘭陛下在港都阿蒂夫發給民眾的譯文抄本備受推崇，已經抄成好幾倍的數量，散布到其他城鎮去了。應該能造成教宗大人也無法忽視的影響力。」

譯本用的都是人人皆能讀懂的平易字句。讀過那樣的神之教誨以後，受過教會多少欺瞞將是一目瞭然，要求自清的聲量勢必會提高。

這道理非常簡單易懂，畢竟我們就是希望事情如此發展。

但在離開阿蒂夫之後計畫沒有進展，是有原因的。

「寇爾，對於你完成這本聖經譯本，我卻沒能將它廣布於世，我心裡一直很慚愧。」

海蘭直視著我，道歉似的慢慢閉上眼睛。

「父王認為不能再對教會施壓，不得不暫停大陸方面的傳播計畫。我自己也不希望與教會全面開戰，但是無法暗中推動計畫，純粹是因為我在沒有宮廷協助的情況下，難以支付複製大量抄本的人事費和材料費。於公於私，我都做不到。」

海蘭對自己的無力十分懊悔，悲哀地咬唇微笑。

「所以頂多只能等待熱心民眾自發性地製作抄本，而且抄的只是在阿蒂夫發的節錄版。」

「那麼……妳是要請迦南他們那邊代為製作並散布抄本嗎？」

王國和教會都找不到徹底打倒對手或讓步的門道。

因此，溫菲爾王國認為繼續對教會施壓會導致戰爭，便限制自身行動，暫停散布俗文聖經。

但由迦南這些教會內部的人來散布，就能跳脫僵局嗎。

這麼想時，迦南的表情並非全面同意，而是尷尬的微笑。

「我們也很想這麼做，可是也面臨了和海蘭殿下相同的問題。一個非常現實的問題。」

這句話讓我想到前不久在港邊目睹的事。繆里想寫她夢想中的故事，得先向伊弗買紙筆。

「資金不夠嗎？」

「對。如果要製作足以廣布大陸的量，所需人手會多到要請千人隊長來管。撇開這不談，如此大規模的謄寫作業，要長時間瞞過教宗和敵對樞機主教的耳目是極為困難。想完成大陸方面的工作，憑我們是做不到的。」

「就算是經驗老到的謄寫匠，抄寫一本這麼厚的聖經也要花上幾個月，想要精美裝訂就更花錢了。然後大陸那邊的大港都少說有幾十個，再算上內陸的主要都市就有一、兩百座城要發。」

繆里屈指算到一半就錯亂到傻掉了。那數字也的確誇張到超乎我的想像。

而我也不認為單憑海蘭能擺平這筆費用，於是忍不住問：

「需要奏請國王嗎？」

諾德斯通為完成航向西方大陸的夢想，曾進宮請願。

這項計畫，比諾德斯通那時現實多了吧。

「不……這項計畫不能上奏。」

海蘭表情緊繃地說。

「宮廷裡也有很多與腐敗聖職人員勾結的人，這件事必須由我們自己進行。」

迦南說自己是教會的叛徒。同理，海蘭也違背了王命。若由迦南這派的手去散布，那就不是王國與教會之間的問題，而是教會內部的問題了。她說不定就是這樣說服自己的。

對於海蘭寧願違背王命也想推行計畫的心情，我也痛切地感同身受。教廷內部居然會出現盟友，況且同樣有一掃教會腐敗的決心，怎麼想都是神的安排。

「別說父王，整個宮廷裡也沒有哪個貴族的財力可以依靠。所以我們必須憑自己的力量複製大量聖經。」

在我的想像裡，他們會利用黎明樞機的名號廣募助力，可是這樣會弄得全天下都知道誰在主導聖經的散布。這不會引起教會自清，只會加劇雙方對立，造成全面開戰。

想來想去又回到原點了，不過迦南他們想必是找到了新的出路才會來到這裡。

而且那會通往一條想都想不到的路。

「寇爾先生，這世上有一種遭到教會抹殺，視為異端的技術。掌握了它，就能化不可能為可能，創造奇蹟了。」

「技術？」

為此驚訝的不只是我，連只對傳說之劍大感興趣的繆里也聞到了冒險的味道。

「我們來到王國有兩個理由。其一是取得製作聖經俗文譯本的各位的協助，其二——」

迦南大口吸氣說：

「就是重啟從前教會抹殺的技術。當初承襲了這項技術的工匠，應該就在貴國。」

若是狼耳裸露在外，現在毛都豎起來了吧。海蘭沒有多注意興奮的繆里，說道：

「發明這項技術的工坊原本在大陸，可是被貼上異端的標籤而關閉了。後來異端審訊官到處捉捕四散的工匠，幾乎都抓光了，只有一個成功逃來這裡。」

在繆里充滿期待的閃亮目光下，海蘭散發出一種不適合這場面的緊張。

「異端審訊官一直在搜捕這條漏網之魚，據說是接到他從大陸的港都搭船到王國的情報以後，王國和教會的衝突才激烈起來的。後來異端審訊官放棄追捕，至今塵封了好幾年，直到迦南閣下他們在書庫發現這項記錄。」

「是的。從異端審訊官的記錄來看，他們至今都還沒找到這位最後的工匠。」

大概是當時沒想到衝突會拖得這麼久，暫時收手就停了這麼多年。無論如何，身邊這位狼妹妹的好奇心快要爆炸了，我便在她的耳朵和尾巴跳出來之前直搗核心。

「請教一下，這是什麼技術？」

說到遭教會抹殺的禁術，使得腦中閃過在諾德斯通屋裡見到的金屬球。

迦南神經質地短促呼吸，娓娓道來。

# 第二幕

「現在要查這名工匠的行蹤恐怕非常困難，要復活這項危險的技術，也說不定會伴隨超乎想像的阻礙。可是我們相信，這是神為我們指引的明路。」

迦南詳細說明這項技術後如此總結。

王國與教會的衝突已經膠著好幾年，雙方都騎虎難下，戰爭的烏雲密布前方。若能和平解決，就能將教會積年累月的腐敗問題一掃而空。

若不將那條路視為神的安排，我們還信什麼神呢。

迦南所說的技術，真的能化不可能為可能。

「為宣揚正確的信仰。」

最後迦南站起來，來到我面前伸出右手。臉上沒有充滿自信的從容表情，完全是一名少年自知前途艱難的決心。

迦南背後，海蘭微微地向我點頭。迦南是從敵境冒險前來，獻上這驚人的計策，難度大到甚至會推動世界的命運。為了和平與正確信仰，豈有不握住這隻手的道理。

「謹從神意。」

當我握住迦南的手，他的雙頰也放鬆下來。然後將我的手拉近，以聖職人員的方式輕吻手背，抵在額頭上說：

「感謝神和海蘭殿下將您引薦給我。」

海蘭也起身，與迦南用力握手。

「迦南閣下，我相信只要我們團結合作，一定能排除萬難。」

「當然。為使神的土地維持和平，讓我們一起祈禱吧。」

這種話從其他人口中說出來，或許會有點可笑，但這一刻並沒有那種感覺。在我們三人肩並肩時，只有繆里一個臭著臉坐在椅子上。

若有時間，我也很想和迦南多聊些信仰的事，可是在宅裡待久了，不曉得會被誰看見。迦南也認為事情告一段落，與來時一樣以海蘭外出為幌子搭馬車離去。

目送他們離開後，繆里和我回到房間就一屁股坐到床上說：

「什麼嘛，好無聊喔！」

耳朵和尾巴都跑出來晃動，雙手抱起傻傻接近的小狗搖來搖去。

「喂，太可憐了吧。」

「人家很開心啦！」

被丟到床上的小狗眼花了似的蹣跚幾步，又搖著尾巴跑回繆里手邊要再來一次。

「說什麼教會都想毀滅的傳奇技術，還以為是超級厲害的大魔法咧！」

迦南當然沒誇大成傳奇技術，然而對其他事比誰都現實的繆里，卻可能用她多達四隻的耳朵把它聽成自己喜歡的詞了。

「那是很厲害的魔法啊。」

窗外依然明亮，但陽光已斜，風有點涼。我關上一半並這麼說之後，繆里好像又欺負小狗了，背後傳來一聲嘹亮的「汪！」。

「能做很多書的技術是哪裡厲害啊？」

繆里一定是把它想像成傳說之劍那一類的吧。不過在我看來，迦南所說的技術並不遜於那種東西。

「能夠快速做出一本書就近乎奇蹟了。妳自己不也知道寫字是很累的事嗎？」

就算手痛到不能洗頭髮是假，會痛應該是真的才對。

「那就是可以把那些辛苦全部免除，在短時間之內製造大量書本的方法，是一種非常可怕的技術。」

迦南說的正是新一代印刷術及其工匠的事。

厚重的聖經譯本讓熟練的謄寫員來抄寫，也得花上個把月。若改用迦南所說的技術，只憑幾個工匠，甚至只有一個人，一個月就能做出一大堆書。

「用想的就能讓字從紙上跑出來才算厲害啦。」

繆里說著這種傻話轉向一邊。

要這種脾氣，是因為與期待相差太多。

「再說，那小子說的那個我在紐希拉就看過了。」

居然用「那小子」稱呼任職於教廷，家族裡出過教宗的迦南。我暫不理會這沒神經的舉動，反駁道：

「妳說的是在木板上刻畫，抹上墨水壓在紙上的木版畫？」

「對對對。畫裡是騎士對抗惡龍的場面吧。」

紐希拉有很多長期居留的客人，會吸引不同方面的藝人上山替客人解悶。

繆里說的是吟遊詩人配合其歌曲自印自銷的重點場景畫面。

「那種東西哪裡危險？」

「兩個是不一樣的東西。」

繆里的肩聳得很不屑，但我們談的可不只是幾十倍，而是甚至能以上百倍速度製造書籍的技術。只要是經常接觸書籍的人，都能明白教會為何害怕這項技術。

然而迦南費了那麼多唇舌，海蘭和我也聽得面色凝重，繆里卻只是疑惑地看著我們。或許她不滿的表情，是來自只有她共鳴不起來，成了局外人的感覺。

「還不都是啪一下把字印在紙上。」

「這……大致上是這樣沒錯……」

再厲害的技術給繆里來解釋，都會變得不怎麼樣，真是神奇。

迦南說的遭禁技術是這樣的。

先準備大量鑄成文字圖案的印章，然後按照欲複製之文章去排列上墨，再按在紙上就完成了。乍看之下與木版畫沒差多少，但由於版面用的是金屬印，能將木板所做不到的細小文字清清楚楚地瞬間印上紙張。若僅是如此，那就真的像繆里說的那樣，只是把木板換成金屬而已。革命性的地方在於，它將文章拆成字母，藉由組合印章重構，可用同一組工具自由印刷出不同文章，版畫就做不到了。最棒的是，印章的部分可以藉鑄造匠之手輕易量產。

木版重刷個幾十次，就會從細部開始磨損了，換成金屬後耐用度獲得飛躍性的提升。既然用來在金屬塊上敲出花紋的貨幣刻印鎚一把都能打出上千枚貨幣了，對象是紙的鉛印可以刷到上萬次吧。

迦南說的這項技術的核心，在於將各種眾人所知的不同技術，以沒人想到的方式組合活用。

「聽說只要道具齊備，一個月就能印出一整個房間的書。而且不會抄錯寫壞，將同樣的文字絲毫不差地印在同一個位置。這真是……太可怕了。」

方法很單純，效果卻好得離譜，愈想愈覺得這會帶來非常巨大的影響。

然而繆里還是不太能接受的樣子。

「我也覺得變得很方便啦，但需要那麼誇張嗎？」

毛色近似小狗的耳朵和尾巴不滿地搖晃。

「就是那麼誇張啊。」

繆里用根本不信的眼神，對著小狗很刻意地歪起頭。

「妳想想看，就算是胡說八道，也能輕易複製一大堆灑出去。」

「咦？」

教會應該是害怕有人拿它複製異端思想的書籍，複製的速度比搜出來燒掉快就處理不完了。由於長文難以書寫，異端思想幾乎是靠口傳散布，侷限在親朋好友之間，教會才能夠根除異端。若能輕易印刷書籍，不難想像這狀況將徹底改變。印著平易文字的書，隨隨便便就能長期存放在民宅之中，這要如何才能從民眾之中根除錯誤思想呢。況且這樣的書還能不斷地輕易增殖。

我再舉個繆里更能夠了解的例子。

「不是有一個冒險故事是說環遊世界的大商人嗎？」

「咦？啊，嗯。爹在溫泉旅館唸過，娘聽得表情很難看。」

繆里的父親羅倫斯，能從過著冒險生活的旅行商人變成溫泉旅館老闆安定下來，靠的是母親賢狼赫蘿的手腕。要是聽多了那種故事又開始四處旅行，那可就不好了吧。

想像那畫面的我稍一苦笑，繼續解釋。

「要是那個人不巧住得不高興，把紐希拉的溫泉寫得很難聽，然後那本書又複製、散布得比誇獎紐希拉的客人口耳相傳快，妳覺得會發生什麼事？」

「……」

看來繆里終於察覺迦南所說的技術有多可怕。

「所以那小子要做的是以毒攻毒那樣？」

將他們怕人散布異端書籍而封禁的技術，用在迅速傳播神的正確信仰上。迦南那派的想法總歸來說就是如此。

「那麼，繼承那種技術的人就在王國裡嗎？」

鼻子被小狗前腳肉球壓住，像被迫聞味道的繆里往我看來。

「要我幫忙找嗎？」

她明明什麼冒險都喜歡，卻顯得沒什麼興致。

那不只是因為印刷術不符期待吧。和她旅行了這麼久，不會懷疑她有多聰明伶俐。真的讓這銀色獵人不高興的不是迦南說明技術那當時，而是聽他講工匠行蹤的時候。

「王國那麼大，要我們上哪去找下落不明的工匠啊？」

王國這島國一點也不小，也不是汪洋孤島。

優秀的獵人繆里，看得見現實上的難度。

「還是找得到的吧。」

與小狗鼻子碰鼻子的繆里忽然張大嘴巴，假裝要咬小狗，然後往我看。

「我看是沒辦法吧。」

早就知道她會這麼說，我才不會在這時候放棄。

「那妳怎麼覺得傳說之劍找得到？」

簡單的譏諷，使繆里狼耳一豎。她瞇眼瞪了瞪我，抱著小狗躺到床上去。

「因為那是傳說啊。傳說就是有人在傳，順源頭找回去就找得到了。」

簡直是異端言詞。

「至少這個工匠是實際存在，相信是好找得多了。」

「傳說之劍也真的存在啊！」

我不曉得她對這個傳說之劍到底是多認真，但要從廣大的王國找出那麼一個工匠簡直大海撈針的看法，的確非常實際。

「而且傳說之劍多半一眼就看得出來，繼承奇怪技術的工匠可以嗎？如果像狄安娜姊姊那樣擺明是鍊金術師的打扮還有得說。」

既然有異端審訊官在追捕他，應該不會有這種事。

「而且大哥哥的眼睛都擺好看的，恐怕是找不到嘍～」

我回都回不了。

然而卡在這一步就會卡死迦南他們的計畫，突破雙方僵局的希望也隨之破滅。錯過這機會，和解的可能就要寄託在痴人說夢般的尋找新大陸上了。剩下的選項，只有面子大戰。

迦南那邊的提案，會把閉塞的未來奇蹟性地一擊劈開。能和平解決這場衝突又匡正教會弊病，如此兩全其美的事不會再有下一次。

天平衡量之物是那麼地巨大，我無法輕言放棄。

為了在茫茫王國中找出這個工匠，需要先點燃繆里的鬥志。

「啊，大哥哥那麼喜歡書，說不定在街上聞墨水味就能找到他喔。」

大概是在氣我質疑傳說之劍的存在，繆里一邊跟小狗玩，一邊吃吃笑著說那種損人的話。

使我不禁為了自己接下來要做的壞事暗自向神禱告。

「妳知道去幫迦南他們還代表什麼嗎？」

「嗯啊？」

繆里將小狗前腳按在臉頰上，做著鬼臉往我看。

應該是不會有沒興趣所以不幫的事，但從逼她習字與自願習字的成效，就能明顯看出有無意欲的差異。

神應該會原諒我使這點小手段吧。

「迦南先生工作的地方，是在管理人稱迷宮的教廷書庫喔。」

「啊～？大哥哥你該不會是以為迷宮就能騙到我——」

繆里話說到一半愣住，往天花板舉高高的小狗都掉了下來。

「所以能進書庫？有冒險故事嗎！」

上鉤了。

「教會跟異教徒抗戰了好幾百年，到最近才結束。別的不說，奇蹟故事肯定不會少。也就是說——」

「可能會有傳說之劍的故事……！」

我刻意不回答這句話。繆里除了人耳以外，頭頂上還有三角形的大狼耳，不想聽就蓋起來，想聽時連小石子邊的妖精呢喃都不會放過。在這種時候，她似乎幻聽到我說：「沒錯。」

我並沒有給她肯定答覆，也沒說迦南會讓我們進入書庫，作為協助的獎勵。神啊，我一句謊話也沒說。在心中如此禱告後，我再度開口：

「說不定新大陸的線索也會藏在那裡。聽說，在教堂門口公然燒毀的那些禁書，也都會在那裡保存一本呢。只是聽說而已。」

我對繆里心中的小男孩刻意加重「禁書」的語氣。

果不其然，剛洗過的蓬鬆尾巴脹成了一倍。

看來我成功抓穩了她的轠繩。

僅管覺得無奈，但這個女孩就是這麼難以掌握。

「除了書以外——」

這時，繆里牙咬下唇得意地笑。

「那小子是在那個叫教宗的那邊工作吧？那就可以看看那邊有沒有熊了。」

「啊！」

繆里等非人之人的時代，是獵月熊結束的。無比巨大的他彷彿伸手就能摘月，卻沒有打倒面前所有敵人之後繼續統治世界，忽然消失無蹤。

在古老傳說裡，他最後是消失在西方大海中，而海底似乎真的留有狀似腳印的地形，與西海盡頭有塊新大陸的傳聞契合得教人無法忽視。

然而繆里的想像力更甚於這些神話故事。

她提出了一個問題——足以統治世界的霸主神祕失蹤，那接下來誰統治了世界？

如今活在這世間人，沒有一個答不出來。

那就是教會。

「哼哼，找人是吧。」

她像是靠脹大尾巴挺身一樣從床上坐起。進書庫的事還能拜託迦南看看，但是謁見教宗就很困難了。

不知繆里能否遠遠看一眼就辨識出其身分。

她再野也不會撲過去扒下頭巾看個徹底，應該足以滿足繆里的奇異妄想。教宗和那些樞機主教怎麼可能是披著聖袍的熊呢。

那麼首先該考慮的，是眼前的問題。

「對，要找出那個工匠。目前幾乎沒有線索，不過──」

接下來的「我有幾個頭緒」遭到打斷。

「好！」

繆里跳下床，身旁的小狗被震得滾了好幾圈。

然後她抓起桌上配合她身材的短劍，盜賊似的插在腰間。

「大哥哥！我們去把那個工匠找出來！」

繆里這個人，就像吸飽了油的木柴一樣。

不是冰冷無語，就是劇烈燃燒。

「天還很亮，先去廣場看看！人那麼多，說不定馬上就能找出來！把跟大哥哥一樣有墨水味的人全部抓來問一遍就好了吧？走走走！」

繆里抓住我的手拉啊拉地。我歪起頭，對看著我們的小狗嘆口氣，握好繆里的手。

「沒必要這樣抓人，要去的也不是廣場。」

「不然去哪？」

在太過熱情的燦爛紅眼睛注視下，我如此回答：

「先去問伊弗小姐。」

繆里晃著尾巴般的銀色辮子，和主張外出就一定要帶的劍，快步奔向大門。

年邁男傭一聽我們要外出，就著急地表示晚餐即將備妥。多半是海蘭要他們準備一頓盛大的晚餐吧。承諾天黑前一定回來後，我便追隨野丫頭的腳步而去。

追沒多久，我就開始後悔沒小睡一會兒了。半途想到反正目的地都一樣，也不再急著追她。

距離收市鐘響還有點時間，但天色已經轉紅，路上行人表情略顯放鬆。精神特別好的，只有準備開工的酒館員工、卯起勁要搬完最後一批貨的搬運工，以及獵人之火被點燃的小狼女而已。

如此和平的黃昏即景，將在教會與王國開戰後全染上焰紅。

這想法稍微加快我的腳步，總算是來到了勞茲本舊城區。

到了目標屋舍前，見到的是等得不耐煩而在路邊跟人練劍的繆里。

「慢吞吞！」

我也沒閒工夫嘮叨她待嫁女孩不該在路邊揮劍。替她看姿勢的，是我們在諾德斯通事件時的護衛亞茲。

他一見到我就以似乎在笑的平板表情簡單致意。

「伊弗小姐在嗎？」

「在喔！」

繆里搶答道。她以一記橫掃收尾，收劍回鞘。

「劍怎麼停很重要，下次要注意動作。」

「是！」

繆里以我一次也沒見過的認真表情答覆亞茲。

「至少在中庭練吧。」

對她囉唆，也只會被她聳個肩就忘了。就算她這樣練得出一手好劍，恐怕也要好多年才能成為嚴以律己的騎士。在如此繆里與亞茲帶領下，我穿過從前是小麥卸貨區的一樓部分。

「哇～」

繆里不禁讚嘆，是因為先前空蕩蕩的倉庫如今堆滿了貨物山，而伊弗就在那其中手拿帳簿評點著。

「我現在很忙喔。」

是我們旅行剛結束沒多久又露臉，八成讓她認為我們又來找她麻煩了。

「這次可能有錢賺，不敢肯定就是了。」

既然需要大量印刷，除了紙墨以外，從繫繩與裝訂用的皮革，到成書的運輸，需要打點的事物非常多。再加上需要暗中進行，款項上有很多可以著墨的地方，掩人耳目做買賣也是伊弗擅長的領域，有不少工作可以拜託她。

伊弗用拿羽毛筆那隻手的小指搔搔耳後，嘆著氣看過來。

「又怎麼了？」

儘管夏瓏對伊弗有著明顯的戒心，想到會欠她大人情我也不好受，但我仍認為她基本上是個好人。

大概是心思全寫在臉上了，伊弗一臉的不耐。

「我想請妳幫我聯繫一個人。」

「咦？」

這傻愣的問聲當然不是來自伊弗。

「大哥哥，你知道工匠在哪喔？」

伊弗聽了挑起眉梢，我則是苦笑。

「不是啦。伊弗小姐，我想找魯．羅瓦先生談點事。」

那名字讓伊弗一瞬間瞪大眼睛，又更加不解地瞇了起來。

我說的這位魯．羅瓦，是我們相識於十多年前的旅程中，專門買賣書籍的商人。

「如果是在紐希拉那種深山聽你提起他，我會以為你想弄一本聖經擺著吧。可是憑現在的你，向王國貴族或大教堂主教拜託一下，大部分的書都看得了不是嗎？」

也就是說，她推測我是想找不易取得的書。

尤其是我想找的書，多半和信仰有關。

「這大概不會……給妳惹麻煩吧。」

「哈！」

伊弗哼笑一聲，以直指我鼻頭般的尖銳語氣說：

「魯．羅瓦經手的都是比等重黃金還貴重的書，要我替你仲介那種人還說不會給我惹麻煩？根本跟拿蜂箱擺我家門口，還說不打算引熊來一樣。」

這比喻有點特殊，但還是能了解她的意思。

「妳不幫我們嗎？」

繆里的紅眼睛盯著伊弗問。

「……」

伊弗露出打從心底厭惡的表情，會是因為在她臉上見到了賢狼的形影嗎。

我覺得不是那樣。

因為繆里每次來，不知為何屋裡都會有好吃的東西。

伊弗用打從心底厭惡的表情呻吟似的說道：

「與其讓你們背著我亂找洞鑽……不如一開始就擺在視線範圍內比較好嗎……」

繆里眨眨眼睛，樂得笑起來。

伊弗是把自己與繆里雙親的關係、海蘭的交易和今後的財路都一併考慮過了吧。但我想最大的理由，應該是她也多少會擔心我們。

「可是啊——」

她換了張臉說：

「我苦口婆心勸你們一句，很多書是見不得光的，不要隨便接觸那個世界啊。」

那或許是買賣過無數商品的貪心商人過了無數危橋而得來的結論。書中滿載思想，思想可以毒害人心，也可以醫治世界，所以教會封禁了能夠無限增殖思想的技術。

我都明白其危險性了，想必海蘭和迦南亦是如此。

這麼說來，當伊弗得知我要重啟能夠無限複製那種書籍的技術後，不知會作何表情。一旁的繆里大概是已經在想像了，而我努力保持鎮定回答：

「我想向他請教一些製書的問題。」

「……」

我一點也不覺得這樣能瞞過她。相信伊弗也知道，有些事知情不報就等於共犯。而就算是慣於懷疑他人的伊弗，也不會認為我們瞞她是為了做壞事。我是真的不想給伊弗惹麻煩。

衡量過知與不知的危險後，到頭來她似乎選擇了後者。

「我會替你聯絡魯．羅瓦。如果他說不危險，我就考慮幫忙，否則我什麼也沒聽過，什麼也不知道。可以嗎？」

附加這樣的條件，也可視為一種信任。

「那……那當然。」

伊弗多注視我一會兒後又用小指搔搔後腦。

「你愈來愈像那個旅行商人了。明明一副羊的樣子，在一些奇怪的地方卻又大膽得要死。」

我苦笑著將那當作稱讚。

「魯．羅瓦很受一些有怪癖的貴族歡迎，應該有人知道他在哪裡，很快就聯絡得上吧。快則三天，長也一星期左右就行。」

「謝謝妳。」

伊弗擺出上了賊船的表情重重嘆息。

「然後呢，要在這吃晚飯嗎？」
「啊，不了，海蘭殿下已經……」
「我想也是。聽說有人突然到市場找上等羊肉和砂糖甜點，我就猜是她要買的。好多人在傳搞不好是有達官顯貴要到城裡來了，差點沒笑死我。」
「要款待表現優異的騎士，不做到這樣怎麼行。」
從來不知慚愧為何物的繆里挺胸說道。
「就我聽說的，你們的確是幹得很好嘛。」
看來她身旁的亞茲早已對她詳述了拉波涅爾風波的經過。
「可是除了神以外，沒人知道幸運會眷顧你們多久。要是你們搞砸了現在這件事——」
伊弗用拿羽毛筆的手托起我的下巴。
「就來替我工作吧？」
繆里委婉地移開伊弗的手。
「如果給我們一大堆蜂蜜和蜜棗，我可以考慮考慮。」
「哼。那我再加一份檸檬冰，現在就來吧？」
「檸檬？那什麼，聽起來滿好吃的。」
「哼哼。沒嚐過那獨特的酸味嗎，太可憐了。」

心想別教她多餘知識之餘，我也為伊弗願意聯繫書商魯．羅瓦鬆口氣。若對象是他，有危險性的事也能放心去談，畢竟他就是伊弗口中那種專賣危險地下書籍的書商。

「大哥哥大哥哥，我也想吃檸檬冰。」

從伊弗那學到美食新訊的繆里揪住我袖子搖來搖去，灌輸壞知識的魔女樂得咯咯笑。

「海蘭殿下已經替我們準備豐盛晚餐了。」

「可是她沒有檸檬吧！人家說它的皮有淡淡的香氣，裡面裝滿了酸溜溜的果汁，和蜂蜜拌在一起配刨冰超棒的耶！」

好像曾聽過來紐希拉泡溫泉的富豪貴族這樣說過。不曾見過的食物，這世上還有千千萬萬種。同理，我所不知的知識，不為人知的技術也是數之不盡吧。而且禁書是連伊弗都會忌憚的世界，光是想像汲取那方面知識會窺見怎樣的世界，就令人惶恐。

與諾德斯通一同生活的鍊金術師，恐怕就是持續關注著那樣的世界。

所以才能發現誰也沒用過的小麥肥料，肯定西海盡頭有塊大陸，甚至——

「大哥哥？」

這聲音將我喚回神來。

「啊……對不起。」

「就說跟我睡個午覺比較好嘛。」

她似乎當我是累到打瞌睡了。要是我說世界說不定是一顆球，她會以為我在說夢話吧。

「那麼大哥哥，我們回去吃飯！」

腦袋轉換得這麼快，真教人佩服。

話說回來，我們要在如此廣大的王國尋找一個連異端審訊官都躲得過的工匠，或許很需要這份靈敏。

但我還是希望離開伊弗住處之後，她不要一直拉袖子催我。

勞茲本的肉舖和有賣砂糖的藥行之間，似乎因為有人突然要買高檔貨，紛紛猜測是哪個顯貴來到城裡了。要是知道那都是為了一個來自深山溫泉旅館的少女，八成會更驚訝。

而繆里的反應，也讓準備這頓豪奢晚餐的海蘭十分滿意。

「二位遠赴外地達成任務，做得太好了。」

海蘭平時貴族舉止少得不得了，這時卻操著一副領主的口氣。當然，這是為了逗主張騎士要正裝出席晚餐的繆里。

繆里按照向正牌騎士學來的禮儀卸下劍，下跪表示忠誠。

那的確是非常像樣，可是桌上剛烤好的羊肉就在一邊香噴噴地滋滋流油。她頭一低，口水就快流出來。看她急忙用袖子擦嘴，我不禁嘆息。

「在船上不容易吃到熱食吧。來，請用。」

玩夠騎士遊戲的繆里將劍交給女傭，扭扭肩膀就座，握刀用力刺起一塊肉。

「妳也拜託一點……」

這實在是沒規矩到了極點，可是主人海蘭看得那麼高興，我也不好意思多嘴。而且繆里多少有種為了海蘭特地拋開禮儀的感覺，我便好歹勸她別啃那麼大塊，趕緊替她切一切。

「諾德斯通家這件事真的處理得很漂亮，辛苦了。」

史蒂芬的信，以及整個事件的報告，都在餐前交出去了。

這場騷動需要隱瞞的事有點多，使我和海蘭碰杯喝葡萄酒時覺得喉嚨有點緊。

「前領主諾德斯通先生稱不上廉潔，還不太好相處。不過繼位的史蒂芬先生是個相當虔誠的信徒，以後應該不需要為這塊領地多操心了。」

「是啊，從信上就看得出來了。所謂見字如見人嘛。」

海蘭回想著信中內容笑道。史蒂芬責任感有點太強，可以想像他寫給海蘭的信是什麼感覺。

「不過那些聽似荒誕無稽的謠言，居然有幾個並不是無憑無據，倒是讓我挺驚訝的。」

「嗯咕，就是啊！看到船上滿滿都是骨頭的時候，還以為我會腿軟咧！」

繆里用牛肩肉沾滿以蒜泥、松子和整粒胡椒製成的重口味醬料，迫不及待地塞進嘴裡，開心地這麼說。

「前領主是經歷過亂世的人啊。他那為達目的可以不顧自身風評的態度，或許有值得我學習的地方。」

「嗯，這個爺爺很帥喔！」

海蘭以笑容同意，看繆里撈碗蠶豆湯之後轉向我。

「讓你那樣奔波以後又緊接著要你辦迦南閣下的事，還請見諒。」

「哪裡，別這麼說。」

鄰座的繆里，在慌張的我肩上拍了拍。

「既然會拿這麼多好吃的犒賞我們，接再多都行啦。」

「繆里！」

我大聲也沒用，繆里從羊肋排上抽出一根骨頭，大咬那滴油的肉。

「吃飯就能抵酬勞，那還算便宜的呢。再說，迦南閣下那件事，真的能對世界造成巨大的影響呢。」

海蘭雖是笑著這麼說，臉上卻透露著憂鬱。

她和聽令辦事就行的我不同，夾在王國與迦南等人中間。無論成敗，她肩上的責任都不是普通的重。

「迦南先生是去大教堂？」

「不。大教堂裡說不定會有敵對派系的人見過他，所以學伊弗・波倫那樣，借住在城裡的老房子裡。」

歷史悠久的城鎮幾乎都經歷過幾次激烈戰鬥。那些被戰火燻過的古老建築，都會有地下通道或密室。為防萬一，這種地方住起來比較安心。

「為安全起見，原本是根本不希望他們到王國來的。替我們牽線的高階聖職人員說，迦南閣下堅持除非當面見過你，評定你人品，否則絕對不會推行這個計畫。」

我頗為訝異。原來迦南在計畫中擔任要角，並不是棄子。而且即使是身出名門，他還是極為年輕。海蘭接著說：

「他好像是個知名的神童。哪怕是厚重的神學書，也能看一眼就全部記下來。」

我回想起迦南對那種場合習慣到不像那年紀的穩健風度，以及流暢概述封禁技術的聰穎神情。他不僅出身高貴，也具有與之匹配的能力。

說到堂而皇之的態度，身旁這少女也不遑多讓。往繆里一看，她正開開心心地將切得厚厚的乳酪放在小麥麵包上，幾乎都要看見她猛搖尾巴了。

「所以我順利通過面試了？」

海蘭微笑聳肩。

「我相信他是以審查為藉口，來見見未來不一定還有機會見的景仰對象。」

「……」

不知該怎麼回答時，海蘭對我的反應頗為滿意似的稍微點頭。

「先前送他離開的路上，他也一副等不及想看你翻譯的聖經俗文譯本的樣子。辦公室讓他太緊繃了吧。」

我光是努力不讓自己被迦南從容不迫的氣度淹沒就無暇他顧了。聽了他的台下形象，發現我們其實都在死撐面子，感覺有點好笑。

「我倒是一眼就看出來了。」

轉眼吃光麵包的繆里露出十足狼族兒女樣的犬齒，瞇眼而笑。

「如果他是女孩子，我搞不好在他親你手背的時候就把他踢開了。」

喝著葡萄酒的海蘭笑得肩膀直晃。

「我也要小心一點喔。」

我對海蘭投出「怎麼又開這種玩笑」的眼神，繆里則笑嘻嘻地大張嘴巴，啃起另一塊肉。

「唔……動不了了……」

會覺得這畫面有點熟悉，是因為繆里和母親賢狼赫蘿一個樣吧。從前受人尊崇為神的赫蘿喝多以後，也經常暴露出這種醜態。

不過就旁人看來，那不像是個性邋遢的問題，顯然只是身旁有個時時噓寒問暖的親愛丈夫造成的。也就是說，繆里會有現在這德行，太寵她的我要負起一部分責任。

「大哥哥……好難過喔……」

掃平一整堆美食之後，繆里連回房都有困難，直接挺著肚子躺在中庭邊迴廊裡的長石凳上。

「真的不需要找醫生來嗎？」

海蘭擔心地問，我嘆氣回答：

「常有的事。讓她躺一下就好了。」

反正明天早上肚子又要咕嚕咕嚕叫了。

我向急忙拿毛毯來的女傭道謝，蓋在繆里身上。

「暴食是大罪之一，等等我要跟妳講這方面的事。」

「唔唔……」

那呻吟刻意得可以，是「我聽不見」的意思。

我戳戳這野丫頭的賊腦袋，站起身說：

「話說回來，海蘭殿下——」

「嗯？」

似乎想照顧繆里一整晚的海蘭轉頭過來。

「關於工匠那件事，我想先問問我認識的書商。」

「你還認識書商啊？」

「以前旅途中受過他的照顧，當時他手邊有一本遭到教會列為禁書的技術書籍。不僅是知識和管道，信用方面也是十分可靠。」

「買賣珍奇書籍的書商啊。吃這口飯的人，應該對異端審訊官的風吹草動很敏感，說不定會知道當時的事。」

海蘭深深頷首，手扶下巴思索起來。

「請問怎麼了嗎？」

即使這麼問，海蘭的表情仍不明朗。

像是有口難開的感覺。

「迦南閣下提的議，對王國來說簡直是神的旨意。」

她以有些僵硬，不太像只是將幸運歸功於神的口吻說：

「但我想，協助他們推行這計畫，會有幾個問題。」

「問題嗎？」

迦南獻的計可說是滿滿都是問題。需要一頭撞進連伊弗都不想扯上關係的書籍世界最深處，在大陸廣發聖經俗文譯本的計畫，也遭到溫菲爾國王勒令暫停。

然而接不接受，不是早就決定了嗎。

猜想她會不會是和繆里一樣，覺得尋找工匠太困難時，海蘭揭示了這問題的意外切口。

「造書是需要場地的啊。」

聖經那麼厚，還得製造幾十幾百，甚至上千本。

有了迦南所說的技術，少數工匠就能複製那麼多份。以不用羊皮紙、不用牛皮裝訂的單純紙本而言，其價格大半取決於寫字工的酬勞。

我還以為有了技術就行，看來繆里說得沒錯，我真的只看得見半個世界。

「場地……對喔……就、就是說啊。」

光是紙張占的空間就很可觀了吧，而且還得找人來搬。想暗地裡製造大量書籍，就得找遠離群眾的地方，太偏僻又會妨礙物資運送。再說不時有滿載紙墨的貨車進出什麼也沒有的地方，無論如何都會引人側目。

另外，迦南所說的技術就只是在紙上印刷文字。光是將造紙坊送來的紙裁切、開洞、穿繩、上封面，簡單弄成一本堪用的書，就需要不少人手。如果要工人都關在一個地方工作，就得找人來照顧他們的生活起居，也需要頻繁添購一切所需物資。當然，這不是瞞得了整個城的事。

才剛為這盲點扼腕，海蘭又說出一句更意想不到的話。

「所以，我需要你幫忙說情。」

「我……我嗎？」

她究竟想到什麼了？只見海蘭垂下雙肩，嘆氣道：

「我心裡有一個正好適合這項計畫的地點……就是我們作後盾的那所新修道院。」

「啊！」

我不禁叫出聲來。

為夏瓏與克拉克的孤兒成立的修道院，的確很適合造書。

「那裡與城市隔了一段合適的距離，也有可供許多人吃住的空間，有人頻繁出入也不會引起懷疑。我想不到還有哪裡更好的了。」

「在修道院的話，頻繁送紙墨進去真的就不會引起懷疑了呢。太棒了。」

說完我才注意到一件事。

「可是，那個，為什麼需要我說情？」

「嗯，就是，那個……」

海蘭難為情地搔著額頭說：

「修道院是我們替克拉克閣下和夏瓏女士他們準備的，他們現在天天都在忙著籌備修道院吧。為了自己方便就占用人家的地方，實在是……」

覺得錯愕，不是因為海蘭支支吾吾。

而是眼前的她與我心中的貴族形象相差太多。

「當然，我們不會占用太久。一旦計畫結束，我就會信守承諾，還他們修道院。」

努力辯解的海蘭讓我忍不住有點想笑。

「海蘭殿下，聽您這麼說，反而加深了我對您的信賴。」

「咦咦？」

我對愣著眨眼的海蘭挺直背脊，端正姿勢說：

「不管怎麼說，您都有直接逼迫克拉克先生他們聽命的權力。但您卻憚於這樣的權力，總是為克拉克先生他們著想。」

面前抬頭看著我的海蘭忽然變成她這年紀的普通少女，別開眼睛。

「這真的是一件很可貴的事。海蘭殿下，我願與您攜手並進——」

「寇、寇爾……」

「不必難為情，我是真的很感動。」

「不是啦，那個，也對。」

海蘭那有如詩歌的高貴情操，比什麼都更匹配她的王族血統。就在我為了表達這感動，要握起海蘭那不知是害羞還是徬徨的手時——

「唔……！」

一旁傳來宛如來自地獄深淵的低吼。

「寇爾……」

海蘭用「我們都是待審之身」的就範表情，雙手舉至肩高。要是海蘭不夠機靈，現在我們手上都已經多出深深的齒印了吧。

「你的騎士真是銅牆鐵壁。」

海蘭這麼說之後，看著繆里後退一步。

到這裡，繆里的低吼才終於停止。

「我好像需要再次提醒這個野丫頭誰才是主公呢……」

只有我和繆里兩個的騎士團，是海蘭動用特權賜給我們的，海蘭即是我們表面上的主公，但跟從森林法則的小狼女不太理會這件事。

「言歸正傳。海蘭殿下，修道院那邊……」

比起繆里對主公失敬，海蘭更不想破壞她與繆里的良好關係，繆里臭著臉的樣子讓她很緊張。試圖將話題導回原軌後，她才赫然回神，尷尬地笑了笑。

「克拉克先生和夏瓏小姐應該能體諒，我會親自向他們解釋。可以告訴他們計畫的事嗎？」

「可、可以，他們應該信得過才對。方便的話，開始製書以後，我還想請他們也來幫忙校閱文章。」

「遵命。」

這麼說之後，我將較難啟齒的部分也說出口：

「可是，既然要借用修道院建地，還有個問題得解決才行。」

「問題？」

忽然換我提出問題，感覺有點好笑，但內容不怎麼有趣。

「其實修道院建地荒廢得超乎想像。現在是克拉克先生天天過去，打算靠自己多少整修一點，但進度實在快不起來，修繕的資金也遲遲沒有著落。」

海蘭聽得目瞪口呆，忘了繆里的存在逼上前來。

「原來有這種事！」

「呃，是、是的。」

現在換我注意繆里的反應了。她還是躺在石凳上，眉頭大皺，嘴巴噘得好尖。

「好像有聽過他們說狀況比想像中差……是喔，原來這麼糟糕……」

自責使海蘭扶起了額。

「我沒有調查清楚的壞習慣又犯了。好吧，我知道了。既然如此，修繕費就由我來出。我是不想把這當成代價，但能麻煩你請他們把地方借給我們嗎？」

憑海蘭的身分，即使是單方面下令，克拉克他們也不得不從。

這讓我再次感受到，在這場對抗教會弊病的戰鬥中，沒有比海蘭更好的戰友了。只是在繆里緊盯之下，我不敢握起她的手。

「我明白了，我會好好解釋的。」

「嗯，拜託你了。」

海蘭退開逼近的身體，動腦盤算下一步。

我趁隙看看繆里，只見她「咿～」地咧嘴作鬼臉。

「真是的，他們怎麼不早說……喔不，不是吧。」

自嘲的海蘭臉上笑容顯得有些哀傷。

「夏瓏原本是徵稅員嘛，大概是知道我口袋有多深吧。」

夏瓏曾說好心領主賺不了錢。即使旅費出得起，她和能夠自掏腰包蓋大教堂的有錢貴族還是差很多。

「讓下屬擔心資金的事，是我們上位者的不是。」

「別這麼說。」

不禁安慰自嘲的海蘭後，她輕輕聳肩微笑，轉向繆里。

「聽說令尊是世間少有的高明商人，能請妳問他可否指點我幾招嗎？」

繆里哼一聲，竟回答：「等我心情好就問。」

「總之，先把工匠找出來再說。我也會向各港都洽詢異端審訊官的來訪記錄。」

「好、好的。」

「我們可是要用這個計畫終止王國與教會的衝突喔。」

海蘭這麼說著一手拍在我肩上，嚇得我趕緊看繆里。

「吼！我不會生氣了啦！」

感覺像騙子島的騙子一樣。繆里挺身站起，擠到我和海蘭中間，推著兩方的胸口拉開距離。

「替我綁辮子就原諒你。」

這是對我說的。

「給我沾蜂蜜的無花果就原諒妳。」

這是對海蘭說的。

明明剛才才為吃太撐哀嚎，這吃性也太堅強了。海蘭一口答應，繆里滿意地點了頭。

迦南的計畫難關重重。

但說不定能進行得很順利。

以上便是令人如此樂觀的靜夜一景。

繆里將暫別勞茲本的份一次塞回肚子裡的那晚過後，隔天她一早就開始練劍，我到宅裡的禮拜堂作晨禱。接著動身拜訪夏瓏，告知昨天的計畫。

「……妳蒜味也太重了。」

平常夏瓏在繆里面前都故意擺臭臉，這次是真的很難受的樣子，連繆里自己都有點害羞。何況她剛醒來就覺得有大蒜味，在房裡到處聞來聞去。

「找我做什麼？」

大概是遮羞吧，繆里嘎嗚嘎咕地低聲叫。我按住她的頭，向夏瓏說明來意。除了迦南與遭禁的技術讓她很吃驚之外，她對說不定能和平解決雙方衝突這點也頗有興趣。她並不在乎雙方變成什麼樣，單純是不希望見到戰爭製造更多孤兒才期盼和平吧。

「我不管王國和教會爭什麼，既然能幫我們修築修道院，那當然是很好。其實克拉克那傢伙還挺愛逞強的。」

「逞強？」

夏瓏嘆氣聳肩說：

「整修工作進展得很不理想，但他堅持那是他的工作，甚至在那裡住下來了，叫他回來也不聽。特別虔誠的人好像都有這種毛病。」

聽表情鬱悶的夏瓏這麼說，繆里的頭有所共鳴似的點了點，再抬起來看我。

「如果藉這個機會要他休息一下，他大概會聽吧。」

「知、知道了。」

答得吞吐，是因為繆里「大哥哥也是這樣」的視線刺得我很難受。

「話說回來，居然有能夠隨意複寫文件的技術啊。」

夏瓏抱起胸感嘆地說：

「要是還在徵稅那時候有這東西，不知道能有多輕鬆。」

「是喔？」

繆里看向夏瓏。

「徵稅布告有一大堆『奉神與議會之命』什麼的定型文要寫。能省掉這一步的話，有很多人可以從這個苦差事裡頭解脫。」

不太明白這技術哪裡厲害的繆里，對夏瓏所說的現實問題倒是很有共鳴。

「不過假文件也可以量產，有好有壞吧。」

會接觸文件的人，很快就能看出技術的優缺點。

夏瓏輕哼一聲，看看我和繆里說：

「可是，你是認真要找這個下落不明的工匠嗎？光是找不想繳稅躲起來的工匠，就不知道有多辛苦了耶。」

「放心啦，我們連幽靈船的真面目都破解得了了。」

我不禁苦笑，繆里則是得意地挺高胸膛。

大概是這對比頗有趣，夏瓏吊起歪唇冷笑。

「對了，說到這幽靈船嘛。」

夏瓏鬆開雙手，笑咪咪地注視繆里。

「妳回來的時候，在船上欺負海鳥對不對？」

「咦！我哪有……」

「對不對？」

我還是第一次看到海鳥急成那樣。不說夏瓏，被我冷眼一盯，繆里立刻縮起脖子抬眼求饒。

「這筆債就用幫克拉克的忙來抵吧，笨狗。」

「啊？妳這隻——」

說出「臭雞」之前，腰間佩劍隨身體前傾乍然一晃，讓她想起自己的身分。騎士只會保護人民，不會辱罵人民。

儘管她依然不願信神，騎士精神倒是從小就耳濡目染。

「……我會跟鳥先生說對不起。」

要是能看著夏瓏的眼睛說就滿分了，但能道歉就已經是長足的進步。

「以後在港邊看到海鳥，記得分幾塊麵包給牠們。」

「……好啦。」

如果狼耳狼尾露在外頭，一定都垂得低低的吧。

我摸摸她的頭嘉許她，卻被她不耐地撥開，緊抱我的腹側。抓那隻倒楣的海鳥時，她是真的沒有惡意吧。

「呵，我們家小孩還比較懂事呢。」

聽了夏瓏的揶揄，繆里吐出舌頭來反抗。

夏瓏看我要去修道院建地，就要我送點換洗衣物和食物過去。食物包含烤了兩次以利保存的麵包、乳酪，和補充重勞動消耗用的培根。克拉克是個虔誠的信徒，平時很克制吃肉吧。

換洗衣物上有許多顯眼的修補痕跡，縫工參差不齊，不難想像是夏瓏和孩子們合力修補的，眼前隨之浮現他們和樂融融坐在一起做針線活的樣子。他們將要居住的修道院和孤兒院，肯定會是個非常美好的地方。

回到府邸向海蘭報告之後，她立刻擬定了整修計畫。首先請園藝師和木工了解現況，列出必要的工作項目。

找這些師傅需要幾天時間，身上又有夏瓏的請託，我便先帶繆里去找克拉克。中間發生了一點小插曲——繆里吵著要把劍留在腰上，打算直接走到修道院建地去，海蘭卻堅持不准。派馬給我們，不僅是考慮我們剛從長途旅行回來，更主要是為了自己準備好建築物之後沒有多了解狀況，要送點葡萄酒和新鮮水果給克拉克賠罪。

於是，我們直接借用了宅邸平時使用的貨馬車和一匹馬。

「咦……大哥哥，你真的會駕貨馬車嗎？」

一聽要在風和日麗中搭貨馬車前往，繆里就連忙跑回房間拿紙捲和墨水，結果見到駕座上是我就傻著眼這麼說。

「妳可能不曉得，我也是在外面旅行過好幾年的呢。」

「我好擔心喔……」

認為哥哥做什麼都不行的繆里笑容僵在臉上，海蘭趕緊替我說話。

「我在紐希拉看過他裝卸馬具，技術很好喔。」

「咦～？他連晚餐吃的雞都要抓半天耶～？」

拜託不要拿我跟瞪一眼就能嚇暈雞的小狼女比。

「好了，快點上車。」

「……好～」

為跳上貨台的繆里嘆口氣後，我轉向海蘭。

「那麼，車就借我一下吧。大概明天就回來，最晚後天。」

「好，不要太勉強喔。」

我們就此在搬食物上貨台的女傭和在駕座鋪毛織品的男傭目送下出發了。

雖然對繆里說了那些話，其實我對自己的駕駛技術也不太放心，事先在中庭練習了一會兒。多虧於此，車子在勞茲本的路上並無大礙，但應該不是我技術好，就只是在貴族宅子裡受到細心照料的馬比較優秀吧。

「呵呵，感覺好奇怪喔。」

「？」

馬匹往城牆大門叩叩叩地走的途中，繆里肘靠貨台邊緣，傾身到駕座這邊來說：

「大哥哥除了看書以外，不管做什麼都很不搭耶。」

「……」

我穿的既不是從紐希拉穿來的聖職人員風格服飾，也不是經常向宅邸借的商行小開行頭，就只是宅邸園藝師徒弟穿的厚麻衣，方便在修道院建地幹點活。

「而且我都不知道你會駕貨馬車，有點不甘心。」

看來她是不滿意這點才來抬槓。

「在紐希拉很少有這個必要，而且旅行上趕路的時候有妳在嘛。」

我已經騎過狼形繆里好幾次了。

每次都騎得我魂不附體。習慣以後，再狂暴的馬都沒問題吧。

「……哼～」

她或許是想裝不在意吧，但竊喜都從嘴角流出來了。

接著繆里坐回去，在貨台上翻了翻，輕巧地跳到駕座上並說：

「看你很寂寞的樣子，我來陪你了。」

手上還拿著紙張、羽毛筆和墨壺，是要繼續寫那篇荒誕無稽的騎士故事吧。駕座不大，但想要她回後面寫又八成不會聽，還會鬧脾氣，乾脆就算了。

「爹娘他們也是這種感覺吧？」

貨馬車抵達城門口，衛兵見過海蘭給的通行證後放行。

車上堆了不少糧食，沒通行證就要繳稅了吧。

「娘說過她尾巴不能藏，每次通關都很辛苦呢。」

「聽羅倫斯先生也說過，她為這件事發過好幾次脾氣。」

「娘?為什麼。」

「因為她都把尾巴裝成防寒皮草，經常被人說成便宜貨。」

還以為繆里也會打抱不平，結果笑得頗開心。

「好想看娘恨得牙癢癢的臉喔。」

真是個壞女兒。我不禁苦笑。

「嗯~也可以這樣吧。這樣也不錯。」

「什麼不錯?」

順大路走了一會兒，周圍盡是田地和原野。

繆里扭扭身子放出耳朵，再把毛茸茸的尾巴擺在腿間，攤紙沾墨。看她那樣，很擔心她漂亮的銀色尾巴會滴到墨水，然而她對尾巴並沒有母親賢狼赫蘿那麼注重。

「美麗的女騎士結束了雪山的激烈戰鬥後，其他騎士都用豪華貂皮取暖，只有她一個披著樸素的銀色狼皮。」

美麗女騎士這種寫法就已經很失敗了，但繆里的筆依然寫個不停。

「同伴都很好奇她為什麼穿那麼寒酸的東西，只有指引騎士的聖職人員注意到狼皮的好。」

繆里一邊這麼說，一邊呵呵嘻嘻地竊笑。

原本是不滿意想抓諾德斯通的主教結局而改寫，怎麼會變成和一大堆騎士到雪山戰得轟轟烈烈呢，實在搞不懂。

再多看幾行，發現繆里把自己寫成了比現在高五個拳頭，鼻子高挺的英勇女騎士。以她母親來看，多半是不會變成這樣，她自己卻相當認真。

「然後大哥哥其實很在意那條尾巴，想摸得不得了，可是怕被人笑就裝作不在意。」

原本迂迴寫成聖職人員的人物，不知不覺變成大哥哥了。

那身為兄長的我，有句話非說不可。

「會在意妳的尾巴，是怕妳在森林裡跑來跑去，沾到一堆泥土。每次都要幫妳清尾巴，很累人耶。」

「吵死了！」

我被繆里吼得閉起了嘴，接著無奈嘆息。

儘管現在不會吵著要跟我結婚，她那近似愛意的感情太過直接，似乎愈來愈往奇怪的方向歪去。

「妳父母旅行的時候，大概也是這種感覺吧。」

我回想起兒時在貨台見到的情景。套句繆里的話，感覺真的很奇怪。彷彿和那當時很接近，卻又完全不同。

「可是大哥哥真正喜歡的不是尾巴，而是漂亮的頭髮。頭髮的光澤……大哥哥大哥哥，澤怎麼寫？」

被繆里扯袖子的我接過羽毛筆，替她寫在紙的角落。旁邊的文字，寫的是有潔癖又死腦筋的聖職人員，被美麗女騎士的銀髮弄得心煩意亂，苦惱不已的場面。

我不想多表示意見，握緊韁繩。

繆里用力注視那個字一會兒，寫上剛學的單字，顯得很滿足。

小時候，那兩人的旅行看起來真的很愉快。

可是在悠閒這方面，我們應該不輸他們才對。

我這麼想著，繼續駕駛貨馬車向前進。

夏瓏說沿路一直走，有個旅人為祈求旅途平安而堆的小石祠。從那往左拐，不久有條架了小橋的小溪。過橋後再走一段，有座在原野上十分顯眼的森林，那棟建築就藏在森林深處。

然而對深山長大的繆里來說，那只是會問：「森林？」的林子罷了。

「寇爾先生！」

因此，在院地幹活的克拉克很快就注意到貨馬車，認出是我們就樂得幾乎要跳起來，立刻奔過雜草叢生的小徑。

「怎麼突然來啦？夏瓏那邊又出問題了嗎？」

我對他們兩人關係的印象，原本是夏瓏牽著文弱的克拉克到處跑，但這句話讓我覺得有些許訂正的必要。至少繆里是一副抓到夏瓏小辮子的狼臉。

「那個啊，夏瓏小姐請我帶這些東西給你。」

平常都叫她臭雞，現在居然加了小姐，並將她託送的換洗衣物等東西拿出來。

「啊，真不好意思……」

「要跟夏瓏小姐說謝謝喔！那麼強的人很少了！！」

不僅是克拉克，連我也看傻了眼。克拉克應該想像不到繆里的企圖，頂著一張泥濘的臉疲倦地笑。

「呵呵。她在兩位面前特別愛面子，所以才會有那種印象吧。」

「咦，真的嗎？她看起來真的很強耶。」

嘴上雖這麼說，眼睛卻亮得有魚上鉤一樣，使我不禁戳戳她的頭，插嘴說：

「我這次來，也是為了跟你談整修的事。」

被打斷的繆里不甘地踩我的腳。

克拉克不知出了什麼事，疑惑之餘也仍表現出聖職人員的風度。

「那個，抱歉這裡沒地方能坐。而且……好像不只是夏瓏給我的東西而已？」

「啊，差點忘了。海蘭殿下也有很多東西要我帶給你。」

知道貨台上都是食物之後，克拉克用剛做過粗活的手握起脖子上的教會徽記，感謝上蒼。

這裡占地頗大，石造建築不只一棟，座落於主屋的東南西北。每棟之間都有石磚鋪成的聯絡走廊，邊上裝飾用的石柱藤蔓纏繞，長滿了草。通往大道的小徑也變成了草叢，之前看似路的部分是克拉克闢出來的。

「這裡只靠你一個人啊？」

「這麼久了也沒什麼進展，讓您見笑了……」

「一個人絕對清不完啦。」

將貨馬車停到屋前之後，先一步撥開草叢到處查看庭院的繆里回到車邊，聳個肩說：

我也是這麼想，克拉克則是露出累到油光全失的乾涸笑容。

「裡面就沒那麼誇張了。」

主屋大門的鉸鍊已經腐朽，門歪了一半。但地面因鋪石的關係，植物沒那麼茂密。克拉克似乎都在門後的廳室裡起居，那裡擺了幾條粗糙毛毯等用品。要不是枕邊有蠟燭和聖經，說是盜匪的野鋪我也會信。

「主屋是石造的，狀況比較好一點，木造的就壞得就很嚴重了，北側離館好像都變成動物巢穴了……到了晚上，就會有窸窸窣窣的聲音。」

這裡雖是廢墟，接近貴族私地難保不會惹上麻煩，周邊村莊的人也不會靠近吧。對周邊動物來說，肯定是個不錯的避難所。

「人一進來，動物就會自己離開了，問題在庭院吧。大成這個樣子。」

以田園屋宅來說，這裡其實算不上大，但是對於深山狹村紐希拉出身的繆里而言，已經相當廣大了。

「看樣子井口也都埋在草底下了，大工程呢。」

說到修道院，想像的都是碎石鋪成的步道、細小流水聲、藥草圃和用來沉思的整齊草地，與現狀相差甚遠。

「只有一個人除草的話，除完一圈，一開始的地方草又長回來了。這樣根本沒辦法修整房子本身。」

或許克拉克有責任感高於常人的一面，但見過實際情況之後，我也多少明白了一些事。克拉克會不會是將這場苦難當成了神給予他的考驗，因而樂在其中呢。肯定沒錯吧，所以夏瓏才會鬱悶地說他愛逞強。

優秀的聖職人員，往往都是些喜歡苦難的怪人。我能體會克拉克的心情，也懂夏瓏希望他將效率擺在考驗云云之前的焦躁。想到他們吵吵鬧鬧爭辯的樣子，也會一併想像他們感情多麼好，忍不住就微笑起來。

不過要是他真的這樣獨力弄下去，永遠處理不完也是事實。有繆里這個嚴格監工在，我只好破壞他沉浸在苦難中的愉悅，說明來意。

「我已經跟夏瓏小姐談過了，我們要藉海蘭殿下之手，一口氣把修道院整修起來。」

「咦？」

他頓時一臉茫然。在小主教區擔任助理祭司而看遍人生百態的克拉克，似乎是因為這句話而想像了不好的未來。

「不，你別擔心。除了讓人們能為了信仰而繼續使用這個地方外，迅速整修這裡，也是我們自己的目的所需，到時候要借用一部分空間。」

「這、這樣啊……」

繆里接著對疑惑仍未散盡的克拉克說：

「我們有個祕密的計畫啦！」

我對賣關子的繆里嘆口氣，將對夏瓏說過的那些話再跟克拉克說一遍。

夕陽西沉，圍著火堆吃完晚餐後，廢墟生活似乎激起了繆里的文思，拿起羽毛筆在火堆前寫個不停。若在城裡，我會說這樣是浪費薪柴，但這裡能燒的多得是。

克拉克聽了迦南的計畫，也和夏瓏一樣願意為世界和平付出，積極地接受了，還自願在製作聖經譯本時提供協助。

談完了工作，這裡還剩火堆、時間和海蘭給的上等葡萄酒。再加上平時吵鬧的繆里格外安靜，我便盡情與克拉克享受一段神學論談。

「原來如此，您的解釋真有見地。」

「不敢當。我只是追著文字跑，透過聽來的知識用自己的想法重新建構起來而已。倒是克拉克先生你以實地司牧為根基所做的解釋才真的是深奧，我受益良多。」

克拉克帶來這種地方的聖經當然不是有精美裝訂的高級品，是他自己用布紙寫成的。憑他小城萬年助理祭司的聖祿，要買足夠紙筆是頗為困難。

想到有信仰如此堅厚之人隱沒在市井中，我就不禁猜想比我更適合翻譯聖經的人會不會其實是到處都是。說不定在送去大陸散播之前，需要多找幾個人檢閱檢閱。

在對話之中透露出這種想法後，克拉克愣了一下，露出燭火般的笑容。

「說也奇怪。」

並翻開擺在我們之間的手工聖經說：

「用教會文字寫成的聖經，我讀到都背下來了。只要是講聖經的事，就算是面對語言完全不通的外國聖職人員，都說不定能用教會文字對話呢。」

或許是因為海蘭要我帶來的上等葡萄酒，克拉克今天話有點多。

「然而，若是要和不識字，當然也不曾讀過整本聖經的平民百姓講解聖經內容，情況就不一樣了。」

砍來的柴大概是不夠乾燥，不只煙多，還「啪！」了一下。

「很多原本滾瓜爛熟的東西，一旦要改用平常說的話來講，舌頭就變成石頭了。好比一個表示虔敬的教文單字，意思很複雜，不曉得到底該怎麼換成俗話來解釋才好。就像要把四角形的積木塞進三角形的洞一樣，必須有所削減才塞得進去，但問題就在這裡。面對如此意涵豐富且複雜的詞語，我不曉得該削去哪條枝椏才好。可是——」

克拉克往我看來，用的是略帶嫉妒的眼神。

「寇爾先生您翻譯的故事準確得驚人，而且很生活化。我第一次拜讀時，甚至很久以後才驚覺自己在讀俗文譯本呢。」

克拉克靜靜地捧起幾乎空了的杯子來喝。

「我實在不懂您是怎麼做到的。」

不知是醉意還是累了，克拉克的眼有些發直。

「寇爾先生，神給了您一份稀世之才。散播聖經就是您的天職……不要猶豫。」

他打個酒嗝繼續說：

「勇往直前吧。用您的言語，讓腐敗的教會清醒過來。」

克拉克表情顯然是醉了，只有注視著我的目光格外專注。他在勞茲本最窮的教區當助理祭司，應該見多了世上的不公不義，也痛感教會的腐敗與聖職人員的無力。然而基層助理祭司的能力微不足道，只能接受命運。

這樣的人，想必是多不勝數。剎那間，我發現自己不僅給迦南那樣的高階聖職人員製造了機會，也是克拉克這類人的希望。

然而無法義無反顧地去推行自己翻譯的聖經，不完全是缺乏自信，主要是因為我心中有近似愧疚的感情在。這是因為，我能夠回答克拉克「如何能翻譯得如此準確」的問題。

「如果我的才能是神賜予的，我可能會有足夠自信吧。」

「……？」

眼皮半閉，又以怪異姿勢倒酒的克拉克往我看來。

我也喝下一口酒，壯壯膽再說：

「如果我真的成功用淺顯易懂的文字重述了聖經，那都是她的功勞。」

克拉克朝我所指方向看去，見到寫得臉幾乎都埋在紙裡的繆里。

「受不了……真的是受不了，她對信仰一丁點興趣都沒有，還是個一有空就往山上跑的野丫頭。因為我說得再多，她都只聽得下兩、三句，不準確一點不行。要在她一身泥地對我展示剛抓到的超大青蛙時，簡短有力地塞進她耳朵裡。」

若狼耳暴露在外，她或許會注意到，但她依然沉浸在她的筆下世界。克拉克看看繆里，小聲一笑。

然後說：

「哈哈，原來如此原來如此……」

「是愛呢。」

他以拳掩口，打個酒嗝後又笑了笑，嘆氣似的說道：

「您的信仰是用愛灌溉出來的呢。」

「……」

答不了話不是因為害羞，而是第一次有人如此評論，而且我不覺得哪裡不對。

繆里從不聽我說教，卻總是豎耳聆聽著我自己說的話。更可惡的是她腦筋動得很快，說教時一有瑕疵就會被她反咬一口。

然而眼睛依然盯著她不放，跌跌撞撞地和她來到了這裡，還取得了世上只有我倆能用的徽記，都是因為我希望她得到幸福。

在愛之前，沒有其他字詞更貼切。

「……感覺上，好像不太對耶。」

不知為何，我需要用相反的話才能正確表達自己的心情。

克拉克似乎也明白兄妹的複雜感情，笑得像個普通的城鎮青年。

「那些話都不是經過琢磨才說出來的，真的就只是一直在罵人而已。」

「那也是愛的表現吧。那表示您對所愛之人傳達信仰之美好的想法，甚至足以改變世界。」

他認真至極地這麼說之後爽朗地笑起來。繆里也察覺我們這的氣氛變化，但先前似乎沒在聽，一臉的疑惑。

我跟著笑，是因為克拉克說得一點也沒錯。

如果迦南的計畫順利進行，我所翻譯的聖經傳遍大陸，等於是把我在紐希拉對繆里大呼小叫的那些話傳遍世界。而且繆里的心動都沒動，整個世界卻先動起來，真的是只能笑了。就像個有點諷刺意味的童話故事。

繆里是個頑固且貫徹始終的人。一旦決定了目標，怎麼撬也撬不動。我不曉得為她傷透腦筋兼胃痛了多少次，卻依舊放不開她，這是因為——沒錯。

因為我愛繆里。

那當然不是繆里所期待的男女之愛。

能讓我目光片刻不離，注意她每個舉手投足，無論闖了多大的禍都能一笑置之，我找不到比愛更適合的字詞。

這樣的想法，使我的笑容變得疲憊，最後化成近似放棄的奇妙嘆息。繆里只知道自己是話題人物，沒聽清內容，表情很不高興。而我繼續說下去。不是對繆里，也不是對克拉克。除了這麼說以外，我想不到其他話好說。

「看來愛就是這麼不如意的東西。」

一臉不知何時會咬過來的繆里，似乎覺得這句話有種魅力，挺挺腰潤潤眼之後迫不及待地將它寫在手裡的紙上。

克拉克則是用龜裂大地終逢甘霖的臉深深頷首。

「關於您提到的神奇技術——」

然後忽然這麼說。

「希望您能夠順利找到那位工匠。」

我沒問他何出此言。教會畏懼印刷術會造成異端思想快速擴散而加以封禁，而這句話使我明白他沒有這種想法。克拉克的側臉，透露出他相信這世界充滿了像剛才對話那樣，應該伴著笑容推廣的故事。

對印刷術的看法，即是對世界的看法。教會不相信世人而封禁了它，克拉克則寧願相信世人的良善。

黎明樞機與身旁銀色少女的故事即是一則實例。

克拉克閉起眼，打了個特大的酒嗝。

「啊啊，好想回夏瓏他們那個家……」

大概是工作得累了，上等葡萄酒又太烈了些，抑或是目睹了足以推動世界的愛的關係。

我替晃起腦袋的他蓋上毛毯，剛才勢要把頭塞進紙裡面的繆里用紙遮著臉，只露出頗為警戒的眼睛。

這是個四周都是雜樹林，只有狐狸等小動物出入的廢墟。

我輕笑著張開右臂，繆里用不知道在不開心什麼的臉靠過來，窩在臂彎裡。閉眼時一併把證明她騎士身分的劍鞘翻過去，蓋住上頭的狼徽記。

對早起頗有自信的我，醒來時發現克拉克已經在清理環境了。

他從石柱扒下藤蔓，拔除灌木叢，為美麗的修道院奮鬥。

哪怕這裡如此廣大，拔掉最後一根草時，一開始拔的草已經長成草叢也不放棄。

「好啦，繆里，妳的劍派得上用場了。」

克拉克正在幾株長得拔不太起來的小樹前傷腦筋。我往他看一眼，對眼中睡意濃厚的繆里這麼說，結果這個野丫頭從麻袋裡掏出麵包，冷冷地瞪我。

「騎士的劍不是用來砍草的。」

「那就用手幫他吧。」

我起身來到克拉克身邊，留下的繆里很不情願地將麵包塞進嘴裡，跟了過來。

「好，要拔嘍！一、二、三！」

儘管嘴上發著牢騷，一旦動起手來，她就會發揮她的本事，做什麼都開心。

不只對兩頭笨手笨腳的羊下指示，還親自帶頭。拔除的雜草灌木愈堆愈高，停下來喘氣時，周圍都是土味。

「照這樣看來，再過一星期就能整理得差不多了吧。」

當我們看著失去家園而跳來跳去的蚱蜢吃午餐時，有事發生了。

繆里忽然伸長她細細的脖子，往雜樹林的方向望。

「咦，有人來了。有馬蹄聲。」

騎士遊戲還沒玩完吧，她還準備拔劍。

「會是海蘭殿下嗎？」

關心下屬的她是挺可能樂意作粗活的，但繆里不這麼認為。

理由很快就揭曉了。我們也在雜樹林外見到了那個騎馬的人物。

「魯．羅瓦先生？」

馬背上那麵團般圓滾滾的男子，一看見我們就笑容滿面地用力揮手。

我小時候和他旅行過一小段時間。不只是我和他，還有幾個路上認識的人。與他相處過後，我才明白「博學」一詞的真正意義。

同時也想起，我對魯・羅瓦印象最深不是博學，而是他豪放不羈的個性。

「我接到伊弗小姐的聯絡了！原來大家街頭談到巷尾的黎明樞機，居然就是那個寇爾啊！所以我待也待不住，直接搭夜船過來了！」

剃得短短的頭髮已經斑駁不少，音量和口吻倒是和以前一樣。而且體型變得更大，感覺年歲反倒讓他更壯了。

「好久不見了，魯・羅瓦先生。」

「上次見是羅倫斯先生他們的婚禮嘛！哎呀，這就是他們的女兒嗎！」

見到羊的化身哈斯金斯時，繆里被那金毛羊震懾得發抖，而現在她心中的可怕人物榜單又多添了一筆。

「跟令堂一個模子呢！」

「……」

繆里愣愣地和他握完手之後，立刻後退，躲到我背後去。

「話說回來，那個，應該是我去拜訪您才對吧……」

「怎麼這麼說！聽說您是想問我書的事對吧，人與書的邂逅，每本書就只有一次！光是遲到半刻鐘就再也碰不到的書，至今不曉得有多少本啊！」

說到專門買賣價格比等重黃金還高的書商，一般都會想像戴雙白手套，如貴族一般的人物，但魯．羅瓦這樣的人在書商中似乎並非特例。據說這個要時常為貴重書籍東奔西跑的工作，聲音不夠大，態度不夠強硬還做不來呢。

「啊，失敬失敬。我叫魯．羅瓦，是個四處漂泊的書商。想要神學方面的書，找我就對了！」

魯．羅瓦這才對眼睛瞪得比繆里還大的克拉克自我介紹並握手。

「那麼，我們的黎明樞機大人要找的究竟是怎樣的書呢？還是說——」

才剛用能夠嚇跑鼴鼠的音量這麼說之後，他忽然壓低聲音：

「您寫了痛批教會的書呢？」

「咦？」

「這種書很好賣喔。有不少貴族沒失去信仰，只是對教會懷恨在心呢。對於渴望刺激，想收藏危險書籍的人來說，這種書可以滿足他們的復仇心、信仰心和占有欲，簡直棒透啦！」

我明明比他高，卻有種被他居高臨下，快要壓扁的感覺。他頂著貪婪得發燙，連伊弗都沒有的笑容逼過來，背後繆里慌得握起了劍柄，嚇得我鼓起勇氣把他推回去。

「不不不，魯．羅瓦先生，我沒寫那種書。」

「您沒寫啊？」

我用力點頭好幾次，魯．羅瓦表情變得像是被放鴿子的少年。

「有準備寫嗎？」

「也、也沒有。」

「真的？」

見我再度點頭，他重重嘆了口氣。

「等您決心要寫以後，請務必通知我一聲。」

第一次見到他，他就是個能在瀰漫火藥味的傭兵集團裡，扛著一大堆聖經到處兜售，讓他們能在戰場上祈福的人。隨年紀變得圓潤的，好像只有身材而已。

然而和迦南他們共謀大計，的確是出於對教會的強烈批判。就這點而言，魯．羅瓦的鼻子倒是挺靈的。

「所以您找我談什麼呢？」

「非常抱歉，跟買書賣書沒有關係……」

所以我才希望取得聯繫以後由我去拜訪。結果魯．羅瓦猜想可能會得到一本驚天動地的書，能大賺一筆就連夜趕過來了。既然他搭的是夜船，花費恐怕不小。

「別這麼說。您直接找上我，而不是城裡商行，就表示有這樣的需要。伊弗小姐在信上也透露出她的為難，這件事肯定很有意思。」

伊弗為難這部分，讓魯．羅瓦真如字面般捧著肚子咯咯笑。伊弗曾說，這件事根本是在她家門口放蜂箱。

這麼說來，這位書商就是被香味引來的熊了。

「我想問的，是書的製法……」

「喔？」

不時暗中買賣危險書籍的書商睜大了眼。

「例如可以輕易複製書本，被教會禁止的方法。」

緊接著，我為人表情原來能這麼豐富而開了眼界。

「……我是知道啦。」

魯．羅瓦擺出萬般不願的表情，擠出這樣的答覆。

「原來如此……這真的不能問城裡的紙行。」

同時猛抓腦袋，歪著嘴巴重重嘆息。

這情緒的落差，比心情變得比貓眼還快的繆里更誇張。

「可是，這件事您是從哪裡聽來的？那已經是好多年前，由教廷自己的裝訂工坊研究出來的技術了。後來教廷將其視為異端，還沒傳開就把工匠抓光，沒幾個人知道這件事。」

「呃，這個嘛……」

我不確定能否對他說出迦南的事，但他大手一張，說道：

「喔不，失禮了。我不該問這麼多。」

這世上確實是有些光是持有就會被教會盯上的書。

專營這種書籍的魯．羅瓦，自然很懂得分寸的樣子。

「那寇爾先生您為何想了解這技術，我也就不問了。」

魯．羅瓦對神發誓般手按胸口，接著往我看來。

「不過，我也希望您能發誓。」

表示我無意給他惹麻煩前，魯．羅瓦先說：

「當您要寫痛批教會的書，得頭一個通知我。」

「呃……這……」

我霎時一片混亂，不知該怎麼回答。但魯．羅瓦的眼神表示，在我點頭以前他絕不會配合，

我照顧繆里時見過很多次。

繆里躲在我背後也依然注視著他，就是因為遇見了比她更強的同類吧。

「……我、我發誓。」

終於擠出口的話，說得跟婚禮宣誓一樣。

克拉克察覺我和魯．羅瓦的對話他最好別聽，便將我們帶到睡覺的主屋去談，自己到外頭除草，繆里也一併跟去。她是把有意思的探索廢墟、無聊的技術話題和壓迫感驚人但似乎人畜無害的魯．羅瓦擺在一起比較，最後選擇了探索廢墟吧。

「我們要找的，是唯一從異端審訊官手中溜走的工匠。」

我為魯．羅瓦倒一杯海蘭送的葡萄酒，他一口就乾了一半。

「嗯。記得是逃到王國來以後就沒消沒息了嘛。」

居然連這都知道，讓我很訝異，而魯．羅瓦戲謔地抹抹額頭說：

「以前我啊，在教廷的書庫迷宮裡工作過，所以有管道。再說我這樣的書商，本來就很注意那方面的消息。」

真想不到，原來博學是源自教廷的經歷嗎。說不定還見過迦南呢。

「注意那種事，是為了幫助工匠嗎？」

能輕易複製書籍的技術，是能讓書商口水流滿地的誘惑吧，對於工匠的行蹤或許心裡有數。懷著如此期待發問的我，卻連個微笑也沒得到。

「正好相反。其實把四散各地的工匠行蹤報給異端審訊官知道的，幾乎都是我這種買賣稀有書籍的書商。」

魯．羅瓦默默看著我錯愕得嘴繃成一線。

「畢竟，那會讓本來只會有一本的書隨隨便便就變成好幾本。」

「啊！」

一方之得，必定是他方之損。

「就連在印刷術還沒被視為異端的時候，聽到消息的謄寫匠公會和羽毛筆工匠就開始騷擾那間工坊了。另一方面，書愈多賺愈多的羊皮紙匠、牧羊人、造紙匠和細密畫家就很期待這門新技術。而我們這些買賣稀有書籍的書商，是屬於前者。」

也就是製造一本書會牽涉到很多人，而他們的利害關係不盡相同。

「總之結果就是，原本請他們研究便宜又快速的方法來造書的教會，突然反過來把他們打成異端，就此定調了。」

技術是教會請工匠研究的這件事，我還是頭一次聽說。說不定迦南是不願提起這件對工匠極其不公的事，而這也是他口中教會內部看法並不統一的一個例子吧。會不會是製作文書的部門為減少龐大工作量而支援了這項技術的研發，異端審訊官卻將其視為災厄呢。

「然後就算這些工匠逃跑了，他們還是非常危險。想吃飯，就得靠自己學成的技術，可是這世上識字的人占少數，會想在家裡擺書的不是貴族就是虔誠的聖職人員，顧客數量有限，讓他們特別顯眼。」

我想起街上光是有人賣出砂糖點心和上等羊肉，商人們就能為是哪個顯貴來到城裡猜個不停。做出便宜的書，與黑暗中點火無異。

「所以工匠們悽慘落魄地逃出去以後，繼續參與製書業的人都被抓光了。有鍊金術師或貴族庇護的，能躲比較久一點，但劇情還是一樣。手邊有工具有技術，即使明知危險也會想賭一賭。就是這種工匠的可悲天性，讓他們很快就露出馬腳，最後鋃鐺入獄。」

「……那逃過追捕的工匠是怎麼做的？」

「就是特別小心吧，抑或是怕到不敢碰了。」

被異端審訊官追捕這種事，我當然是只有耳聞而已。

傳說他們無所不在，如影隨形。一旦被形同吊頸索的他們追捕，就再也無法安心入睡。

「不過最大的可能，其實是那個工匠根本就不在這裡。」

「咦？」

心想他怎麼突然說這種話，但他表情極為認真。

「就算所有工匠都被抓了，他們也可能在逃亡過程中把技術交付給了其他人。只要讓相關人士認為異端審訊官還在到處尋找有那種技術的人，就能達到一定的遏阻力。」

執拗且狡猾。

這就是他們對付異端與異教徒的武器，守護教會的正確教章。

「話說回來，我已經有好些年沒聽過有人在談這件事，幾乎都要從腦袋裡消失了。結果現在竟是由您提起。」

簡直是惡夢捲土重來了吧。

「您應該不單純是路邊聽來的吧？」

那是他出於好意，勸我不要隨便玩火的意思吧。

「……很遺憾。」

說不定像魯・羅瓦這樣的人，光是如此就能推測出我是從什麼人聽來的。

「我自認是明白這技術的危險性，但因為某些緣故，我需要找出這位工匠。」

一是為了迦南那邊的計畫，二是想起了昨晚的克拉克。

「您知道些什麼嗎？」

那是對書商而言形同惡夢的技術。

就算魯・羅瓦知情，他也沒理由告訴我。

然而他搖頭時的表情，實在不像說謊。

我沒有天真到認為魯・羅瓦一定知道工匠的所在，頂多猜想那領域的人或許握有連異端審訊官都沒查到的情報。

但我想都沒想到，書商本來就會積極尋找工匠的行蹤，向異端審訊官告發。對書商而言，能使用那種技術的工匠不僅是商敵，還有可能把他們這一行連根拔除。

而這群滴水不漏，天天躲避教會耳目買賣危險書籍的書商不管怎麼找，這最後的工匠就是不落網。

在夏瓏和繆里都說這是個困難的任務，我自己也懂的情況下，沒想到自己會結結實實地卡在暗礁上。或許是因為過去的旅程全都船到橋頭自然直，使我的信心過度膨脹了。

在這片探索之海上，比我更大更善於航海的船，也會在漫長的航行中觸礁。而且船員還覺得，前方根本就沒有島。

與魯・羅瓦對話後，我在主屋門口癱坐下來，一籌莫展。

而且想來想去，想到的全是迦南。

迦南應該知道書商的動向，距離異端審訊官又近，會不會已經猜到漏網工匠或許是他們為示警而虛構的人物了呢。

如此一來，他們就是明知找不到而獻上這個計畫，陷阱的疑念閃過腦中。

然而海蘭不太可能沒查過他的身分就給予如此的信賴，況且我不覺得迦南當時的激昂是裝出來的。

難道是迦南這樣的虔誠聖職人員，自認能夠引發化不可能為可能的奇蹟，不需要往壞的方面想，才沒有對我們提起這種可能？

但連我也知道，堅強信仰能在俗世化為力量解決問題的事，只有在繆里愛聽的童話故事裡才會出現。若找不到迦南所說的印刷術工匠，他們的計畫也只是紙上談兵而已。

「迦南先生那邊也是，在這種狀況下，線索到底要去哪裡找呢……」

不知如此呢喃多少次後，繆里忽然一溜煙衝過我面前。

「繆里？什麼事這麼急……」

才剛這麼想，她已經手拉兩匹馬回來了，克拉克也慌張地跟在馬後面。

「啊，大哥哥！你也來！快點！」

「……？」

我在紐希拉常見到她這樣子。當惡作劇造成她自己沒辦法處理的狀況時，就是這樣求救。

於是我也往庭院中央走，看她究竟闖了什麼禍。一路來到草叢灌木長得亂七八糟的地方後，我的臉色也變得跟克拉克一樣青。

「魯・羅瓦先生？」

「喔~……寇、寇爾先生~……？」

一時間，我甚至無法理解發生了什麼事。

院裡的房子之間都有鋪石走廊相連，走廊兩側以等間隔設有裝飾用的石柱。這些石柱同樣年久失修，倒了好幾根。

其中一根以對折方式倒下的石柱之間，倒栽蔥地長出了魯・羅瓦的腳。

「大哥哥！用這條繩子捆住柱子！克拉克先生用木棒當槓桿，把柱子抬起來！」

繆里明快下指示，再兔子般輕輕一跳，從倒柱上查看魯・羅瓦的狀況。

「還可以再撐一下吧？還是說，能從下面鑽過去？」

「地下這條路很窄，鑽不出去……牆壁看起來很堅固，應該不會再垮了。可是……我要腦充血了啦！」

看來不是石柱倒在魯・羅瓦身上，而是因為某些緣故，最後卡在了倒柱之間。說不定是想從石柱之間進入地下通道，結果肚子卡住而動彈不得。

無論如何，得挪開石柱才能幫他脫困。

於是我們便按照繆里的指示動工，小心翼翼地讓馬匹前進，穩穩挪開一根再接一根，總算是搞定了。

「呼……有種變成蘿蔔的感覺。」

「不是蕪菁嗎？」

就是啊，蕪菁才對。我和克拉克互相點頭。

「到底怎麼了？」

摔得一臉黑土的魯．羅瓦苦笑回答：

「哎呀，我只要來到這種地方，就忍不住想到處看看。」

「真是嚇死我了，有沒有受傷？」

「沒事沒事，肚子有點擦到而已。」

暗嘆又多了一個繆里時，魯．羅瓦拍拍肚子上的灰土，急匆匆地環顧四周，像是在看地下通道通往哪裡。

「貴族的宅子都有地下室。有的只是拿來釀酒的倉庫，有的是用來藏不能放在城裡的黃金。有的地下室在屋主換了幾次之後就被人忘記，這種地方就有可能擺幾本不知道怎麼處理的危險書籍。所以在倒柱中間發現像是地下通道的路以後，我就忍不住進去看看了。」

他真的是和我們活在不同世界的人呢。我和克拉克無力地相視而笑。

「的確，古老的修道院也有這種事。」

「啊，對對對，特別是古老的修道院。愛冒險的商人經常用那裡避難，騎士也會拿它當對抗異教徒的要塞，造成修道院很容易會有被人遺忘的密室，擺滿了有趣又貴重的東西。」

然後引來魯．羅瓦這類人，在這種地方到處尋寶。

結果變得像惡魔儀式的祭牲，實在教人無言，幸好他沒事。這時，我發現周圍靜得出奇。

「那個，繆里人呢？」

最瘋這種事的野丫頭居然不見了。

不會吧？我立刻在裂開的石板邊跪下，頭探進黑漆漆的洞裡找人。

「繆里！」

洞底下的構造甚至不足以稱為通道。就算不是圓滾滾的魯．羅瓦，成人都要用爬的才能勉強通過。不過能在小盆裡悠哉泡澡的嬌小少女就不在此限了。

黑暗的另一邊，出現了繆里的鞋底和她的小屁股。

「快點回來！」

想到通道可能會塌，我就怕得呼吸都有困難。幸好繆里在我開口之前就已經開始後退，不久手腳併用地爬回洞底下。

「妳真的是喔！不要亂跑啦！」

也許是地下通道裡空氣淤陳已久，繆里一抬頭就猛搓鼻子，打噴嚏似的咳了幾下，然後有一步沒一步地想爬出來。我便像抓貓一樣雙手抱她腋下，從洞裡拉出來。

「真是的……衣服弄得這麼髒！」

繆里穿的是海蘭替我們找來的上等貨，去拉波涅爾時也穿過。見習騎士也會穿，一件不知值多少金幣，現在滿是塵土。

癱坐的繆里打個大噴嚏後站起來說：

「吼～你很吵耶。」

「……！」

連罵都不知從何罵起時，在周圍走動的魯．羅瓦用憋笑的表情說：

「那麼，裡面有東西嗎？」

魯．羅瓦像是要我別罵了，對我眨一隻眼睛。那動作十二分地足夠我提醒自己別讓他們成為好朋友。

「什麼都沒有，也不是什麼密道的樣子。動物味道超重的，在最後還跟狐狸寶寶對上眼睛了。現在好像是狐狸母子躲在裡面。」

繆里很不耐煩地讓我拍她的衣服並這麼說。

「哈哈哈，我想也是。要是你們晚點才來救我，鼻子搞不好就要被咬一口了。」

眼前浮現好奇心旺盛的狐狸寶寶被突然闖進底下的大圓臉嚇一跳，戰戰兢兢接近的樣子。

「看來這不是通道，而是水道。那邊有一座埋在草叢裡的露天澡堂。」

「澡堂！」

紐希拉出生的繆里滿懷期待地大叫，但想泡澡恐怕還要等好幾個月。

「大概水會先在北邊那棟燒過，用這條水道送過來。」

聽了魯．羅瓦比手畫腳的說明，克拉克也明白了一些事。

「那麼晚上窸窸窣窣的聲音，就是這些狐狸弄的嘍。」

顯得有些遺憾，或許是這位野宿廢墟的聖職人員期待天使出現在他面前吧。

「話說這種在戶外蓋澡堂的建築，是很古式的格局了。聽伊弗小姐說，這裡要整修成修道院是吧？」

「啊，對。您曉得海蘭殿下嗎？她是個非常虔誠的王族，那就是她促成的。」

魯．羅瓦笑咪咪地對克拉克點點頭，慢慢掃視四周。

「這原本可能是非常……非常老的建築。搞不好還是王國建立前，古帝國士兵攻打這座大島時蓋起來的。」

魯．羅瓦那平靜卻又隱約有些陶醉的側臉上，已經看不見先前的嬉戲氣息，取而代之的是熱愛歷史的賢士臉龐。

「要不要調查一下這裡的背景？可以當作修道院的賣點喔。」

然而那很快又變回平時熟悉的輕浮樣。

「叔叔叔叔，你是說留在王國，後來變成騎士團的那些人嗎。」

好奇心比狐狸寶寶還要旺盛的繆里，被她不敢接近的魯·羅瓦釣了過去。

「妳對騎士的歷史有興趣啊？」

繆里睜大眼睛，用力點頭。

「很好，我就來替妳上一課。」

魯·羅瓦閱書無數，能聽的故事肯定比大教堂前賣失傳騎士團徽的攤販多上好幾倍，連我也頗感興趣。

但我想再多問一點工匠的事。

「魯·羅瓦先生，我還有些事想問您……」

「喔？」

「不行！又要問那個爛神的事對不對！」

繆里揪著魯·羅瓦的袖子把他拉走，強調那是她的獵物。

夾在我和繆里之間的魯·羅瓦愉快地摸著肚子。

這時，不知在孤兒院見過多少次這種光景的克拉克疲勞地微笑說：

「各位，要不要暫且休息一下？」

小孩和小孩一樣的大人，這才總算收斂。

結果我們又在廢墟待了一晚，隔天早上，我好不容易勸阻克拉克別留在廢墟繼續除草，暫時回勞茲本休養幾天。

我們在午餐前將他送抵夏瓏所等待的孤兒院，克拉克馬上就捱夏瓏的刮，被開心得蹦蹦跳的孩子們拉進屋裡去。

「你偶爾還是有點用的嘛。」

夏瓏淺笑著挖苦，繆里「咿～」地作鬼臉頂回去。她們感情真的很不錯。

魯．羅瓦似乎想在伊弗那借宿，送他到屋前時，正好與忙著出貨的伊弗遇上。能看到魯．羅瓦黏膩得讓伊弗頻頻閃躲的樣子，感覺有點賺到。

返回宅邸後，在家的海蘭出來迎接，見到繆里髒成那樣有點傻住。

「原來書商也會追查工匠的行蹤嗎。」

在繆里回房洗淨土沙時，我在中庭迴廊向海蘭報告我與魯．羅瓦的對話。從書商為保護飯碗，也協助追捕那些工匠，到最後一個下落不明，會不會是異端審訊官的計謀都說了。

「原來如此……我的確不會把人想得那麼壞，實在是很有可能。」

「請問您怎麼看呢？」

我當然是打算繼續尋找工匠，但老實說線索實在太少。況且魯．羅瓦等書商追了那麼多年都找不到，根本就輪不到我來找吧。

再說我也一直在懷疑迦南也明白這點。那明知如此又找我進行這項計畫，是作何居心？即使迦南本身清白，他背後人物的動機仍然可疑。想到這裡——

「這些問題，迦南閣下說不定也都知道。」

詫異地抬頭，是因為海蘭臉上帶著柔和的微笑。

「然而他還是甘冒被教會指為叛徒的風險來到這裡，背後一定有強烈的動機。不太可能是單純因為堅信神會主持正義，就來告訴我們這個沒希望的計畫。」

「……」

她對不解其意的我聳個肩說：

「迦南閣下所說的技術是一種奇蹟沒錯，但並不是魔法，憑我們自己的手也能代替。」

海蘭像繆里一樣戲謔地開開合合右手。

「只要找得到足夠謄寫員，計畫就進行得下去。說不定這才是他真正的目的。」

我們可是要重啟因太過危險而遭封禁的技術。難道是在繆里身邊待久了嗎，我竟然對這荒唐事一點也不抱懷疑。或許冷靜的海蘭從一開始就看透了全局。

「這件事沒有利益可言，所以不能找商人幫忙。如果迦南閣下他們是一般的高階聖職人員，可以把他們掌控之下的大教堂和修道院人員一個個找出來，以各種特權為回報湊謄寫資金，而迦南閣下他們正是為了撲滅不當利用這種權力的人而努力。就算向民間貴族求助，如今領地與教會的利害關係往往勾結得太緊，敵友難辨。所以他們才直接找上擺明與教會為敵的我們吧。」

海蘭雖是庶子，卻仍身列王族。這替我們免去了旅費之憂，還能在如此豪華的宅院借宿。

倘若迦南他們認為就算無法重啟那傳說中的技術，同樣能夠籌措足以在大陸散播聖經的費用，也無可厚非。

畢竟資金的問題，他們一開始就提出來了。

「再說我們不必要自己弄出那幾千本，重點是能否製造會讓異端審訊官同樣害怕的狀況。」

她說得有點像在猜謎，不過我立刻明白了她的意思。

「就是要散播得比他們清查還快嗎？」

「對。知道俗文聖經有多麼寶貴的人，會替我們抄寫下一本，拿到抄本的人又會做同樣的事，省下我們很多力氣。這當然比較花時間，效率也不穩定。有了迦南閣下說的技術，是可以消除這份不穩，但即使這技術比我們通力合作還強，我們依然會是可觀的戰力吧。他們可能就是這麼想。」

用弱小的火苗去燒柴，可能只會燒焦表面，點不起火。想讓一整片木柴燒起來，就得準備足

夠的火種。

只是我差點就說出對王族極為不敬的話。

——資金沒問題嗎？

夏瓏連修道院的整修費用都不好意思開口了。難道海蘭是打算找後盾德堡商行，或向伊弗湊錢嗎。

這時海蘭似乎是發現我把話吞了回去，有點靦腆地微笑後說：

「準備夠多謄寫員就行了。地點的話，修道院正合適。這樣就沒問題了。」

她「包在我身上」似的點頭，應該是真的有辦法。

儘管不安，過分探究畢竟等於是不信任海蘭，我便閉上了嘴。

「呵呵，你表情這麼認真，害我緊張一下……不過騎士還在房間洗澡呢。」

會故意說這種話，表示這件事談完了吧。我也只好無奈一笑，放過這話題。

「工匠這部分就先這樣。把聖經譯本交給迦南閣下之後，他很快就提出幾個翻譯上的問題。方便看看嗎？」

「這個，好的，當然沒問題。只是有點怕怕的……」

「對方寫這些問題的時候，也是同樣心情吧。」

在辦公室與他對話時，我心裡都在想怎麼不被他的氣勢壓倒，而他似乎也是如此。想起這件事，讓我心裡好過了些。

「啊，對了。」

正想跟海蘭到辦公室拿信，我忽然想起一件事。

「預定整修成修道院的古宅，歷史很悠久嗎？據說樣式古老到可以追溯到王國成立之前。」

「這種事是頗常見……怎麼了嗎？」

「魯．羅瓦先生，就是我打聽的那位書商，說那可以當作修道院的賣點。」

聽我這麼說，海蘭不太舒服地苦笑。

「如果我是個更懂賺錢的領主，就不用麻煩那麼多人了。」

但她是個樸實，嚴以律己的貴族中的貴族。

「至少正因為殿下您是這樣的人，我現在才會在這裡。」

我以笑容答覆海蘭：

「我也應該趁繆里不在的時候說說真心話呢。」

並補了句玩笑，海蘭表示不敢般高高聳肩。

「修道院的背景，我會查一下。」

海蘭愉快地這麼說，轉向了我。

「有你們的協助，相信再大的問題都能迎刃而解。」

即使那一點根據也沒有，海蘭的人品仍使我笑著同意。

告別海蘭回到房裡時，繆里已經洗完了澡，忙著整理頭髮。我將這少女擱一邊，開啟迦南的信坐於桌前。雖然收信到房間這段路上，我已經忍不住先開了，現在重看一次還是會臉紅。

「情書？」

繆里從旁探來腦袋，眼神莫名有些發直。

「才、才不是。」

答得支吾，或許是因為字裡行間充滿了熱情的誇讚，甚至都要在底下見到迦南的臉了。

「有很開心的味道。」

繆里鼻子湊近迦南的信，沒趣地聞了幾下。

「真的不是女生寫的？」

我苦笑著安撫繆里的疑心。

「能跟我一起神學問答的人很有限，就像在遙遠異國的土地遇到故鄉老友一樣。」

「聊你們那些莫名其妙的東西喔？」

繆里甩甩還有點濕的尾巴，表示自己無法參與的話題，不管什麼都沒意思。

「妳自己還不是跟魯・羅瓦先生聊得很熱烈。」

在貨馬車的貨台上，他們一路聊個沒完。我和克拉克都在討論如何解釋聖經，但怎麼也敵不過背後的火熱。知道醉心於聊自身所愛的繆里有多麼熱情的我，充分感受到能把繆里喉嚨聊啞的魯・羅瓦是多麼偉大。

「我們還約好今天晚點一起去城裡的書庫咧。要把修道院的背景查清楚才行。」

城裡的議會蒐藏了各地史冊、貴族徽記與主要戰役等記錄。

和魯・羅瓦一起到那去，對繆里這樣的少女來說真的跟天國一樣。

「不要給人家添麻煩喔。」

反正叫她別去也不會聽，再說海蘭口袋並不深，想想能讓她多為修道院賣點下點工夫也好。只要她找得出來，也是轉個彎幫到海蘭。

然而都如此將嘮叨壓到最底限了，她還是用不滿的視線看著我。

而不滿的理由，與我想像的差很多。

「沒關係嗎？我要跟男人出去玩耶？」

「……」

有那麼幾下子，我還聽不懂她在說什麼。

明白她意思的瞬間，我忍不住笑出來了。平時總是領先兩三步，把我耍得團團轉的繆里，居然也會說這麼直接的少女語言。

想當然耳，把魯．羅瓦和繆里擺在一起，根本沒什麼好擔心。

「如果妳是和魯．羅瓦先生去吃飯，我才會怕妳吃過頭啦。」

這兩天我才知道，他吃的東西多到連繆里都聽不下去，才維持得了那圓滾滾的體型。要是繆里也養成那種食量，那還得了。

「……才不會有那種事咧。」

我當然知道繆里在不高興什麼。

她的求婚攻勢熱烈持續到前一陣子，現在只是換個方向而已，並沒有消失。

「我們都有這個東西了，這樣就夠了吧？」

我指的是繡在繆里腰帶上，往旁邊看的狼徽。

能用這徽記的人，找遍全世界也只有兩個。

繆里垂眼看看腰帶，嘆口氣抬起頭。

「這次我就不咬你。」

是迦南的信讓她吃醋，想跟我玩一下吧。

如果我也有她那種鼻子，肯定也能在繆里寫得那麼勤的夢想故事裡輕易聞到同樣的氣味。若將那疊紙交給繆里的母親賢狼，多半會笑說哪有那麼厚的情書。

「希望妳在羊肉當前的時候，也能這麼克制自己。」

補上這句之後，繆里歪起唇，在我肩上甩一巴掌。

「大哥哥你很壞耶。」

為聽慣的回答咳嗽似的笑幾聲，她又拍過來。

「其實妳是想從魯．羅瓦先生那套出工匠的消息吧，對不對？」

蠢羊也是有學習能力的。

繆里歪斜的唇噘了起來，鼻孔撐得老開。

說不定是不希望我發現。

「哼……你知道就好。」

我裝作沒看到那條搖來搖去的尾巴，恭敬地低頭說：「謝謝。」

繆里聳個肩，搬另一張椅子到我旁邊，碰一聲把梳子擺到桌上，背對我說：

「既然他腦袋那麼聰明，就算有工匠的線索也沒那麼容易問得到吧。」

勞動是需要酬勞的。

我唏噓地拿取梳子，輕輕埋入繆里的髮絲，她總算滿意地笑了。

「對了，金毛對工匠的事有說什麼嗎？你不是去講那個的嗎？」

「她也覺得工匠可能並不存在。一開始就考慮過這一點了吧。」

繆里的頭髮仍有水氣，冰冰涼涼，質感很奇妙。有這麼漂亮的頭髮，也難怪她會保養得那麼用心。想到這裡，她忽然問了個怪問題。

「金毛沒有很沮喪嗎？」

她還轉過頭來，我有點不知道該怎麼回答。

「沒、沒有。不過，我想我知道為什麼。」

我戳戳肩膀要她轉回去，她頗放心不下地轉往前方。

「就算沒有那個技術，我們還是能在原理上實現那個計畫。」

如果說什麼也得重啟那失落的技術，感覺會更悲壯吧。別說能和平解決王國與教會的衝突，甚至能淨化教會，機會千載難逢，我應該會更拚命才對。

「若問題只是有沒有錢僱用造書人手，那前方並不至於是一片黑暗。這筆大錢是個問題沒錯，但海蘭殿下似乎有些想法，可以感覺到她就算找不到那個工匠也要繼續前進的決心。」

我動作輕柔地梳理繆里的頭髮，忽然感到她身體變小了。發現那是因為她在嘆氣時，她投來的眼光比濕髮還要冰冷。

「我看吶，大哥哥沒有我真的不行。」

「……怎、怎麼突然這樣說？」

繆里沒有立刻回答，打手勢要我繼續梳，轉回前方。

背影已不見先前的撒嬌樣。

「有問題擋在想實現的目標前面，那個金毛手上有方法可以解決，所以金毛那樣的人當然不會沉著臉啊。還會用解脫了的表情這樣說吧——」

繆里聳肩說道：

「如果犧牲我自己就能解決，還算輕鬆的。」

我停下梳子，看著繆里稍微轉頭。

「而且還笑笑的，對吧？」

說不出話，是因為那種場面太容易想像。

「我是不知道她會不會真的這樣做啦，不過她說不定會用很可怕的方法湊錢，你最好多注意一點喔。」

連夏瓏都擔心責任感強的海蘭會做傻事，不願意直接找她要錢。我如此信任海蘭，正是她的責任感所致。

我不禁想起問她修道院背景，或許能填補營運費用的表情。

她說，如果她是個更懂賺錢的領主就好了。

「我是不喜歡大哥哥擔心金毛啦。」

繆里口沒遮攔地這麼說之後聳個肩。

「但要是她拿不出甜點了，我也傷腦筋。」

背對我的繆里，究竟作何表情呢。

我當然能鮮明地想像出來。繆里雖有逞強的時候，但她畢竟是個善良的女孩子。

「我真的是，太大意了。」

要是哪天海蘭突然抱來一大筆錢，說請得起謄寫員了，我也不會有絲毫疑問吧。八成會把她的笑臉當成真正的笑臉，連問也不問。

在到處是危險坑洞的森林裡，有頭狼領先幾步查看路況，避免同伴跌進去。原本停下梳子的手以比先前還要輕柔的動作梳理起來。

「妳真的很像樣喔，我的騎士。」

我梳著那頭有如摻了銀粉的灰髮，並這麼說。

繆里沒有轉頭，但她的狼耳和狼尾，比剛才更清楚地說明了她的表情。

梳完頭髮，吵著要我綁辮子以後，繆里穿上仍有點土味的見習騎士服，急匆匆地跑去赴魯．羅瓦的約。

沒要她卸下腰間搖來晃去的劍，並不是因為她才剛點醒我一件重要的事，而是海蘭正好要去參加議會廳的午宴。我們的騎士團是海蘭利用其特權成立的，她即是我們的主公，那麼我們這些騎士自當保護主公的交通安全。海蘭當然樂於接受這小騎士的護衛，請她上了馬車。

而我只能跟男傭們一起目送她們乘坐的馬車叩叩叩地踏著石板路離去。

海蘭笑得跟平常一樣，和繆里開心嬉鬧的樣子也不像是裝出來的。但若事情真是繆里說的那樣，那笑容底下恐怕藏著危險的決心。迦南他們提供的計策，影響大到確實足以左右王國與教會的關係，我能體會他們無論如何都要成功的心情。

不過我還是希望她不要亂來，背著大家犧牲自己。

就算那是出於她磐石般的責任感，與高於他人的王族矜持。

「身分，是神安排的……」

一種枷鎖。

膽敢與之正面對抗的，或許只有那髮色奇妙，有如灰中摻了銀粉的野ㄚ頭。

「寇爾先生，怎麼了嗎？」

年邁男傭問道，表情像在想我要站到什麼時候。

「我只是在想點事情。壞習慣。」

年邁男傭以缺了許多牙的臉擠眉一笑，準備關上鐵門。

這時他視線忽然移向路上，我也跟著望去，朝我們走來的人不禁愣住。

「咦……羅茲……先生？」

中間的停頓，是因為我有些懷疑。

剛認識他時，他昏倒在路邊泥濘裡，見習騎士的身分也岌岌可危。

然而路上那略顯無措的身影，即使色彩不鮮亮，也仍是個斗蓬飄揚的挺拔騎士。

「是客人嗎？」

男傭停上關門的手問我。羅茲是聖庫爾澤騎士團的人，應該不是碰巧散步經過。羅茲也鼓起勇氣般抬頭挺胸，大步走來。

我想他是真的有事拜訪，但由於沒想到遠遠地就和熟人對上眼，一時害羞才會愣住。

不過他畢竟是聖庫爾澤騎士團的人，知道再害羞也沒意義，端端正正地行禮。

「寇爾先生，近來可好。」

然後手按胸口就要下跪，我趕緊扶住。

「好久不見了，請別那麼拘謹。」

羅茲披了斗蓬，身穿皮甲腰配長劍，腳穿及膝長筒旅靴，是一整副齊全的旅裝，而靴上殘留著些許春季融雪。

「旅裝都還沒換，你是直接趕過來的吧。先進屋裡坐坐怎麼樣？」

「……非常感謝您的關心。」

這應對方式很有騎士的樣，但仍有些不太習慣的感覺，單純是因為年輕吧。

接著男傭帶我們到靠街道的房間。日照良好，還有以彩色玻璃拼成的天使畫。

「海蘭殿下不巧剛出門。」

我在房外接下女傭送來的飲料，自己擺在羅茲面前。他所仰望的天使畫，彷彿閃耀得快讓他睜不開眼。才幾天不見，羅茲的樣貌就成熟了許多。要是繆里看見了，說不定會氣他變得比自己更像騎士。

說到騎士，羅茲應該還不知道繆里已獲賜騎士身分。不禁掙扎究竟該現在就告訴他，還是讓繆里親口說。

感覺羅茲對繆里頗有好感，是不是該替他多製造些跟繆里對話的機會呢……這麼想著坐下後，羅茲終於等到時機似的開口：

「請代我問候海蘭殿下。今天，我是來送團長的急信給您的。」

「咦，給我？」

為居然是找我而訝異時，羅茲從懷中取出一紙信封。那是以馬尾毛髮作束繩，有騎士團紅蠟捺印的正式信函。

我收得有點緊張，還以視線問羅茲是否真的能開，他跟著點頭。

接著見到的內容，使我更驚訝。

「在寇爾先生的協助與神的指引下，我們重新找回了騎士的榮譽。」

羅茲這麼說之後，視線垂落到我手中的信紙上，再抬起頭來。

「可是我們能力不夠，還是遇到好幾次怎麼樣也說不通的時候。每一次，都讓我們感受到您的偉大。」

信以騎士中的騎士，那位銀鬚團長的筆跡，述說他們代替憚於加深衝突的王國，到處揭發教會組織的不義之舉。

或許是聖庫爾澤騎士團在民間受歡迎到甚至會寫成童話來歌頌，我不時會聽說他們振奮人心的英勇事蹟，但似乎不是每次都那麼順利。

「在比較大的城鎮都沒問題。在那裡沒人不知道聖庫爾澤騎士團，把聖經拿出來，他們就一點辯解的餘地也沒有。可是換作老一點的小城小村，尤其是主教以世襲方式把持，聖職人員連教會文字都看不懂，神都護祐不到的地方，就不盡然了。」

必須獨身的主教居然世襲，這般令人頭昏的矛盾，或是聖職人員看不懂以教會文字寫成的聖經，內容也沒聽過多少等聽起來像笑話的事，是真的存在。

「像那種時候，他們還會罵我們是一群土匪什麼的，滿口詛咒地拿水潑我們。不過——」

信上說到，一旦他們表示自己是受命於黎明樞機，他們都會當場就範。

而無一例外地，那樣的教堂裡都有節錄自聖經的俗文譯本。

「就算他們不懂神的語言，也一樣懂得傾聽世情的變化，會從往來商人跟前往大城販賣作物牲畜的民眾聽說寇爾先生的大名，並取得譯為俗文的聖經節抄本。雖然有些會抄得錯字連篇，他們依然是藉此頭一次接觸到神的教誨。」

我為自己有這樣的影響力打從心底震驚，同時也對未來感到強烈的希望。果真行正義之事，就會有人注意到。

「那麼羅茲先生，你那一袋是──」

信裡的稱讚與我翻譯聖經的美好，多得我都有點害羞了。信後半寫到，為了導正虛有其名的昏昧聖職人員，希望黎明樞機務必與他們同行。當然，那只是一種社交辭令。

就算我不在場，他們還是能轉達我的話。

「於是團長下令，要我盡快抄一本您翻譯的聖經回去。」

羅茲打開肩上麻袋，露出熟悉的羽毛筆等文具。我曾見過這名少年寫的信，字跡確實流暢整齊。

繼迦南後，羅茲也來抄俗文聖經了。

我相信這不只是巧合，走在正道的我們開始有收穫了。此時此刻，在這場遍地開花的風潮中，人人都企盼著俗文聖經的到來。

「我得先問問海蘭殿下才能答覆，不過借宿的部分應該沒問題才對。」

畢竟抄寫聖經，不是一朝一夕能完成。

結果羅茲急忙搖頭。

「不行，不能給各位添那麼多麻煩。我上大教堂叨擾就行了。」

聖庫爾澤騎士團有教會打手之稱，這樣也對。雖然羅茲所屬的分隊全是王國出身的人，名義上仍是教會之友，王國之敵。略感遺憾之際，羅茲忽然垂下視線，原先的耿直騎士面容淡去，露出少年的表情。

「可是，我有一個請求……」

「請說？」

那不知在煩惱著什麼的臉，讓我想到繆里。

繆里之前提及羅茲時，曾說羅茲喜歡她。

有些騎士會貫徹獨身主義，但沒有強制。對兄長角色的我而言，羅茲這樣的少年和繆里走得近一點，我也比較放心。

一廂情願地這麼想時，羅茲下定決心開口說道：

「我抄的時候，那個，偶爾過來就行了，能請您指導指導我嗎？」

「咦？」

在他的注視下，我愣愣地眨了眨眼。不只是完全沒料到他會這麼說，主要是因為他的視線十分強烈。

「那個，好啊，是沒關係……」

「謝謝！我們騎士團真的是因為您才得救的，而且每到新的地方，都能體會到您的偉大。當時倒在泥巴裡的我能被您拯救，絕對是神的指引不會錯。如果要說哪裡有遺憾——」

羅茲懊惱地說：

「就只有我對自己不懂事，沒多多向您討教深感可恥而已。而且一開始，我也對您多有得罪……坦白說，這次接受抄寫聖經的任務，是有想要填補自己書念得少這麼一個私人理由在，可是我一定會全心全意認真學的！」

「呃……我……好吧。那個，不敢當。」

我怎麼會猜他是為了繆里來的呢，太丟人了。

所謂見字如見人，看來羅茲真的就像他的字一樣，端正又堅強。

「只要不嫌我才疏學淺，我當然樂意助你一臂之力。」

羅茲的臉頓時亮得難以直視，並再一次低頭道謝。

接著由於海蘭外出，羅茲自己又仍是旅裝，要暫時告退，到大教堂借宿。我也起身送行，正要開門時——

「寇爾先生。」

轉頭一看，發現他貼得意外地近。

「團長有個機密要我告訴您。」

「團長大人？」

我回看潛聲的羅茲雙眼，了解到這才是他旅裝換都沒換，一進城就趕來這宅邸的真正理由。

於是稍微頷首，開門看看左右。

房外瀰漫著午後的慵懶氣息，迴廊另一邊的中庭裡，那位年邁男傭正在修剪果樹，並放任小狗在腳邊玩耍。

「外面沒人。」

羅茲點點頭，再接近一步說：

「王國裡有些不肖之徒在策劃陰謀，要挑起王國與教會間的事端。」

我沒出聲，只是看著他。

「有人想夜襲我們，再栽贓給王宮。我們成功反擊，還抓到人回來問話，發現他們像是強盜集團，裝備不怎麼樣，身上卻有染上黃金羊徽的肩章。八成是要在偷襲成功以後，留在現場當證據的。」

聖庫爾澤騎士團是騎士中的騎士，甚至被人寫成傳說歌頌。這群為錢辦事的盜賊，真是魯莽得教人同情。

「他們是受人僱用，完全查不出背後是誰在指示。可能是教會想陷害王國，又或者是王國這邊有人想利用這點，讓世人認為這是教會的陰謀……」

羅茲他們屬於聖庫爾澤騎士團中純以溫菲爾人組成的部隊，立場非常尷尬。教會和王國都寧願視他們為敵人。

但說到強盜打算在現場留下王家徽記，推測目的不單純是除掉騎士並沒有錯。

「無論如何，可以確定有一方勢力正打算給這場衝突潑油。」

「沒錯。」

羅茲點個頭，略有難色地說：

「王國與教會，甚至第三者之中，都有很多樂於開戰的人。」

那可能是藉武器或糧食發財的商人，抑或是像羅茲他們這樣以戰鬥為生存意義的人。對他們而言，對抗異教徒的戰爭結束，等於是宣告他們失去作用。

新的戰爭，就是他們的新工作。

「另外，團裡有人在離這裡一小段距離的港口發現教廷的人。加上夜襲的事，有場陰謀正在進行也不奇怪。」

「教廷的人」四個字，使我擔心表情會透露自己的心思。畢竟我想到的第一個就是迦南。

既然他們等同是背叛教會來到這裡，或許有必要盡早告訴他們羅茲這邊的事。

「我明白了。這件事……能稟告海蘭殿下嗎？」

「那當然。現在海蘭殿下是和您一起站在對抗教會的第一線上。既然有陰謀，下一個找上的說不定就是她。為了各位的安全，我們甚至討論過該不該乾脆住進來，但這樣造成的麻煩也不小……」

王國與教會正僵持不下，讓聖庫爾澤騎士團擔任護衛恐怕會擦出不少火花。不過至少能把這分心意告訴海蘭，她一定會很欣慰。

「各位的虔誠，以及對我們的憂心，相信神都有看見。感謝貴團通知我們這些。」

「哪裡，還不足以回報您的恩情呢。」

好個堅守禮義的人。見過真正的騎士精神以後，我很難不認為我們家的野丫頭在成為合格的騎士之前，還缺了些根本性的要素。

「願神指引我們。」

聽了這句話，羅茲深深一鞠躬。

目送羅茲離開後，我回到房間第一個就是嘆息。

不僅是教廷的迦南他們，連聖庫爾澤騎士團也了解到聖經俗文譯本的威力，實在教人高興。

可是換個角度，敵對勢力也會見到相同情形。羅茲的部隊在這時候遭人襲擊，可以用我們眼中的大好機會，被敵方視為危機來解釋。

羅茲提到騎士團有人見到教廷的人，便懷疑教會想搞鬼，只是我很難往那想。

相反地，我倒是能想到一個比教會更可能搗亂雙方關係的勢力。

那就是海蘭最清楚的勢力，等她回來以後得詳加了解才行。在這場將世界一分為二的衝突中，少不了唯恐天下不亂的角色。

「能像繆里的小說那樣諸事順利就好了。」

一見到桌上那一整疊繆里有空就抓起羽毛筆猛寫的幻想騎士故事，我就不禁嘆息加絮叨，不過發再多牢騷也沒用。

繼迦南後，羅茲那邊也開始關注聖經俗文譯本無疑是個好預兆。只要準備大量俗文聖經廣布於大陸，正確的信仰就會如燎原之火般熊熊燃起。

迦南對聖經譯文的問題，帶有彷彿摸得出來的熱情。居然會有人窮盡所有知識，來關心我所翻譯的聖經。

為了勸野丫頭信神而千錘百煉的言語，如今即將打動許多人的心。

等繆里聽到這消息，她也會當自己功勞一樣自豪吧。光是想像那嘴臉，我就不禁苦笑。照這樣看來，俗文聖經說不定真的能為王國與教會的衝突帶來決定性的結果。

那麼，我也只有盡最大努力一條路了。

於是我拉椅子坐下，面對迦南熱情到繆里誤以為是情書的信。

拿起羽毛筆，用更大的熱情來回覆。

甫一抬頭，發現房裡暗了許多。同時有種在池底憋氣很久了的感覺，不由得大口吐氣。窗外飄送晚禮拜的鐘聲，告訴我已專注很長一段時間。

就在我挺挺發僵的背，心想海蘭他們差不多要回來了時，門後傳來熟悉的倉促腳步聲。

「大～哥哥～！」

門猛一掀開，迸出繆里活潑的呼喊。還來不及說話，她已大步接近，將懷中物塞在我身上。

「來，趕快穿一穿，準備出去了！」

「……又怎麼啦，沒頭沒腦的。」

一身土味出門，卻帶著古書塵味回來的繆里，塞給我的是商行小老闆的服裝。而且繆里自己也動手脫去騎士裝扮，要換上商行小伙計的衣裳。

「是金毛的命令啦！」

「海蘭殿下？」

懷疑她以為搬出海蘭的名字就什麼都可以之餘，考慮到抑止繆里這股勁得花費的力氣，還是先順著她才是上策。況且要和海蘭見面，就能順便告訴她羅茲的事。

不過繆里舊衣脫了一地，把新衣套到頭上時忽然停下動作，鼻子吸得嘶嘶響。然後褲子也沒穿就赤著腳啪啪啪走過來。

「有一種忘記在哪聞過的味道。」

抬眼的她像個追捕異端的騎士，也像是懷疑戀人偷情的少女。

「羅茲……羅茲先生他來過。」

這名字讓繆里的狼耳上下擺了擺。

「他是這種味道喔？感覺上……」

「才幾天沒見，他已經變成一個頗為精悍的少年騎士了。」

尾巴啪啪啪地晃動。

「可是我現在也是騎士喔。」

繆里得意挺胸，不知道想爭什麼。這副只穿上衣光著兩條腿的樣子，簡直跟懶惰地賴完床以後隨便亂穿沒兩樣。不管怎麼看，都一點也沒有羅茲那種嚴肅。

「騎士才不會用這副邋遢樣走來走去。」

「啊，趕快換衣服啦！」

我懷疑地注視完全不聽我嘮叨，趕緊繼續換衣的繆里，一併更衣整裝。

離房下樓後，見到海蘭身穿只在阿蒂夫見過那麼一次的民婦服飾，愉快微笑等著我們。

搭滿載商品的貨船來到勞茲本的年輕商人，邀請走訪商行時看對眼的女傭，連同僕人和護衛到街上的酒館吃喝。

現在八成就是這德行的我，自棄地接受現實。

「偶爾這樣挺好玩的呀。」

扮成民婦的海蘭這麼說，從商行搬運工裝扮的護衛騎士手中接過斟了葡萄酒的杯子。

「『黃金羊齒亭』的肉也滿棒的啦。」

繆里所說的店位在勞茲本大教堂前廣場，常有城中顯貴往來。打通各樓層的天井中央掛著幾條染上招牌的大布簾，儼如酒肉的大教堂。

而我們所在的位置，是勞茲本中工匠占多數的區塊裡，一間小不隆咚，菜也算不上好的店。門口有野狗在等殘羹剩菜，店裡有吵鬧的船員疊高了杯子，侍女潑辣得不輸醉漢。在如此喧囂的縫隙間，還有看似覬覦酒客錢包的可疑人物，表情陰沉地獨自啜飲。

「怎麼約在這種地方？」

附近到處是類似的酒館，廚房煙囪又似乎堵塞，店裡煙多到刺眼。

我很想報告羅茲那些話，尤其是王國內有勢力暗中挑事的部分和迦南那邊的事，但氣氛實在不對。

「我們在書庫跟魯・羅瓦叔叔看了很多書。」

略帶焦痕且肉汁橫流的羊肋排在木盤中堆積如山。也許是這裡客人都好這口味，上頭塗滿濃濃的蒜泥醬，散發強烈香氣。海蘭直接用手抓一條來秀氣地咬，很喜歡這樣似的吃得很開心。繆里顧不得燙，大口大口地啃，並說：

「因為知道修道院那間房子的背景了。」

「是喔？」

我是很好奇，但發現前後接不太起來。

想請她說明時，這次換海蘭開口了。

「我到議會去以後，遇到了那塊土地和古宅的賣家的老朋友，就向他請教背景了。他說很久以前來到這裡的阿羅涅騎士團在那住過，可以追溯到古帝國時期。」

海蘭不知拿沾滿羊油的手指怎麼辦，最後索性舔乾淨。護衛騎士見狀，拚命克制自己不要大驚小怪。

「不過那個騎士團很老了，書庫裡沒有正式記錄。對吧？」

海蘭將話題交給繆里，讓我想起他們是去附設於議會的書庫。海蘭要和城中政要開會，所以約在那裡見面吧。

「嗯。魯．羅瓦叔叔也聽說過，可是書庫裡沒有他們的團徽，所以猜他們當年是類似傭兵團的騎士團。」

「話說……知道這麼多就夠了吧？」

解釋到現在，還是跟為何需要變裝沒有關聯。

不知該不該糾正繆里的吃相時，侍女粗魯地放在桌上的鱈魚乾是那麼地誘人，我便拿一條等她說下去。

「啊呼、哈呼！嗯咕。可是啊，那個騎士團其實非常有名，不如利用這個機會多蒐集一點故事，整修的時候加入一點故事內容會比較好。你想嘛，整修不是很花錢嗎？而且修道院這種地方吸引多一點人來，才能多賺一點。」

身為與財迷心竅的教會對抗的人，實在很難直接點頭，但事實就是如此。修道院的收入中，牧羊最穩定，然而藉由巡禮者的捐獻購置巨大設備的並不少。如果那古宅真與阿羅涅騎士團有關，用它作宣傳詞，對營運或許不是壞事。

只是，繆里特別強調這點，多半不是料到海蘭恐怕為籌措資金鋌而走險的緣故，而是想盡量減輕海蘭的重負。雖然平時她對海蘭態度那麼冷淡，其實還是把她當同伴看的吧。

我不懂的是，為什麼要來這種地方說阿羅涅騎士團的事，有名卻沒有記錄又是什麼道理，感覺每件事都兜不上。

這時，滿屋子的喧噪忽然像鳥群一樣改變方向。

「啊，來了來了！」

就在繆里叫喊的同時，周圍客人有的起身有的舉酒，朝著店門口齊拍手。

我也伸長脖子張望，原來進門的是一支樂隊。溫泉旅館雲集的紐希拉當然少不了他們，「黃金羊齒亭」也不例外，不過他們和那些樂隊不太一樣。

這群樂隊似乎是獨樹一格，專門在城中特別混雜的地區演奏。

「全知全能的主啊！感謝祢今天也讓我們有酒能喝！」

一名樂手以喧噪也蓋不過的洪聲這麼說，一撩琴弦。隨後驟然開始的歌曲，與療癒溫泉客身心，或掩蓋顯貴祕密商談的曲子完全不同。是讓人們捧酒踏腳，宣洩一日煩憂的激烈旋律。門口馬上有酒客交臂圍圈，轉呀轉地跳起了舞。那大概是這種店的常客必點歌曲，好幾個人自個兒伴唱起來。

繆里當然愛死了這種粗淺的歡騰，海蘭也愉快地跟著打拍子。護衛騎士瞪大眼睛，以防扒手趁亂接近。

「在『黃金羊齒亭』聽不到這種歌喔！一定要來這間才行！」

海蘭略有醉意而發紅的臉，湊近被這氣氛逼得不知所措的我，大聲這麼說。
不解她特地來到這麼吵鬧的地方究竟是為了什麼時，我發現繆里在摸索我的腰間。
「大哥哥！給我幾個銅幣！」
她一邊說，一邊扒手似的掏我的錢包，並且補充：
「會來這種地方的樂隊啊，肯定都知道阿羅涅騎士團的歌！」
快速說完理由後，繆里抓緊手上銅幣，奔過火熱的喧囂。目送她背影離去，我才終於想到這世上的史詩或冒險故事並不會全都有文字記錄，收藏在經過裝訂的書籍裡。為娛樂大眾而潤色得引人入勝，在時間長河中傳唱下來的故事也是存在的。
看來阿羅涅騎士團即是屬於這類。
「有沒有適合修道院的就很難說了。」
海蘭一邊這麼說，一邊看著繆里跟樂隊旁邊收賞錢跟點歌，貌非善類的小丑商量事情。
「這個騎士團，是以團長他傳奇性的風流韻事出名。這樣一來，還留存在院子裡的那個室外浴場要不要保留，就不好決定了。」
樓房之間以鋪石渡廊連接，廊邊有一整列裝飾用的石柱。那顯然是古帝國的調調，以現代的審美觀來說，甚至頗具性暗示。
如果新見的修道院裡，有一座城鎮當紅歌曲中的室外澡堂會怎麼樣呢？

我好歹也在泉煙之鄉紐希拉開溫泉旅館的稀世旅行商人手下幹了幾年活，由我來看，那滿滿都是商機。雖然那是風流騎士團長留下的澡堂，然而沐浴在修道院仍是修行重點之一，在信仰上或許不至於造成問題。想到這裡，繆里那似乎談成了。

不久旋律與調性一併改變，驍勇中帶了點甜蜜。舞孃隨後對樂手又摸又靠，少女歌手唱出的正是騎士與美女的愛情故事。

才剛側耳聆聽歌在唱什麼，我就差點被歌詞嗆到。

在王國內某片閑靜田園中的美麗宅第裡，水道將玫瑰香的熱水送入池中。偉大的騎士團長腳泡著水，在美女服侍下暢飲葡萄酒。歌中的水道，應該就是害魯．羅瓦像獻給惡魔的祭牲般頭下腳上，通往浴場的那條水道。

而且聽她高歌室外浴場光天化日下的男女情事，我沒喝醉也臉紅了。

「真的有點受不了耶。」

海蘭才剛苦笑著說完，曲調忽然變得誇張，少女歌手以手壓在胸口賣力高歌。

我上戰場殺敵建功，噢，是為了誓言對妳的愛。可是我的愛人啊，如同我戰功無數，愛也足夠分給每一個人。

意思就是，他每打完一場仗，就會換一個永遠的戀人。聽著這樣的歌大唱特唱，有個醉漢起了色心，往侍女腰上摟下去，被狠甩一巴掌而跌個狗吃屎。

這首歌唱的是戰鬥只屬於貴族，男兒志在冒險的時代。當時教會勢力沒這麼龐大，狼紋仍受貴族歡迎。

的確，用文字記錄這種歌，裝訂成皮面書收進書櫃裡，馬上就會遭到教會的責難。只有無根的樂手，能輕飄飄地閃躲教會的緝查，將這種故事傳唱下去。搞不好對所有知識皆有涉獵的魯・羅瓦也無法盡攬的世界，就在這裡。

當歌曲結束，為驅散煽情詞句的餘韻而吃的略苦鱈魚乾只剩一半後，我對世上仍有許多未知領域深深感慨。

同時，嘆息不由自主地跑出來。

「先不說歌詞怎麼樣，那個丫頭好像已經學到壞東西了，讓我很擔心。」

視線彼方，繆里隨著再度活潑起來的曲調和舞孃一起舞動。

「擔心什麼，跳得很優雅啊。太厲害了。」

即使覺得海蘭實在太寵繆里，她和正牌舞孃手牽手跳舞的模樣仍俐落得教人嘆服，難以說嘴。說到跳舞，剛離開紐希拉那陣子，繆里曾在途中下榻的稅關旅舍用跳舞跟酒客換東西吃。

而且繆里的母親賢狼赫蘿，也在我兒時的旅程中和賣藝的舞孃共舞過，難怪覺得那畫面有些熟悉。

血統果真不會說謊，我手扶額頭緩和頭痛。但見到整間店的視線都集中在那群花樣舞孃上，我發現機會來了。

「海蘭殿下，趁野丫頭不在，有件事要向您報告。」

「嗯？」

已經很習慣舔去指上肉汁的海蘭往我看來。

「您外出時，騎士團派了使者過來。還記得羅茲先生嗎？」

海蘭立刻恢復平時的面孔，側眼看看四周，打手勢要我到耳邊說。店裡這麼吵，正適合說悄悄話。即使趴到桌上耳語被人看見，也只會以為這小子真不會泡妞吧。

羅茲總共告訴我三件事：他受命製作聖經抄本、騎士團裡有人見到教廷的人，以及有勢力偷襲騎士團並試圖製造爭端。

說完要點，我以沉默視線詢問海蘭是否聽得清楚。她低垂的長睫毛，透露出民婦裝扮也藏不住的威嚴。

「第一件，我當然是非常歡迎。只是在大教堂抄寫，容易被其他聖職人員盯上。到我們那住或許比較好。」

勞茲本大教堂的大主教亞基涅在經過一番迂迴之後，可說是站在我們這邊。可是大教堂裡的聖職人員比一般商行還要多，對兩陣營衝突的想法各自不同，說不定有人會排斥羅茲的寄宿。

「第二件……雖然說這也是我們計畫在大陸碰頭的原因……」

海蘭有需要隱匿迦南，一旦他出了事，就得擔起這個責任。

然而我想，這不過是擺在天平哪一邊的問題。

「如果我們都跑去大陸，也會面對迦南先生現在的問題吧。」

不如就讓我們擔下這問題，心理上會比起留在對方身上輕鬆一點。聽我這麼說，海蘭注視我一會兒後無力地笑。

「我好像太依賴你了。」

「哪裡。」

海蘭微微笑，視線瞥向遠方後移回我身上。

「先告訴他們可能有人注意到了吧。那麼……既然這樣，請他們住進來或許比較能安心。」

「住進來嗎？」

「迦南閣下也在抄寫聖經，這樣有問題能直接找你，想上街購買生活必需品也近，那裡可以解決很多問題。雖然那免不了讓他們遇上騎士團的羅茲，但認出教廷的人的不是羅茲吧？他更不會認為迦南閣下就是其一。」

很實際的想法。

「就算有個萬一，只要詳加說明，相信羅茲也能夠了解我們的想法。他應該能以大義為重，沒有那麼冥頑不靈才對。」

他是有點頑固之處，但我對羅茲的印象與海蘭差異不大。

「問題在於第三件。」

海蘭極其刻意地上下聳動肩膀，嘆一口氣。伸手拿起葡萄酒杯，卻沒有喝。

「你心裡有數嗎？」

在這裡避諱也沒意思。

「恐怕是二王子殿下。」

這指的是王位繼承權第二順位，為防大王子遭遇不測而生養的克里凡多王子。使大王子順利繼位已是既定路線，且現在異教徒戰爭已經結束，他幾乎沒有機會可言。大王子不太可能突然中箭身亡，弟弟也沒機會立下戰功。在接下來的人生中，他無望扮演主角，只有將家名與領地傳給下一世代的份。是個在貴族制度的黑暗中嘶吼，玩世不恭的人物。

據說他仍未放棄繼位的可能，籠絡了一班同樣境遇的貴族子弟，不惜伺機挑起內亂。為了加重王國與教會的衝突，他多得是理由襲擊在國內伸張正義的聖庫爾澤騎士團。

就連善良到沒多少人心胸如此寬大的海蘭，也從來不掩飾對克里凡多王子的厭惡。我想這與身世算不上光彩的她依然一心為王有關。

「我頭一個想到的也是他們。如果他們那麼做是因為教會密令，未免太迂迴了點。何況父王或宮廷那邊根本沒理由那麼做。」

海蘭終於喝了口酒，視線指向店門。現在演奏的是熱情的古代騎士抒情詩，顧客與樂手隨著不會傷風派俗的舞曲節拍融為一體，繆里也舞得輕靈。

「我會稟報父王，請他多注意聖庫爾澤騎士團周邊的動靜。只要逮到他們企圖作亂的確證，或許父王就下得了決心了。斬斷王國禍根的好機會終於來了……」

海蘭難得露出如此冰冷的眼神。目光指向只剩骨頭的羊肉盤，不知是有意無意。

隨後，她像是注意到我的視線而抬起了頭。

「我好像喝多了。」

她與克里凡多王子對立已久，沒那麼容易保持冷靜吧。

我無言以對，只能垂下雙眼低頭表示遺憾。

「我們也去跳個舞，醒醒酒吧？」

海蘭這就起身，靜候至今的護衛慌張地開了口：

「不行啊，大小姐。」

而海蘭似乎就在等他這麼說。

「奧蘭多，不是說過別叫我大小姐嗎。罰你跟我一起跳。」

看來這個護衛和老管家一樣，已經在海蘭家服務很多年了。海蘭對正經八百的奧蘭多做一個好比繆里的鬼臉，拍拍他肩膀。總是沉穩冷靜，不厭煩地指導繆里練劍，堪稱騎士楷模的人物，竟露出少年般的厭惡表情。

「起來起來，走了。」

見到奧蘭多不甘不願地被海蘭拖著手起身，我忍不住笑了出來。說不定每個大小姐身邊，都有一個像我這樣的受罪包。

可是，我也不能把事情都推給他。

「我也來。」

我就這麼和大感驚喜的海蘭，與一副任其宰割的奧蘭多加入門前鬧哄哄的人環。跳舞是很有趣，不過傷腦筋的是，繆里一發現我也在跳就樂壞了地衝過來。不只是那衝勁可怕，已經跳了好一陣子的她渾身是汗，像剛淋過雨的狗一樣。

樂器奏響，熱氣吹得野狗興奮吠叫，人們舞動的腳步聲麻痺了我的心髓。我向神祈禱，請祂寬恕我樂衷於如此放縱的遊戲，但城裡的狹小街道連月亮都看不見。

看著繆里的笑容與海蘭快樂的臉孔，我給自己找藉口說，就算今晚是滿月，祂應該也不會注意到吧。

# 第三幕

隔天醒來，我動彈不得。

昨天那場舞鬧到衛兵過來管制，我和護衛好不容易才把被酒醉、疲勞與大笑弄得路都走不直的兩個女孩送回宅裡。

當然，一個是繆里，一個是海蘭。

各扶一人回到通往彼此臥房的走廊岔路時，我和護衛奧蘭多交錯的視線中，流露著勝過千言萬語的情感。

簡言之就是「你辛苦了」這樣。

「水……唔唔……我的腰……」

平常不跳舞的我全身痠痛。大概是睡著以後身體依然難受，我發現自己睡成斜的了。那怪姿勢似乎又給了身體額外的負擔，光是起身就費了好大的勁。

喔不，衣服上到處都是繆里的尾毛，看來我睡相糟糕有其他原因。明明昨晚是把她放在自己床上，想必是半夜偷偷爬上來了。

「真是的……」

大概是沒睡枕頭的關係，腦袋陣陣作痛。我按著頭環顧房間，沒看到那個野丫頭，連劍也不見了。不是一早就精神飽滿地在中庭揮劍，就是又去打擾魯・羅瓦了吧。

總之先弄點水。不知是街坊鄙俗酒館想掩飾自己用的是劣質食材，還是單純為了讓客人多點些酒，每道菜的大蒜和鹽都下得頗重。

不過水瓶想當然是空空如也，可以想像繆里一起床就把它喝光的樣子。我嘆口氣，要拿水瓶去打水時，發現桌上有個陌生的東西。

「……書？」

那只是把品質粗糙又不整齊的皺紙用細繩繫起來而已，但的確是一本書。

「某騎士的……故是。」

想寫「事」卻寫錯了。封面上不只有像是標題的字，還有練字的痕跡和看似騎士側臉的塗鴉。不是繆里的筆跡，是在不斷易主中寫成的吧。翻頁看看，立刻聞到劣質紙特有的黴味。

不過裡頭倒是寫得很仔細，讀了一下，發現是昨晚在酒館裡聽到的古帝國時期風流騎士的故事。歌裡描述的是輕佻豪放的騎士故事，這裡寫的騎士倒是有許多辛苦的段落，讓人不自覺就看了下去。

直到令人想起昨日情境的腳步聲從門後傳來，我才赫然回神。

「啊～好累喔～」

繆里猛一開門回來了。

「咦，大哥哥你終於爬起來啦？」

平常都是我罵她賴床，遇到這種場面讓她高興極了。

「頭髮都睡亂嘍。」

她將腰間佩劍倚牆擺放，露出耳朵尾巴甩了甩，把練劍的餘韻都甩掉。

「這是怎麼回事？」

書的威嚴在於大小。聖經總是裝訂成用兩隻手才抱得動那麼厚重，是因為內容具有權威。而這本古代騎士的故事用的是軟趴趴的紙，又只有巴掌大小，稱為書都難。

我拿起書問起來由，繆里聳個肩說：

「昨天晚上，我跟樂隊他們租來的啦。都不記得了嗎？」

「……」

原以為我都在照顧繆里她們，但聽她這麼說之後，才覺得走不直的好像不只是繆里她們。我不記得自己有喝多，可能真的在氣氛推波助瀾下多喝了幾杯。

那麼這頭痛就不是繆里抓著我，害我用奇怪姿勢睡覺造成，而是酒的緣故了。

「大哥哥也醉得很誇張喔，晚上酒氣超重的。」

對於擅自爬到我床上這部分，她當然是一點也不覺得有錯。

亂辯解恐怕會惹禍上身，我便回到正題。

「妳、妳租這本書是為什麼？」

「拿來抄啊，他們不會把每個故事都唱出來嘛。如果想給修道院多招點客人，調查詳細一點比較好吧。」

修道院是為靜思與禱告而設，絕不是遊樂場所。但話雖如此，見過昨晚酒客開心成那樣，我也不能說她思慮短淺。

「多少填補一點資金，是可以讓海蘭殿下少操勞一點啦……」

「是吧？而且修道院是真的很有歷史，說不定會很受歡迎，最愛賺大錢的伊弗姊姊說不定一個不小心就多出一點錢嘍。」

記得伊弗也將修道院的發展納入考量，以門前市場的權利為條件提供資金。如果人潮川流不息，她就會舔著嘴唇重新計算損益了吧。但是聽繆里這麼說，即使去掉她原本很聰明這部分，感覺也太世故了點。

「那是魯．羅瓦叔叔教妳的對不對？」

繆里裝作沒聽見，不過那確實有道理。

海蘭可能用自我犧牲的方式湊錢這點，絕不是繆里想太多。

「好了啦，這本書我今晚就要還回去，要趕快抄一抄。大哥哥也來幫忙喔？」

即使是這種書，寫字仍是頗為累人的事，直接買也得花不少錢吧。若只是租來抄，只需要花紙錢和一點租金即可。

我快速翻了幾頁，概算一下字量，兩個人一起抄的確是來得及。從字句間有許多奇怪的記號和看似抑揚頓挫的筆記看來，這對那群樂隊來說應該是重要的生財工具。

「樂隊就是靠這本書來寫歌的吧。」

「嗯。昨天我一直聽樂隊講故事到醉得稀巴爛的你站得起來為止，他們講了很多東西喔。」

有些無法裝作沒聽到的部分，讓人很在意。口氣不像在揶揄我，替它更添真實了。

昨晚把持分寸到最後，過了一個符合信仰之道的夜晚，說不定只是一場被繆里抱著睡而作的一場夢。

「他們說，城裡紙行有的會替樂師把一些故事整理成冊來賣錢。因為不同的城市喜歡不同的，每到新的城市，就會把自己知道的歌寫在本子上，交換當地熱門歌曲的本子。」

我也聽說過不少人會用這種方式交換貴重的抄本。因為抄寫是件苦差事，抄本的價格怎麼也壓不下來。況且不直接賣掉，單純只是給人抄，就能將喜歡的書留在手邊，還能拿到新的書。

這件事本身是不足為奇，不過這簿子的存在倒是教人感嘆。

伊弗說過，魯．羅瓦這種書商中的中流砥柱，經手的書都比等重黃金還要昂貴。識字的人少，能寫的人更少，會買書回家的只限貴族或富商。

然而文字與故事的世界，也存在著如此的小道市場。

「所以呀，大、哥、哥～」

想到一半，繆里背起手湊上前來，抬眼撒嬌。繆里這舉動對一般人來說應該屬於可愛這一邊，在我眼裡卻只有滿滿的壞預感。

「人家好想去紙行喔～」

不出所料的要求使我嘆息。

而且即使是我宿醉的腦袋也知道，叫她自己去也沒用。

「聽說那裡有好多好多種故事耶。」

不是想買就是租來抄吧。

這樣就需要帳房了。

「還等什麼，說不定能查到那個工匠的線索喔。」

聽起來像是硬扯，不過那個世界的確在買賣魯．羅瓦也尚未掌握的故事。現在工匠的去向是一點線索也沒有，說不定問問紙行真的會有收穫。

很不情願地點了頭之後，繆里胡鬧地抱上來大喊：「大哥哥我愛死你了！」

暗嘆這馬屁精的同時，我把錫水瓶輕輕敲在她頭上。

「水喝完要記得裝。」

遭壓迫的狼耳在水瓶底下掙扎。

她才剛說愛死我，馬上就變成滿臉的不高興，一把搶下水瓶對我吐舌頭。

被繆里拉去紙行之前，我得先問海蘭記不記得迦南和羅茲的事。到了辦公室，發現她難受地青著臉給羊皮紙簽名。

確定她記得，並告知我和繆里要去紙行後，她回了一個乾到快碎成粉的笑。連繆里也沒開她玩笑，乖乖離開辦公室，反省昨天玩過火似的喃喃自語。

接著我在繆里的帶領下走過勞茲本熱鬧的街。想說她怎麼走得一點也不遲疑，原來是野狗在為她帶路。

我們就此來到城北一個較為沒落的地區，空氣裡有種獨特的味道，多半是因為鞣皮和製膠的工坊都聚在這裡。這些工作需要長時間用火，一刻也不能大意，非常操勞。

的確，這裡不是魯・羅瓦等經手書籍比等重黃金更值錢的書商會來的地方。

「這味道，讓人想起做獸脂蠟燭那時候呢。」

獸脂蠟燭與蜜蠟不同，有種獨特的怪味。繆里以前在溫泉旅館惡作劇時，我經常拿製做這種蠟燭的差事來罰她。

「這邊喔。」

跟著瘦巴巴的野狗穿過工匠街後，我們抵達店頭堆滿舊衣的工坊。這間開放式的工坊沒有牆壁，能輕易看見裡頭是什麼樣。

那裡有群工匠兩兩合力拿起一個人那麼長的大木槌，往巨桶裡頭敲。工坊角落有群孩子將破舊的衣服撕成碎片，場地中央擺了個或許能放進一整頭牛的巨鍋，裡頭煮得噗噗噗直冒泡。

「好厲害喔！」

全身都是好奇心的繆里對造紙工序興趣濃厚，但這裡不像是賣紙的地方。

「有事嗎？」

往背後的問聲回頭一看，見到一名男子正放下肩上扁擔。擔子兩端都裝了滿滿的破布，是在城裡到處蒐集來的吧。

「打擾了。我聽說這邊能找到一些寫給樂手的本子。」

懷疑陌生人居心的視線，是住滿頑固工匠的地區常有的事，而這句話讓他的敵意稍微緩和了幾分。

「那你找錯地方了，前面左轉那區才是。到有井的廣場以後，角落就是造紙的工坊。」

這裡應該是前置處理破布，提供給造紙坊作原料。

「謝謝指教。」

在這地區，這樣道謝似乎顯得有些做作，男子冷笑一聲聳肩答應。我催不捨地看著工坊的繆里繼續往指示方向前進。

我們很快就找到造紙坊，那裡就有一般店面了。

「紙都賣完嘍。」

一往敞開的門口窺探，就有個表情嚴肅的工匠這麼說。

「寫給樂手的本子也沒了嗎？」

見繆里從背後冒出頭來，圍裙髒兮兮的工匠不禁挑起他粗粗的眉。

「小姐妳這麼年輕就在唱歌啦？還是跳舞？」

「唱歌跳舞我都會，不過都不是。」

工匠大概是中意不怕生的繆里，哼笑一聲擦擦手後對我們招了招。大概是寫給樂手的本子內容常被教會盯上，店家會挑客人吧。

店裡擺著許多像魚籠的網箱，穿了圍裙的工匠們正拿著四方形的篩子泡水並甩動。牆邊也有許多那種篩子，網的部分是以鐵線製成。用大石頭壓住的木箱，是用來讓紙漿脫水的器具吧。如果把繆里留在這裡，她恐怕要十天以後才會回去。

我輕推到處看來看去的少女，引導她進入旁邊房間。這裡的牆鑲入一整個書架，擺滿了各種小簿子。

「買的話兩枚王國銀幣，租的話一晚五枚銅幣。」

銀幣價值依種類各自不同，王國發行的銀幣價值較低，但一枚好歹能換取工匠一家好幾天溫飽。這種小簿子沒有聖經那樣的精神涵養，既不能拿來吃，紙質又粗劣，要賣兩枚王國銀幣未免太貴。

可是那價格大概不是為了賣錢，而是讓租借費顯得便宜吧。

「如果拿這裡沒有的故事來換呢？」

「這樣租哪本都不用錢，不過抄書用的紙得在這買。但我想，你們手上也不會有這裡沒有的故事吧。」

他的確有本錢這麼說。世上居然有這麼多寫給樂手用的故事，看得我都傻了。

「大哥哥，可以租幾本？」

迫不及待地耳朵和尾巴都快跳出來的繆里對我投來炙熱的視線。

我看不管說幾本，她都一定會擺出不滿意的臉，便稍微動腦這樣回答：

「先租一本回去，抄完再來吧。」

相信她知道抄寫文章有多麼辛苦，和想到什麼就寫什麼不一樣以後，很快就會放棄了。她還有跟樂手租來的阿羅涅騎士團故事呢。

而她像是沒發現我的用意，說：「那選最厚的比較好。」一臉湊到書架前面去。

「喔？年紀這麼小就會寫字呀？」

都聽在耳裡的工匠看著繆里讚嘆道。

「綁在椅子上教出來的呢。」

工匠大笑一聲，點了點頭。大概有過類似經歷。

「那麼你老兄……是哪個貴族底下的文官嗎？」

昨天穿的商行小老闆風服飾，吸滿了烤肉的煙和瘋狂跳舞的酒汗，根本不能穿。所以在穿慣的服裝加了條有點鮮豔的腰帶，讓我看起來沒那麼像聖職人員。

用如此文質彬彬的裝扮來找寫給樂手的本子，也難怪他會猜我是貴族僱來記錄領地收入或代筆信件的文官。

「可以這樣說。」

說這種輕描淡寫的話也不會噎到，或許是種成長的證明吧。

而他這樣的猜想，對有事想問的我反而方便。

「我每天都在祈禱上天多給我幾雙手呢。」

對咯咯笑的工匠如此鋪陳後我問：

「聽人家說，有一種印刷術可以一口氣把文章印到紙上，不需要用手寫字。如果真的有這種事，不知道能有多輕鬆。」

魯．羅瓦曾說，那個印刷術還沒完成就被定為異端，幾乎沒人知道。

但假如漏網的工匠用過那樣的技術，或許會有點風聲。然而我抱著一絲希望的問題，卻惹來更大的笑聲。

「有這種魔法的話，我就要把工坊擴大一倍，準備發財啦！」

那爽朗的笑容不像有任何隱瞞。這方面比我敏銳多的繆里還在物色她的書，對我們一點興趣也沒有。

「話說回來，紙太好賣也是問題。總不能因為缺原料就要街坊別穿衣服吧。」

工匠說完往我看來。

「怎麼樣，可以跟你家領主進言一下，把領地裡的舊衣破布什麼的收集起來給我嗎？可以的話愛抄多少都行。」

他放我和繆里進來，搞不好就是在打這個主意。

「對了，您說紙都賣完了嘛？」

「前幾天有個穿得頗體面的人全都買走了，到現在都補不了貨。」

總覺得那就是迦南。他對俗文聖經熱情到我都害羞，說不定在計畫所需之外，他也想為自己抄一份。

但無論如何，一張也不剩實在是很誇張的事。以破布為原料的紙，大半是用在商行記錄每日交易上。懷疑近日景氣有好到能把紙行庫存清空時，工匠的牢騷傳入耳裡。

「我看吶，又是哪個貴族的虛榮心犯了，寫那種無聊的三流詩歌出來丟臉。」

他傷腦筋地叉起腰，大聲嘆息。「貴族的虛榮心」這想也沒想到的詞，讓我很是不解，接著繆里插嘴了：

「比如這本嗎？」

並舉起手上簿子搖了搖。

「騎士達古佛克冒險記。」

繆里唸出的標題，使工匠皺著眉笑了。

「對，就像那本。真是無聊透頂。」

往繆里一看，她只是聳肩。

「對抗上千傭兵獨守城塞，在神的庇佑下毫髮無傷地凱旋歸來。天上灑滿花瓣，人人對他的統治感恩戴德，教堂敲響鐘聲。噢，英勇的騎士達古佛克。偉大的戰士，慈悲賢明的領主。」

繆里仿照昨晚的歌手，有抑有揚地唸出來，工匠讚嘆地挑起眉毛。

而我也明白他的意思了。

「跟妳每天晚上寫的故事滿像的耶。」

繆里立刻噘起嘴巴，踩我一腳。

「最近幾年啊，這種笑都笑不出來的無恥詩歌多很多。」

工匠踏著重重的腳步走到書架前抽出一本。

「當然，英勇騎士或領主面對的敵人從以前就是隨便都十萬大軍。同伴個個勇猛果敢，別說叛徒了，臨陣脫逃的也沒有。神總是站在主角這邊，紀律公正嚴明，小麥長得比農夫的鬍鬚還快。什麼都是神愛的那一套。」

工匠故意抓抓毛茸茸的鬍鬚，逗笑繆里。

「不過呢，那在有本事的詩人手上一樣會被編成能聽的詩歌，再說領主就算醉了也有羞恥心，很少人會在本人還在世的時候唱那種蠢詩歌。可現在呢，大概是最近景氣不錯，貴族口袋裡有點閒錢，就開始找一些三流詩人到處唱那種詩歌，別說有沒有上過戰場，連有沒有那種戰功都不曉得。大概是以為這樣，就能讓自己家名跟那些詩人傳唱的風雅貴族擺在一起吧。」

工匠憤慨不已的樣子，不太像是因為差勁的詩歌，而是他辛辛苦苦造的紙被拿去寫無聊玩意的樣子。

看了繆里寫得那麼勤的理想騎士冒險談，他搞不好會昏倒。

「那種東西，我看了頭都要爆炸了。而且動筆的不是謄寫專家，就只是不識字的細密畫見習工吧。到處都是拼錯的字，還從頭錯到尾，真的有夠差勁。」

細密畫家是給抄本添加插圖的畫家，大多不識字。不過文字也是圖畫的一種，只要能照著畫就能複抄。因此，動作快或沒工作的畫家製作抄本的事並不少見，只是不識字的人錯字也一樣抄下來，不懂得訂正。

「這邊的爛書，算你們一本三枚銅幣就好。」

聽工匠這麼說，繆里立刻殺價。

「兩枚。」

工匠在胸前交抱他粗壯的手臂。

「兩本五枚。」

「三本七枚。」

好像都能聽見工匠「唔……」地呻吟了。

我一邊感嘆繆里也真敢殺一邊翻頁，也覺得這詩歌真的頗差。拿起旁邊的簿子一看，發現內容竟然一模一樣。

「這兩本怎麼一樣？」

難道內容差歸差，還是很受歡迎嗎？和繆里殺得你來我往的工匠轉過來說：

「喔，那個啊。大概是那個貴族特別好大喜功吧，在很多城鎮發了一大堆，搞得來到勞茲本的詩人都拿這個來換新歌。」

「原來如此。」

就算是劣書，製作起來也需要花費不少勞力和金錢。

這實在是太瘋狂了，不過我忽然覺得有點奇怪。

需要花費不少勞力和金錢？

盯著手上簿子看到一半，繆里活潑的聲音響遍房裡。

「那就三本七枚加打掃工坊！」

「妳要來掃？嗯……不會給我摸魚吧？」

「看我的！」

工匠拗不過她滿面笑容似的搔搔頭，握手成交。

我很希望她少看這種一點用都沒有的書，多念點聖經註解，但恐怕是奢望過高了。況且先不論內容，這字體本身還挺工整，可說是不錯的範本。

或許是寫手的習慣，某個字都寫得不太清楚，讓人很在意。

「老闆老闆，你推薦哪本？」

「啊？開始叫我老闆啦？妳這丫頭還真精啊。」

「嗯哼哼哼。」

開心的繆里要和工匠一起挑書，不耐煩地推開發呆的我。

「吼，大哥哥，走開走開。」

只是這一推，我連踉蹌也沒有。

我全神灌注在手中的簿子上。

「大哥哥？」

我無視繆里的疑問，對工匠說：

「我要這本。」

「嗯？」

工匠覺得奇怪，繆里也立刻吊起了眉。

「喂，不要幫我選啦！」

「另外兩本，我要這本跟這本。」

「啊～！」

我繼續無視繆里猛拍我的肩和手，數七枚銅幣交給工匠。

「嗯……呃，這樣好嗎？有兩本內容一模一樣？」

收錢之餘，面貌強悍的大鬍子工匠這麼問。說不定是因為我身旁的繆里變得像撈上岸的章魚一樣。

「沒關係。對了——」

在旅途中多多少少賺了點零用錢的繆里在煩惱該不該自掏腰包時，我快速輕拍她肩膀兩下。

「您知道這詩歌裡的貴族是什麼人嗎？」

這次不僅是工匠，繆里也抬頭看我。

至此，繆里才終於注意到我的手在發抖。

我們在工匠不明就裡的視線目送下離開工坊，現在換我走得比繆里還大步。

「魯・羅瓦先生在伊弗小姐那嗎？」

我頭也不回地問繆里，最近都走在我前面的繆里小跑步跟在後頭，回答：

「他說他很久沒來溫菲爾王國了，要在書庫泡個幾天。問這做什麼？而且——」

「那妳可以到書庫去，跟魯・羅瓦先生一起調查這個貴族的事嗎？」

我將租來的三本書中的一本交給她，繆里支支吾吾地動起嘴巴。

「嗯，好啊。可是大哥哥，那個……」

「我去問伊弗小姐那邊。其實這種事，本來是該問海蘭殿下才對……」

在這裡猶豫，是因為我不夠肯定。海蘭得知迦南的計畫時，就可能已有就算犧牲自己也要完成計畫的決心，給她無謂的希望是一種罪過。我應該盡可能調查清楚，有足夠把握再告訴她。

「喂，大哥哥！」

被繆里用力拉手的我轉頭所見的表情，是她惡作劇太過分而關進倉庫時的臉。

「怎麼突然急成這樣？那個，該不會……」

「我有線索了。」

紙坊裡樂手拿來交換的差勁故事，用的都是破布製成的便宜紙張，和使用真的以羊皮製成的羊皮紙與硬牛皮封面裝訂的厚重聖經沒得比。但不管怎麼做，造書都是一筆可觀的開銷。

在這樣的狀況下，那位工匠卻說三流詩歌遍及好幾個城鎮。原本以為又是哪個瘋狂貴族有錢沒處花，覺得字很漂亮，或許能幫我們抄聖經而已。

可是一個事實，顛覆了我所有想法。

因為書裡有部分文字不太清楚，而且幾乎如此。

「咦～這又怎麼樣？」

繆里對我快步前行中的說明仍抱有懷疑。

「妳回想一下，迦南先生說的技術是怎樣的東西。」

「就是，呃……啊！」

「沒錯。就是只刻字母的印章。」

繆里一聽，趕緊翻找我給她的那本簿子。

「雖然沒有全部都是，但不同頁的同一個字，經常有不清楚的情況。我想這是相同字母的印章印了很多次的緣故。」

「……」

「然後我再仔細看，發現幾個字母筆畫很有特徵，而且每頁特徵都一樣。當然，如果是非常厲害的畫家來描字，說不定也能寫得全都一樣就是了。」

「……」

繆里看得眼睛面綳，或許是因為對文字不熟，看不出差異。

「感覺好像真的是這樣沒錯，可是……」

「而且這些字太端正了。整齊成這樣，又要做出好幾個城鎮都有的量……不太可能是一個謄寫員做得到的事。」

仍在習字的繆里似乎也了解字寫漂亮有多麼難，表情苦悶地點了頭。

「當然，有可能只是我想太多，可是妳想想看——」

到了工匠街的盡頭，正好是三叉路口。

我站在路口對繆里說：

「這個三流詩歌的世界，是魯．羅瓦他們看都不屑看一眼的故事生存的世界。」

她的紅眼睛有點嘔氣地往我望。

「如果那個工匠真的存在，躲在那裡不是最好嗎？」

繆里閉上像是想說「哪有那麼剛好的事」的嘴，看看我認真的臉和手上的簿子。

不管在哪方面，我這哥哥都是個蠢羊，就只有書的事例外。

「說不定這詩歌裡的貴族會知道些什麼，至少有調查看看的價值。」

繆里已經不打算反駁，無奈地點點頭。

「要我幫忙可以，那你也要幫我抄書喔。抄那些三流的書！」

「那當然沒問題。那麼，晚點在大教堂前見。」

繆里不等我說完，逕自往左側岔路跑掉了。

目送那很快就消失不見的銀髮後，我也往右側岔路小步跑去。

喘著氣奔過勞茲本的街道後。

我看到繆里坐在大教堂門前的大石階上，臭著臉啃羊肉串。

「完全沒收穫。」

那烏雲密布的表情與熱鬧的大教堂前廣場很不相稱。

「我也是。」

我一路跑到伊弗住處，把簿子給不解何事的她看以後，這位曾是王國貴族，如今與眾多國家有生意往來的女商人聳個肩，把簿子也拿給亞茲等護衛看。

答覆是沒聽過這貴族，戰役也多半不曾存在，是一本純屬虛構的武功歌。

「可是魯．羅瓦叔叔臉都綠掉了。」

「咦？」

「他說他從來沒想過那個工匠可能會躲到這種書的世界去。」

那一部分或許是因為他沒想到工匠居然把教會恐懼到下令消滅的寶貴技術用在這麼沒意義的地方，但我想更進一步。

「臉色難看，會不會是因為他也發覺那些字的特徵呢？」

魯．羅瓦雖是個世故的商人，他所面對的卻是擅長在森林枯葉上找出獵物足跡的銀狼。即使繆里認不出字形差異，看穿他人表情變化仍是輕而易舉。

「魯．羅瓦不是工匠的敵人嗎，你沒有叫我不要拿這個可能有工匠線索的書給他看，感覺怪怪的。」

繆里的紅眼睛注視著我。

「因為我自己的判斷可能出錯，所以想借用他的知識。」

我沒說謊，但也沒完全坦白。要是魯．羅瓦在他所不知的領域發現工匠的蹤跡，應該會認為那可能對他的生意造成巨大影響。知道這簿子的存在以後，就會死命想把他找出來。

繆里咧嘴一笑，唇下露出狼牙。

「我有請野狗和臭雞一夥的鳥監視他，他出去的話馬上就會知道了。」

即使魯．羅瓦對工匠的想法與我們不同，我們依然得到了一個強力的搜索幫手。

而在我下指示前就替我把事情辦好的銀狼討獎勵似的伸脖子過來，我便連聲說好，並摸摸她的頭。

「話說回來，這篇故事好像真的是亂編的。」

「伊弗小姐他們也是同樣結論。」

若能知道書中貴族是何許人，也許就能循線查出工匠的足跡，然而事情果然沒這麼順利。

雖因為這本簿子而感到工匠很有可能實際存在，但想藉它追尋工匠，前途仍是霧茫茫一片。

「會是知道有人要抓他，所以虛構一個貴族嗎。」

「一般來說大多是這樣沒錯。」

可是回程上，我發現自己的想法有說不通的地方。

「紙坊的工匠都說成那樣了，那麼如果不是愛慕虛榮的貴族發酒瘋，否則誰也不會出錢幫那種三流詩歌出書吧？」

如果繆里露出狼耳，一定會直直豎起來。

「無論印刷文字是多麼簡單，也不會讓紙變成免費。」

「……你是說貴族出錢做沒人知道是誰做的書，是一件很奇怪的事嗎？」

「就是這樣。」

繆里拿著簿子歪起腦袋。

「那做這本書到底是為什麼？」

原先是往政治意圖猜，但想想也不像。內容是乏味過頭的武功歌，文體硬得誇張，遣詞用字又不知道在莊嚴什麼意思，就是個每一句都在說「我的詩高人一等！」的粗俗玩意。若是刻意為之，範圍就能縮小到老練的宮廷詩人之流了，但多半並非如此。

「過來之前，我有繞到紙坊姑且問一下這是從哪裡來的。」

東西是四處漂泊的樂手提供的，不會知道來源吧。

「我在想，裡面會不會有暗號。」

「暗號？」

繆里翻翻簿子，正看倒看，還嘗試只看每行第一個字。

「工匠不是被壞人追捕嗎？那就有可能把暗號藏進這種簿子裡到處發，要找回失散的同伴吧？其他工匠拿到這本簿子以後就會解讀暗號，到集合地點碰頭！」

我好像也聽過戰後尋找失散同伴的故事。

再說，猜想這些流通於世的平凡紙片因為平凡而具有特殊意義，也是個不錯的思路。

「不然也可能是騙人說裡面有暗號，吸引人家來買這樣。」

村裡鬼腦筋動最快的繆里，發想果真教人咋舌。

尤其我在繆里這個年紀，也上過這樣的當。

「讓我想起不好的往事了。以前也有個騙子拿這樣的話騙我買了一大堆紙。」

當時我還小，是個窮兮兮的流浪學生，結果還遇上這種詐騙。

那騙子說他就是因為知道了祕密，才被砍掉一隻手臂。結果那只是商行小伙計受不了虐待，逃跑時順手帶走的商行契約副本或繳稅筆記等，但在當時的我眼裡，就像全天下的祕密都寫在裡面一樣。

「你就是在抱著那堆紙不知如何是好的時候，被爹娘收留的嘛。」

「一點也沒錯。就結果來看，我還賺到了呢。」

繆里聽了，抱著立起的雙膝笑起來。

那是很久以前的事了，而當時的我正如現在的繆里這樣蹲坐在路邊，一張一張地拚命看這些紙到底有什麼意義。我一個人來到遠離故鄉，無依無靠的城鎮，又把所有盤纏拿去買那堆紙，急得忍著眼淚對天高舉，希望那個人沒有騙我。現在想來還真是心酸。

想當然耳，那裡面根本就沒什麼祕密，有的就只有對著太陽見到的奇妙紋路而已。

說不定，那都是眼淚的痕跡。

鮮明地憶起往事，笑嘆自己老了不少之後，我忽然整個人定住。

「嗯？大哥哥？」

我看著繆里也說不出話。剛那是什麼感覺？

回憶之中，我似乎遺漏了些什麼。

流浪學生？不。騙子？不。還是在河邊的稅關抱著紙堆坐著發愁的那一段？

不不不。我一股腦地拚命想，終於找到了它。

就是把紙舉向天空的時候。

「對，就是這個！」

我攤開手裡簿子向天舉，對著太陽看。

大概是被我突來的大動作嚇到了，在附近地上啄食的鳥兒們飛得一隻不剩。

但我的視線都釘在紙上，因為當時記憶中的東西真的就在那。

「說不定真的是暗號喔。」

坐在石階上拄肘托腮，為兄長又有怪舉動而擔心的少女睜圓了眼。

「不過，呃，這其實是造紙時的那個……」

在紐希拉的溫泉旅館工作時，由於地處深山，各種學習用具大多得自己準備。蒐整顯貴住客分享的故事，或借書自力抄寫，裝訂成冊的事不知道有過多少次，對寫字與製書的過程自然有一定程度的了解。然而對於前一階段的造紙工序，所知就很模糊了。

但是，用淚水在打轉的眼仰望天空時浮現紙上的奇妙紋路，我怎麼也忘不了。而我長大以後，也調查過那究竟是什麼紋路。

「……」

回過神來，發現繆里氣沖沖地嘟著嘴站在我旁邊。

「說不定查得到簿子是哪來的喔。」

繆里看了看自己的簿子和我手上的簿子，誇張地聳肩。

「所以呢？」

不知在興奮什麼的男子，與冷眼漠視的旅伴。

這樣的情境，感覺在以前的旅途中見過好多次。

稍歪著頭手叉腰的繆里，像極了亞麻色頭髮的賢狼。

「紙一定會留下足跡，那也是暗號。」

多虧遇上騙子，我才會遇上繆里的父母。而如今，那個經驗再一次給了我光明。

當時賣給我那堆紙的，說不定真的是獨臂天使。

「就是說，呃，這個暗號……對、沒錯。想追查這個足跡的話——」

情緒激昂的我轉動腦筋，習慣性地牽起繆里的手。

「我們先到夏瓏小姐那去。」

那百般不願的臉，不知是不想在人前牽手，還是不想跟夏瓏笨狗臭雞地鬥嘴。

可是繆里非但沒把手甩開，還在我身邊開心地跑。

「暗號？你說暗號是吧？」

承自母親的紅眼睛，仍未失去孩子的光輝。

「不是藏寶圖那樣喔。」

我怕她懷抱無謂期待，不過她好像沒在聽，被搔癢似的縮縮脖子並加快速度，終於變成她拉著我跑。

「大哥哥快點！去掐臭雞的脖子！」

雖覺得這樣說太恐怖，但我仍笑了回去。

神又給了我們一次考驗呢。

不過神給我們的，只會是能夠跨越的考驗。

前往夏瓏家的路上，我一開始跑得很興奮，結果一下就氣喘吁吁。仔細想想，昨晚的宿醉都還沒完全退呢。隨時都精神飽滿的繆里平常都會拿這種事來損我，今天卻只顧走路，眼睛幾乎要盯穿簿子，翻前翻後地仔細查看。

原本她對所謂藏在紙上的暗號純真地興奮不已，但是跑都不能跑的軟腳蝦哥哥找得到祕密，她卻完全看不出個所以然，讓她愈看愈生氣的樣子。

「不是我特別聰明，單純是知不知道的問題。紙上面——」

「不准說！」

繆里不甘心地大吼，反而更固執地尋找線索。由她去之餘，我也從她懷裡拿一本簿子來看，以確定自己的假設。

三本簿子的紙似乎都是同一間工坊製作的紙。繆里問過紙坊知不知道簿子來處，但沒有好消息，主要是因為問法錯了。

如果她問知不知道簿子用的紙是哪間紙坊的東西，就算同樣是不知道，工匠也一定會告訴她辨識的方法。

「寇爾先生？」

在複雜的住宅區巷弄拐了幾個彎後，和小小朋友一起在門前工作的克拉克注意到我們到來。

「抱歉打擾你工作。」

「啊，不會。」

他們正在洗衣服。在水盆灑了草灰後，克拉克用手搓，孩子們用腳踩。只是孩子們比較像是在玩水，互相潑來潑去，用灰泥在臉上塗鴉，鬧得好不開心。

克拉克左臉也畫了個漩渦。

「怎麼啦？是修道院那邊出問題了嗎？」

他連忙擦手站起，制止還想跟他玩鬧的孩子。

「算是好消息……不過要請夏瓏小姐幫點忙才能確定。」

克拉克露出不知該不該真的當那是「好消息」的表情，最後點頭說：

「夏瓏在裡面。」

平時都是夏瓏先從窺視窗露出一雙眼睛再放我們進去。孩子們最後還是覺得在盆子裡蹦蹦跳比較好玩，很快就對我們失去興趣，跳得嘻嘻哈哈。

「整理修道院，給了我們很多草灰。」

克拉克一進門就這麼說。意思是門前的嬉鬧，是發生在砍了成堆雜草再燒成洗衣灰之後吧。

「請問，那是什麼？」

他不解的視線指向繆里手上的簿子。

當先前那水盆裡的衣服破到不能補，連當抹布都不行之後就會脫胎換骨，變成這些書。

「他說這些書說不定是那個神祕工匠做出來的，可以查出他大概在哪。」

「咦！」

「我是根本看不出來啦……」

繆里用責怪的眼神盯著我看。

「可是大哥哥說有線索能查書是從哪來的。」

「有夏瓏小姐協助的話，應該是查得出來。」

「夏瓏？」

夏瓏仍未向克拉克暴露她鷲之化身的真實身分。

不過我們這次要找的不是統管勞茲本飛鳥的鷲之化身夏瓏，而是雙腳踏在勞茲本石磚上，在人類社會結構中下指揮的夏瓏。

「夏瓏。」

穿過屋子來到中庭，長長的吊繩曬著剛洗的衣物，量還多得誇張，大概是灰多到順便幫鄰居洗一洗了。

夏瓏在忙著掛衣服的孩子身邊拿針線縫縫補補。

「怎麼三個人一起來啊？」

「寇爾先生說需要妳的協助。」

我們找她幫忙，她自然會想到鷲之化身的力量，皺起眉頭怪我們怎麼在克拉克面前提這種事。我從繆里懷中抽出一本簿子交給夏瓏。

「我找到一個線索，說不定有機會解決幾個修道院整修的問題。」

「這是那個神祕工匠做的書喔，是我發現的！」

略顯興奮的繆里讓夏瓏眉頭皺得更重，問道：

「……然後？」

「我需要查出這本簿子是從哪來的。」

夏瓏看看手上簿子的正反面，聳肩說：

「哼……原來是這樣，所以才來找我。真是的，淨給我找麻煩。」

「能拜託妳嗎？」

繆里見到夏瓏沒要求解釋就說下去，瞪大了眼睛。

「咦，臭雞也看得出來嗎！」

被繆里叫臭雞的夏瓏無奈起身，用手上簿子砸繆里的頭。

「找遲繳稅金的工匠或商人很累人，但不是找不到。方法有很多。」

夏瓏曾在港都勞茲本從事部分人士聞之色變的行業——徵稅員，而且是在管理徵稅員的公會中擔任副會長。

「就算是來自各地各國，隨便弄個證件就想交差的商人，我們也會追到天涯海角，把稅給討回來。」

她實在很適合這種刻薄的笑，不過沒拿簿子的左手上還抓著修補中的布和針，還有個小小孩

抱著她的腿，好奇地聽我們說話。

美好得很難稱她為沒血沒淚徵稅員。

「需要多找一點人手，這幾個也能幫上忙吧。」

夏瓏對最年長的孩子喊一聲，那機靈少女聽完吩咐就跑進屋裡去。

「話說你不找海蘭也不找那個叫伊弗的商人，直接跑來找我，想不到你對社會怎麼運作懂得也不少嘛。」

我稍微聳肩回答夏瓏。

「這得歸功於我小時候旅行的經驗。有個賣商行外流帳簿抄頁和假權狀那些東西的騙子，把我騙得好慘好慘。」

「原來有這種事。」

「但也多虧如此，我才會遇見她的父母，被他們收留，現在也給了我很大的線索。」

我把手放在不滿於無法加入話題的繆里頭上，被她嫌煩撥開。

「經驗一定會成為某種食糧，懂不懂得吃下去就看人了。當笨狗的哥哥太可惜了。」

被夏瓏這麼一損，用手整理頭髮的繆里「咿～！」地咧嘴作鬼臉，轉一邊去。這時候，跑回屋裡的年長女孩帶了幾個年紀相近的孩子回來。

「好，我們到徵稅員公會會館去。」

「好～！」

孩子們活潑地答覆，只有繆里一臉茫然，不太開心。

我們在紙坊發現的簿子，十之八九是以遭到抹殺的技術印出來的。可是歌中貴族是什麼人，簿子來自哪裡，誰也不曉得。

繆里似乎是想從簿子上的塗鴉等處找線索，但其實是用破布做成的紙具有羊皮紙所沒有的特徵，夏瓏也知道這件事的樣子。

克拉克留下來洗衣兼看家，我們這個大人混小孩的怪異團體，在夏瓏的帶領下前往距離勞茲本熱鬧碼頭相當近的氣派建築。那即是徵稅員公會會館，夏瓏這已經離開公會的前副會長一露面就受到現任的徵稅權代理人們熱烈歡迎。即使想調閱公會裡的徵稅相關資料，對方也爽快答應。

而且當夏瓏表示她要的並不是文件內容，而是紙本身，他們也立刻明白了她的意思，一疊接一疊地將地下書庫的無數文件搬出來，堆在日照良好的房間窗邊。

準備就緒後，夏瓏這樣說：

「來，找寶藏嘍！」

不知是有小孩在還是公會本來就這樣，夏瓏演戲似的一呼之下，所有人捲起袖子開始動手。

孩子們和現任的徵稅權代理人都拿起紙來對著陽光看。

彷彿相信紙上會浮現天使的手印。

「唔……這種的我怎麼會知道啦！」

不服氣的繆里手上，是某個遠地商行向勞茲本申請攜帶大量水果酒入關的記錄。裡頭當然不會有傳達走私路線的祕密暗號，但紙上必然會有另一種痕跡。

破布用手撕破，經過搥打熬煮化為濃漿，鋪平後送入冷水就成了紙。那個鋪網的篩狀物就是最後一步使用的工具，而關鍵就在網目上。

以細鐵絲結成的網目，形狀依工坊各自不同。只要仔細看，就能看出造紙時網目留下的獨特痕跡。

也就是說，只要從徵稅員的資料中找出同樣痕跡的紙張，就能向該商行詢問紙是從哪來。知道由哪間紙坊所造後，就能知道購置大量紙張製造那些簿子的工匠在哪裡了。

據說那工匠印刷的量大到樂隊去到哪裡都有那些簿子，紙坊應該會記得這樣的買家。

想找匯集各地紙張的地方，沒有比徵稅員公會更合適的了。

「可是幾乎每個城市都有紙坊，找起來也不是那麼簡單喔。」

況且痕跡類似的也多。

但是經過這場單調的比對之後，必定會有答案。

「找到的話，要給我吃肥滋滋的羊肉喔。」

繆里這麼說完就一張接一張地對著太陽看。徵稅員似乎已經慣於用這一招揪出逃稅的不肖業者，動作非常快。

空有知識的我只是想到可以用這種方式找線索，沒有實踐過。痕跡類似的就無法區別，對著拆去書繩的零散書頁比較了好幾次。繆里當然很擅長這種事，丟下拖拖拉拉的我一張張地找。

就在我覺得自己不如將查過的資料搬回地下書庫，再搬別的資料過來比較有幫助時，狀況發生了。

「找到了！」

開心大叫的，是個比繆里小幾歲的女孩。

「來，給妳！」

女孩將紙交給夏瓏，夏瓏拿紙與簿子對光比了比，親切微笑著摸摸她的頭。

「找到了。」

夏瓏對我這麼說之後查看紙上內容。

「找得到是哪座城的紙坊嗎？」

一般日常文書，基本上都是用當地紙坊的紙。

「維德商行的羊毛交易記錄啊。他們在王國中東部生意做滿大的，總部是在一個叫薩連頓的城市……如果紙是在商行網路裡到處流用就不好找了。」

「我們港邊也有他們的分行，我馬上派人過去問問看。」

「要強調只想知道紙坊喔。」

「我順便去看有沒有走私。」

徵稅員與夏瓏如此對話後，幾名男子離開房間。

這當中，大家像是已針對第一張的對應地區作重點調查，有同樣痕跡的紙接二連三地擺到桌上。夏瓏看了看，鬆了口氣。

「每張地區都有重複，這樣很快就能鎖定位置。好，可以了。」

還以為至少得花上一整天，運氣差點還需要一星期，結果一轉眼就找到目標了。

乍到此地時，夏瓏等徵稅員公會與遠地交易的商人是劍拔弩張的氛圍，這下可以了解商人為何那麼討厭他們了。因為他們就是如此優秀的獵人。

「唔……人家一點表現都沒有！」

繆里懊惱地說。我重綁為調查而拆散的樂手小簿子之餘，在繆里背上拍一下。

「是妳帶我找到這些簿子的呀，根本是幸運女神——應該說幸運之狼吧。」

「……」

繆里還是不太高興，但抱了我一把之後也來幫忙整理資料。

接下來，徵稅員的來訪在維德商行鬧出了一點小糾紛，但最後還是順利問出了紙的來源。說是維德商行總部向當地紙坊買的，就在薩連頓。

薩連頓是羊毛集散地之一，王國中部草原的羊毛都會到那去，據說騎馬要兩天路程。繆里不屑地說她來跑只要半天，但總不能只讓她去。

感激夏瓏協助，也向發現第一張的少女鄭重道謝後，我們回到海蘭的宅邸。

正在擦拭走廊牆上精美燭台的女傭告訴我們，海蘭在辦公室接待客人。

儘管有些不禮貌，我仍想盡快往下一步行動。向門口略顯驚訝的奧蘭多與幾天前也見過的強悍護衛打聲招呼，表示有急事相報就開門進去。

結果不僅是坐在羊皮紙堆前的海蘭和有事商談的迦南，連羅茲也在。繆里當場說道：

「抓到獵物的尾巴了！」

不用說，所有人都傻住了。

我制止急著報告收穫的繆里時，迦南察覺到我的顧慮，立刻為我說明羅茲怎麼在這裡。

「我認為有必要讓羅茲先生加入我們。」

看來迦南已經說明自己的身分和目的了。

隨後羅茲立刻起身，跪地行禮。

「寇爾先生，為完成這項計畫，我羅茲赴湯蹈火在所不辭！」

來不及攔他就下跪的羅茲，甚至誇張地宣誓。

聖庫爾澤騎士團的分隊長，曾苦笑表示羅茲比隊上每個人都更像騎士，可見不假。

「在整個聖庫爾澤騎士團裡，羅茲先生的確是特別值得信賴。」

「掃蕩教會的腐敗，就是神給予我們的使命！」

這少年即使餓到一頭栽進泥濘，清醒後仍挺直背脊鄭重道謝。精神飽滿時的熱度，恐怕是在繆里之上。

「有你的幫助，我相信我們一定會成功。」

「這是我的榮幸！」

好不容易讓彷彿對主公叩首的羅茲站起來之後，他握得我手都疼了，只有在與繆里握手時有些害羞。

「那麼，你們這次又引發了怎樣的奇蹟？」

他們想必是在談找不到擁有奇蹟般技術的工匠時該怎麼辦吧。海蘭略顯得救的表情，或許就是出於反彈。

繆里大概是沒察覺辦公室裡殘留的凝重氣氛，將整件事全都當自己功勞似的對海蘭得意洋洋地解釋起來。

在紙坊發現的簿子，幾乎能確定是由遭到封禁的技術印刷而成。首先得到薩連頓，調查賣紙給維德商行的紙坊。

海蘭一句話也沒問地聽到最後，搖鈴喚女傭進來下令備馬。

「我有個不情之請，希望各位同意。」

辦公室所有人的注意力，從能否找出薩連頓的紙坊轉移到追查工匠蹤跡時，我出聲問道：

「這趟薩連頓之行，可以帶書商魯．羅瓦先生一起去嗎？」

繆里眨了眨眼睛。即使魯．羅瓦與工匠利害關係相對，看了簿子以後也急著想找工匠，她也不懂我為何想帶敵人去吧。

「魯．羅瓦先生是買賣珍奇書籍的商人，因為工匠的緣故，在利害關係上與我們對立。可是說到對書籍的知識，或是世界各地與書有關的知識，絕對是無人能出其右。不只在尋找工匠的過程上，為了以後著想，我認為有必要保留繼續與他合作的可能。」

我並沒有說謊，但那不是全部。

稍停片刻後，我如此補充：

「魯．羅瓦先生在我小時候的旅程上教了我很多東西，相當於我的恩師。這次尋找工匠，我第一個就是向他打聽。請原諒我的自私……」

假如真的找到工人，我想讓魯．羅瓦知道。因為工匠說不定有在暗中印刷魯．羅瓦購置的貴重書籍。

「只要你信任他，我是無所謂。」

海蘭頭一個回答。

「敬愛敵人，相信敵人，也是騎士團不可遺忘的教條之一。」

在以血洗血的戰場上，理想中的騎士也仍不失高潔。

羅茲的宣言讓繆里深深點頭，而迦南微笑著說：

「我知道魯．羅瓦先生，他是我們書庫的大學長呢。」

「咦？」

我驚訝地注視迦南，他輕一聳肩說：

「書的世界真的很小。魯．羅瓦先生是很多年前一個替教廷整理書籍的商行派來的賢士，替那個宛如迷宮的地方編列了一本巨大的目錄，在我們那邊很出名呢。」

他曾說自己在教廷書庫工作過，想不到居然還編過目錄。

難怪他的知識量會那麼異常。

「不過這麼一來，當你們談起印刷術工匠時，他多半已經猜到我的存在了。畢竟知道那門技術的人有限。」

「……」

我想起魯．羅瓦在修道院建地的對話，的確是有這種感覺。

「那麼，同行的部分……」

「我也不排斥。對於魯．羅瓦先生這樣的人，應該以維持長久的良好關係為優先。」

這像是個講利益的判斷，也像是在遷就我。

海蘭說過迦南在我面前總是特別緊張之類的話，不過在應對進退上，就算把我翻過來也贏不了他。

「既然決定帶他同行，那就盡早聯絡比較好。像他這麼傑出的人，已經得出同一結論，準備動身前往薩連頓也不奇怪。」

雖覺得誇張，但他連水手也畏懼三分的夜海都不怕，當晚就搭船過來了。先一步察覺紙紋的事，已經在伊弗協助下抵達維德商行並非不可能。

我往繆里使個眼色，她不高興地聳聳肩，最後拗不過似的起身。

「明早就出發怎麼樣？只要天氣不影響路況，傍晚就能到了。」

我對海蘭的建議沒有意見。

「願神保佑你們。」

海蘭的祈禱，使我深深頷首。

星光仍在閃爍的凌晨時分，即使到了這個時節，天還是冷得很。已在中庭備妥的馬匹噴著白煙，我等一行身著旅裝，全部到齊。

「好久不見了，魯．羅瓦先生。」

「哎呀呀，居然是您來了。」

迦南與魯．羅瓦如此寒暄時，羅茲、奧蘭多和迦南的護衛都在對馬匹作最後的檢查。

我和繆里同騎一匹馬，迦南與其護衛、羅茲、魯．羅瓦各一匹，再加上為保障我們安全，海蘭堅持要奧蘭多隨行，場面好不盛大，馬匹都把中庭占滿了。

繆里似乎能與馬直接對話，就算不懂操縱轡繩也能駕馬。只是前陣子的旅途上，騎馬曾經讓她屁股痛到怨個沒完。

若駕的是貨馬車，還能跟著走，純騎馬就不行了。要是她半途痛到抓不住轡繩就糟糕了，我便與她同乘。還以為她會吵著說騎士要自己騎馬才行，想不到她答應得十分乾脆。不過從她昨晚特別晚睡，不難看出原因就是了。

這壞丫頭得寸進尺，一上馬就把頭埋進鬃毛呼呼大睡。

無奈嘆息的我調整姿勢，將她嬌小的身體穩穩擺在兩臂之間，免得她睡到掉下去。在這種時候，她堅持一定要帶的長劍就非常礙事。在夢裡，她八成是騎馬揮劍馳騁戰場吧。

「希望各位搜索順利，成功說服。」

來送行的海蘭對睡著的繆里微微笑後這麼說。

「我會在這裡繼續處理整修修道院的事。就算找不到神祕工匠，也不會白費時間。」

「我一定帶好消息回來。」

海蘭再度微笑，摸摸馬鼻再退開。

「他們就拜託你了。」

這是對海蘭的貼身侍衛奧蘭多說的。我不覺得路上會有危險，但既然海蘭懷疑策劃偷襲聖庫爾澤騎士團的是克里凡多王子，當然是不敢掉以輕心。

「那麼，我們這就出發。」

「願神保佑你們。」

在海蘭與眾男傭的目送下，我們一行六馬七人啟程了。

穿過空無一人的街，跨越通宵站崗的衛兵與早班衛兵交接的城牆，在寬廣的大路上加快速度。繆里像是被答答的蹄聲與震動吵醒而坐起來，呵欠大得幾乎要撞到我下巴。

「呼啊……咦，到城外啦？」

羅茲的馬跑在最前頭哨戒，隨後是忙著看地圖的迦南和魯・羅瓦並列，再來是我，殿後的奧蘭多和迦南的護衛不停掃視四周。

「嗯哼哼，一整列的騎士呢。」

繆里前看後看，為自己也在這威風隊伍中滿意地挺高胸膛哼一聲，又打個呵欠。

「看吧，叫妳早點睡還弄到那麼晚，搞得現在一直打呵欠。」

她完全不聽我囉唆，問好似的拍拍馬脖子。

「知道紙上會藏那種暗號以後，我怎麼忍得住嘛。」

繆里找了個成不了藉口的藉口。昨天在海蘭的辦公室報告近況和希望帶魯・羅瓦同行後，繆里才急著要抄跟樂手借的簿子，我當然被她拉來幫忙。唏噓地看著她跑回酒館還之後，她又開始醉心於寫那本荒誕無稽的騎士故事，加上一段友軍求救的故事。為了擾亂包圍他們的敵軍，信上完全沒提到他們在哪個城市，可是能從紙紋分辨這樣。

注意到這件事的，並不是正經兮兮的聖職人員，而是銀色騎士，可見她對自己沒發現紙上祕密頗為不甘。

「工匠他……呼啊啊……啊呼。不曉得是怎樣的人。」

這次她不趴馬脖子，要背靠著我睡。

「騎士可以這樣撒嬌嗎？」

我不敢恭維地這麼說之後，繆里扭身找個好睡的姿勢，像隻在窩裡亮出肚皮的狗一樣滿足地吁氣。

「騎士行軍時，不管白天晚上都要保持前進，依靠彼此休息是常有的事，你不知道嗎？」

我對滿嘴歪理的繆里嘆口氣，她在下巴底下竊笑的感覺讓我嘆得更重，往星光依然閃爍的道路彼端望去。

「比起工匠本人，我更想知道他的目的。」

他運用遭到視為異端而抹殺的技術，大量印製了賺不了錢的簿子。

這實在太沒道理，於是我猜想會不會真的有暗號，將文章重新看過一遍，想找出隱藏其中的目的。

目前仍是一無所獲，但無論那關係到怎樣的陰謀，我都不會訝異。

「只要事情順利就好了。」

「嗯……嗯……」

繆里的應聲幾乎是夢話了。

我們從這時候就開始工作的牧羊人們旁經過，踏入廣大田野時，夜空終於染上魚肚白。

至少光就這畫面來看，這是場充滿希望的啟程。

離開城鎮後又打了一陣子鼾的繆里再能睡，也終究在太陽曬臉頰時睜開了眼睛，為黎明時分的大草原激動不已。

通往薩連頓的路上沒有天然障礙，要擔心的頂多是融雪泥濘，而那似乎幾天前就過去了。驟然被無盡春暖花開包圍的草原路，令人心曠神怡到即使不是繆里也會笑。

我們從勞茲本北上，在過午時時抵達的小港都西進，深入王國內陸。途中經過壯如江河的大批羊群，在旅人祈求旅途安全而堆起的石塚邊休息，繼續趕路。

天候作美，黃昏時的景色實在迷死人了。

最後我們按照預定，正好在日落前抵達目的地薩連頓。這裡與其說城市，比較接近大村。沒有衛兵嚴查，閑靜得很。

不過相較於還想多騎點馬的我，繆里一進旅舍房間就骨架子全散了似的倒在床上。

「屁股……好痛……」

這種事好像和體重無關，才剛過午就連馬鞍都快坐不住的繆里抬高屁股趴倒。那雖然可憐，但我仍忍不住說：

「沒辦法騎得像故事裡的騎士那麼輕鬆呢。」

「唔唔……大哥哥很壞耶！」

哭喪著臉的繆里說得像要咬過來一樣，可是她屁股痛到腰上的劍塞給我，坐不了又要我背，害我多花那麼多力氣，這點怨言是正當權利吧。

「總之，也只能習慣了。」

我邊脫下旅裝邊這麼說，繆里的尾巴從右到左畫個大弧線。

「哼～也就是說，我可以學馬術是吧！」

「咦咦？」

「馬上的劍術、槍術可是騎士的重頭戲！既然大哥哥都點頭了，我非得認真練不可！」

她用抬高屁股趴著的蠢姿勢，盡全力擺出勝利的表情。

「啊～我也好想參加騎槍比賽喔～不曉得羅茲有沒有比過，等等要記得問他。」

「……」

我試著想像繆里戴甲佩劍，騎著馬瀟灑回到溫泉旅館的模樣。母親賢狼多半會大笑，但父親羅倫斯應該會頭痛得不得了，不能讓她再繼續野下去。

縱使她有四隻耳朵，說女生出嫁前不該騎馬她也不會聽，所以我選擇進攻她愛聽騎士故事的弱點。

「騎兵一般都是全身鐵甲吧。妳這麼小一隻，哪找得到盔甲穿。」

更別說騎兵用的槍與劍比步兵長上許多，甚至與人同高。即使繆里有劍術天分，臂力怎麼也達不到標準吧。

「就算能騎馬，頂多也只能當個傳令兵吧。」

「是沒錯啦……」

狼耳和狼尾立刻攤平。身材這種天生的事強求不來。

原以為她這樣就會放棄在馬背上揮巨劍的妄想，結果她喊聲「好」，猛然跳起。

「那我就要多吃一點飯，讓身體長大了！」

「啊？」

「好了好了，大哥哥快走！一樓不是酒館嗎？我剛偷看了廚房一下，桶子裡有這～麼大的鰻魚耶！」

繆里抓著手臂，硬把我拖出房間。

才以為打敗了她，轉眼又被她打敗。

這滑溜得抓不住的狼，簡直跟鰻魚沒兩樣。

「妳真的一年比一年更像赫蘿小姐……」

「嗯？娘怎樣？」

我只能半死心地祈禱愛喝酒這點不像了。

當晚，大家飽餐了一頓豐盛的鰻魚料理，隔天火速造訪維德商行。

薩連頓主要是以來自內陸的羊毛交換海港送來的貨物與海產，維德商行則是最大的羊毛商行。向旅舍老闆打聽過後，很快就找到了地點。

「所以為什麼是大哥哥和迦南啊！不公平！」

到了要到商行打聽紙張來源這一步，經過討論後，決定是由我和迦南假扮勞茲本徵稅員最妥當。我們不能直接說明目的，瞞得不好又容易被誤認為異端審訊官。會拿字條查線索的，不是徵稅員就是異端審訊官了。

而這裡面最像徵稅員的，就是我和迦南兩個。哪裡有冒險就往哪鑽的繆里自然是吵個沒完。

「繆里小姐，要是工匠發現有人在找他，說不定會從商行裡偷偷溜出來。我們在懲治敗德教堂時就經常發生這種事。跟我一起守後門吧。」

羅茲的話讓繆里驚覺原來還有這種冒險，馬上就不吵了。向羅茲道謝後，他露出一般少年的靦腆笑容。

「一早就這麼有精神。」

往商行大門走的路上，迦南愉快地說。

「受不了，她這粗魯性格什麼時候才改得掉……」

我和笑呵呵的迦南一起站在不停有羊毛貨馬車進出的維德商行門口。為一定要達成使命而輕輕深呼吸時，迦南忽然說：

「寇爾先生，非常感謝您。」

還以為我聽錯了。往旁一看，抬頭望著商行的羊形招牌的迦南轉過來說：

「其實我們都不認為真的找得到這個工匠。」

「這個……」

迦南微笑著低下頭，眼神稍微往旁邊挪，是因為見到繆里踏著開心的腳步往商行後門繞，以及羅茲有點被她牽著鼻子走的樣子。

「我們一直以來都只會躲在書庫的暗處，怨嘆自己的無力。聽說外面的世界有個叫黎明樞機的人正在為了徹底改變教會而奮戰，我們才終於鼓起勇氣，不願意再屈就於邪惡之下，抱著必死決心走出教廷。」

海蘭曾玩笑性地說，他是以商談為藉口來見偶像的。

「就連旅費，都是同伴們費盡苦心才湊齊的。感覺見到海蘭殿下，說出我們在書庫編織的除弊計畫以後，就算留下我們曾經對抗過世界的證據了。就只是這樣。」

三名壯漢拉著羊毛堆得比人高的貨車經過我們身邊，進入商行的卸貨場。

「我作夢也沒想到，您真的能找到工匠的蹤跡，前進到這一步。」

這句話透露出，他其實連尋獲工匠的期待都沒有。迦南他們早已習慣當一個無力對抗世界的小卒了。

彷彿跨出陰影一步，就值得慶賀。

「因此，了解到海蘭殿下是超乎想像的明君時，我真的覺得好慚愧。」

說不定和繆里一起到辦公室報告說抓到工匠的尾巴時，他們就是在講這件事。當時辦公室凝重到好比堆了一層棉絮，海蘭正在和他們討論不依靠工匠，以人手彌補技術，死湊活湊也要弄到資金複製聖經的計畫吧。

迦南看看我，聳肩而笑。

「絕不能讓海蘭殿下割自己的肉。計畫是我提的，該負責的是我才對。就算要和魯·羅瓦先生聯手，我也得阻止這種事發生。」

維德商行似乎是只要與羊有關的生意都有做，有個背了好幾把大型羊毛剪的旅行商人走出卸貨場。等他過去，我對迦南說：

「您是打算盜賣書庫的書嗎？」

魯·羅瓦賣的是比等重黃金還高價的書，而教廷書庫什麼書都有。若迦南他們心有邪念，想賺多少錢都行，而他們選擇劃清界線，維持自己的高潔。

迦南看著我，不承認也不否認。我也知道，對於以說謊為戒的聖職人員而言，那已經是默認了。若是剛離開紐希拉的我，這時候就已經抓住他的肩膀，勸他放棄那自甘墮落的想法了吧。

可是這旅程也給了我一些歷練。

「找到工匠就沒事了啦。」

我覺得繆里一定會這麼說，說不定還模仿了她的語氣。這裡這麼吵，後門聽不見吧。

「要是找不到，我們再想其他辦法。」

然後經過幾許猶豫，我一掌拍在迦南背上，想鼓勵他。

迦南沒比繆里高多少，很輕易就往前踉蹌。

但他的腳卻順勢踏出了第二步。

「我還有……我還有信念！」

看著擠出笑容的迦南，我也晚一步跨過商行門口。

在海蘭的宅邸初會他時，他從容得甚至能將我壓倒，現在卻只是個這年紀的緊張少年。為幫助他放鬆，我耳語說：

「你相信的是神嗎？」

迦南睜大眼睛側眼看我，如少年般縮脖子笑。

「那當然！」

隨後他挺起胸膛，往每個人都忙進忙出，化為喧囂漩渦的商行卸貨場喊道：

「打擾了！我們是從勞茲本來的！請問商行老闆在嗎！」

迦南的聲音在這種地方也十分清晰。買羊毛的顧客好奇地伸長脖子，商行的搬運工和檢查羊毛的人愣得直眨眼。

「我就是老闆……有何貴幹。」

小伙計衝進會館後，不久就有個看起來很親切的商人略帶警戒地走出帳房。是從服裝看出我和迦南的並非顧客了吧。

「感謝您抽空接待。我們是奉勞茲本的徵稅員公會之命過來的。」

最後一句話，他刻意壓到周圍聽不見的音量。

會賣羊毛到勞茲本的維德商行老闆倒抽一口氣。

「到、到底怎麼了？我們可沒有做虧心事喔……」

商人沒有完全清白的吧。然而，我們當然不是來抓他給羊毛摻沙增重，或以廉價羊毛混充高級羊毛的。

「我們知道貴行做的是清白生意。就只是要查的線索裡有貴行的出貨單，想請您幫幫忙而已。」

迦南從懷中取出在公會發現的紙。

「請問這單子用的紙是從哪裡買的？」

「失禮了。」商行老闆見到目標不是自己，放心地鬆了口氣，接下紙來查看。

「這……嗯，的確是我們的出貨單，貨也是從這裡發的……喂，把那邊的記錄單拿過來！」

老闆往躲在一邊偷看的小伙計大喊，取來清點羊毛箱的紙條，兩張一起對光看。儘管卸貨場在白天也頗為陰暗，熟練的人也能快速辨別。

「對，一模一樣。這是西亞托師傅的紙坊做的，就在我們鎮上。」

「西亞托師傅……」

迦南覆誦那個名字，往我看一眼。

「能告訴我們怎麼走嗎？」

「當然當然，師傅的工坊在教堂北邊的工匠街上。性質關係，那裡有很多間羊皮紙工坊擠在一起，打聽一下就知道了。」

迦南從老闆手上取回出貨單，收進懷裡。

「感謝您的協助，祝生意興隆。」

老闆露出虛驚一場的疲軟笑容，目送我們離開。

從有遮蔭的卸貨場來到街道上，春天的陽光立刻刺痛我的眼。在對面巷子裡窺探我們狀況的奧蘭多提起一手，像在問狀況。

「幸虧寇爾先生表現得很沉穩，很快就問到了。」

我明明什麼也沒做，就只是站著而已，他是不想讓我覺得沒幫上忙吧。我也招招手，接著迦南這麼說：

「是迦南先生應對得當。」

「不敢當。寇爾先生站在一邊就很有震懾力了。」

在海蘭面前舉止優雅，常保冷靜微笑的迦南，其實是很緊張的樣子。既然如此，我也就不把那完全當客套話了。

再說迦南話說得非常爽朗，懷疑他用意等於是潑他冷水，還是不要比較好。

迦南帶來的計畫有如說夢，且表示就算無法圓夢，也要在世局的洪流中留下一石之痕。於是他離開教會組織光輝照不到的暗處，來到王國凝望太陽的尾巴。

迦南較平時更邁開步伐的背影不使我覺得壓迫，反而讓我更希望他能成功。

與繆里他們會合後，我們按維德商行提供的線索前往教堂北側。這裡不愧是羊毛集散地，街上有一大排的羊皮紙工坊，但我們仍迅速找到了那位西亞托師傅的紙坊。工匠脾氣大多火爆，繆里認為現在是她出場的時候，手拿樂師的簿子就衝了進去。迦南的護衛和羅茲繞到工坊後面的巷子守著，以免工匠聞風而逃。

我則與奧蘭多等人一起站得遠遠地，看繆里將簿子拿給長相威嚴，忙碌工作的師傅瞧。簿子發了那麼多出去，師傅肯定記得買紙人的長相，且繆里也的確是特別擅長於突破工匠心防。

因此，轉瞬後的畫面完全出乎我意料之外。

「那個白痴終於闖大禍了嗎！」

在吵鬧的工匠街也如雷貫耳的怒吼，嚇得繆里脖子一縮，腳都踮起來了。

護衛奧蘭多擱下錯愕的我，穿過街道趕過去。

「這位師傅，請問您知道這簿子是誰寫的嗎？」

師傅見到騎士，又見到隨後而來的我，知道麻煩上門了似的面露苦色。

「你們做什麼……聽、聽好了，我不管那個白痴惹火了哪位貴族，都跟我們工坊無管。這我可要先說清楚！」

師傅背後，還有幾個工匠不安地看著我們對話。

看來師傅是將我們當成某貴族派來的官差了。

他是怕工匠觸怒貴族，害工坊遭殃倒閉吧。

「這麼說來，您知道是誰寫的嘍？」

奧蘭多當然不打算解開師傅的誤會，反倒拿出平時在宅邸的舉止所想像不到的貴族鷹犬般高傲態度上前逼問。師傅雖比奧蘭多略矮，卻有粗活練出來的魁梧體格，在氣勢上一點也不輸給他，在後面看狀況的工匠也都是如此。而且工坊更深處，已經有工匠抄起手邊工具了。

聽見怒罵而從巷弄趕來的羅茲和迦南的護衛，也因此擺出準備拔劍的架勢。魯・羅瓦氣定神閒地環顧全局，思考該怎麼做。

我也很想化解這緊繃的氣氛，可是我一副貴族手下書生的裝扮，話說得不中聽反而會弄巧成拙。可是看師傅和奧蘭多的情況，現在也不適合我們主動退卻。

於是我下定決心，準備出聲制止他們時，先有隻手制止了我。

轉頭一看，竟是繆里。

「你們，不要吵架嘛。」

她抱著簿子，垂眉抬眼，還用嬌弱的聲音這麼說。

擔心師傅會叫繆里滾一邊去而緊張後，接著聽見的是低吟。

帶點得救了的感覺。

「唔唔、唔唔唔……」

繆里裝純真的眼神，使師傅和奧蘭多都別開了臉。

「哼。總不能為這種事嚇哭小孩子……」

師傅這麼說之後，奧蘭多放鬆肩膀點點頭，師傅背後的工匠也都鬆了口氣。

這時我終於意識到，那句話是給自己台階下。剛才無論誰插嘴都免不了上演全武行，唯獨不能狠心拒絕可愛女孩的意思。

「我們只是想找寫這本書的人而已，不會給你們添麻煩的啦。」

我也配合繆里點頭。

師傅嘆氣搔搔頭，說道：

「這傢伙我當然曉得，他在這裡工作過一陣子。」

終於找到書商和異端審訊官都沒發現的決定性足跡了。

「他在哪裡？要去哪裡找他？」

師傅對繆里聳聳肩。

「他大概是兩年前來這裡工作，不巧前不久辭掉了。後來他在鎮上到處幫人寫字……那邊也不幹了以後，聽說他是到附近村子牧羊什麼的。喂！有沒有人知道上哪去找強！」

遠遠看狀況的工匠裡，有個二十來歲的年輕人怯怯地開了口。

「找強的話，他在融雪慶的時候就回鎮上了。他這麼沒耐性，根本顧不了羊吧。我有好幾次看過他醉倒在便宜的小酒館裡。」

「我也有看過，叫做捲線亭吧。」

「那裡啊。聽說那裡會拿酸掉的啤酒出來賣，的確很像是強會去的地方。」

工匠們紛紛如此議論起來，師傅用下巴往他們比。

「聽到了吧。從西北邊出城以後一直走，捲線亭就在路上。那酒館很破舊，又用捲線車當招牌，很好認的……這樣行了嗎？」
視線是指向奧蘭多。
「知道了，抱歉占用各位的時間。」
奧蘭多這麼說之後往我看。師傅似乎也當我是這一行六人的頭領，以不愉快卻又隱約帶點欣賞的眼神看我。
師傅背後的一眾工匠，都有自己的生活要顧。
「我們真的就只是在找這個叫強的人而已，打擾了。」
師傅抱胸嘆息，那厭惡表情不只是因為我們的到來，也像是源自那名叫做強的工匠。
離開工坊時，師傅也從門口警戒地盯著我們看，後面還有好幾張不掩好奇的臉。
從遠處看著師傅趕他們回去工作後，我才總算開得了口：
「幸好沒有打起來……」
想不到不僅師傅知道工匠是什麼人，他還被整個工坊視為麻煩人物。
「寇爾先生，請您原諒。對上頑固的工匠，那樣做效果比較好。」
「啊，請別在意……」
「我出聲的時機也很完美吧。」
奧蘭多和繆里這麼說之後相視而笑。在宅邸，奧蘭多向來是盡忠職守的親切青年形象，但他不是只有親切而已。

我很不擅面對這種場面，累得渾身發軟。

「只要有各位在，感覺什麼困難都有辦法克服呢。」

迦南都已經沉浸在向前進了一步的喜悅裡，興奮地這麼說。

「那麼，關於這個工匠。」

開始往所謂「捲線亭」的方向走時，繆里開口：

「好像有點問題耶。」

「師傅說惹火貴族，那是什麼意思？」

迦南回答羅茲的問題。

「那本簿子裡，寫的是很糟糕的詩歌。我想那位師傅和其他工匠都知道強這位工匠寫詩歌的事，覺得他總有一天會惹來貴族報復吧。」

「簡直跟宮廷弄臣一樣。」

魯．羅瓦提出的詞使繆里好奇地睜大眼睛。

「那是服侍君王，唯一能當面笑君王傻瓜的小丑。通常都是君王哪天心情不好就把他拖出去斬了。」

我沒跟驚訝的繆里多解釋，向迦南問：

「話說，貴族會請紙坊的工匠印那種詩歌嗎？」

「說不定工匠是想成為貴族包養的詩人，藉此來推銷自己。就像流浪的學者不時進宮到處走訪，想找人資助他鑽研學問那樣。」

這說明了一種可能，卻無法解釋他散布大量簿子的動機，另外又有一個更難懂的問題。

「奇怪，簿子裡面的這個貴族不是虛構的嗎？」

繆里也指出了這個問題，把手上簿子當扇子般搖來搖去。

這時，掂著下巴思考的羅茲開口了：

「會不會是有人請他諷某個貴族？」

「譏諷？」

在五雙眼睛注視下，羅茲有點緊張地頷首。

「戰場是騎士的舞台，尤其對貴族來說，在戰場的功績關係到整個家族的名譽。詩歌寫得很糟的話，等於是丟光他們的臉。也就是說，工匠散布的詩歌會不會只是表面上讚頌，實際上是帶有惡意，為毀誆其名譽而做的呢。」

「哎呀，的確很有這種可能。就算貴族的名字是虛構，只要當地人一看就知道是誰，這樣就行了吧。」

魯．羅瓦的補充說明讓我想起勞茲本紙坊工匠的態度。

他對散布這種詩歌的無恥貴族頗為憤慨。

內容是知者皆知的事，還寫成拙劣的詩歌到處散布，的確是一流的譏諷手法。印刷費的問題，只要假設那是另一個貴族的計策就說得通了。

「嗯……不過這樣的話，他早就惹火那個貴族，被抓去吊死了吧？」

剛才西亞托師傅說，工匠是在離開紙坊後用他操作文字的技術當了一陣子謄寫員。然後又放棄新工作，在鎮外牧羊，很可能真的有個大後盾供他衣食無憂。

然而羊沒牧多久又回到鎮上，天天醉倒在便宜酒館捲線亭，實在不像是敢衝撞權勢，賺殺頭錢的風骨之士。

「見到以後就知道了。」

奧蘭多指向前方說。在建築稀少，放養的豬雞比行人還多的城郊處，一個看似原本是羊舍的樓房門前，正好掛了塊恐怕強風一颳就掉，以捲線車為圖樣的招牌。

「身為護衛，我實在不希望各位接近那樣的地方。」

正如奧蘭多所言，就算說客套話，那裡的氣氛也算不上好。牆壁被風雨打得坑坑洞洞，屋頂爛到好像隨時會垮。鎮上衛兵或許根本不會到這種地方巡邏，白天就有個喝紅了臉的老人癱坐在門口打盹。

「什麼酒館，搞不好是賊窟呢。在我們任務途中，有很多民眾請求我們掃蕩這種地方。」

羅茲話一說完就解開腰際長劍的劍扣擺出戒備姿態，可是賊窟一詞卻釣上了繆里，眼睛亮得讓我有點慌。

「拜託盡可能和平解決。」

名叫強的工匠躲避了異端審訊官的追蹤這麼久，又疑似刻意散布那些簿子以汙衊貴族名譽，什麼工作都做不長久，天天到偏僻酒館買醉，很可能一言不合就動粗。奧蘭多和迦南的護衛兩個應有實戰經驗的人聽我那樣說，互看一眼聳聳肩。

「我也希望這樣，就看對方怎麼出招了。」

奧蘭多在宅邸是個很有騎士風範的騎士，但或許還挺喜歡這種場面。在大膽微笑的兩名護衛和表情緊繃的羅茲之間，繆里也受感染似的蓄勢待發。

我很想跟她說不需要跟他們一起激動，可是迦南和魯・羅瓦都笑咪咪地對她點頭，我也就算了。

「直接踹門進去對吧！」

「盜賊才會那樣啦！」

我忍不住插嘴，惹笑奧蘭多。

「好，我們上。」

奧蘭多帶頭前進，慢慢推開捲線亭的薄弱門板。

捲線亭可說是偏僻酒館中的偏僻酒館，地板幾乎朽光，露出底土。角落有幾個裹著毛毯的人，似乎還是有提供住宿。

讓人勉強看得出這裡是酒館的兩張長桌邊，坐了個死氣沉沉，用匕首刮著銅幣邊緣的商人，一個趴著打鼾的赤膊男子，和四個看來絕非善類，作盜賊裝扮的男子。

我和繆里兩個絕對不會進這種店。

「老闆在嗎？」

奧蘭多粗聲問道，看著我們的男子自知惹不起，挪開了充滿敵意的眼神。

「在裡面。」

回答的是削著銅幣的商人。

「來抓賊的嗎？該不會是哪位領主珠寶失竊了吧？」

見到這麼多像奧蘭多這樣看似頗具身分的佩劍人士湧進門來，一般都會往那裡想吧。

「是的話就不會這樣慢慢問了，先砍了你的右手再說。」

獐頭鼠目的商人立刻閉上嘴，保護桌上銅幣般用兩手撈到胸前。

「我去找老闆。」

迦南的護衛對奧蘭多耳語後就往後頭去。

奧蘭多掃視店家時，迦南向前一步說：

「我們在找一名叫做強的工匠。」

說話原本就彬彬有禮的迦南，加強知識分子常見的滑順發音這麼說。

這句話讓不想惹麻煩而裝睡的那些人有一半從毛毯或草席裡抬頭查看。

「聽說他原本是替西亞托師傅工作，最近去幫忙牧羊。」

這些在薩連頓多半靠乞討或臨時工餬口的人，感到或許有賞金能拿，都興奮了起來。

然而不知在猶疑些什麼，沒有一個肯開口。

「說了就有賞，有人知道嗎？」

隨後，一道很刻意的踏腳聲碰地響起。把這當地盤，因敵不過奧蘭多幾個而發悶的四名混混中，有一個粗魯地從椅子上放下了腳。

「不是瞎說的話，就先把錢拿出來看看。」

我還在想那是什麼意思，只見迦南二話不說就從懷中掏出幾枚銅幣，毫不畏懼地走近他們擺到桌上。

「夠爽快。就是他。」

他指了指趴在桌上呼呼大睡的赤膊男，收走銅幣。

羅茲用鼻子嘆息，奧蘭多懷疑地盯著混混看，迦南往赤膊男背後伸出手。就在這時——

「你、你們要帶他走嗎……」

那聲音彷彿是吹響多年沒用，滿布裂痕的樂器。

「他其實是一個很夠朋友的歌手……」

呻吟般的聲音再度傳來。

「甘願在這種地方，為我們這種人唱……唱得很爛就是了……」

不知何時，躺在暗處那些人全都盯著我們。

那一張張蓬頭垢面之中，只有眼睛格外閃亮。

「……我們只是想問話而已。」

迦南被那視線逼退似的這麼說之後，奧蘭多代為向前。疑似強的人物依然沒有要醒來的樣子，怎麼搖肩也只是呻吟。於是奧蘭多嘆口氣，蹲下來抬起他瘦巴巴的身軀，一口氣扛到肩上。

「這邊有井嗎？」

一個混混聽了咯咯笑。

「這傢伙睡著以後很難叫醒喔。」

「後邊有一個，只是快乾了。」

奧蘭多向提供消息的另一人道謝，抱乾草堆般腳步輕快地將疑似強的人物扛出店外。

魯・羅瓦以及跟老闆說完話的迦南的護衛還有羅茲隨後跟上，繆里看了我一眼後也隨奧蘭多離去。

「迦南先生。」

聽我一喚，迦南才從店角落那些睡客的束縛中回神。

「對、對不起。」

他或許是第一次涉足這種地方。

讓迦南先走之後，我對店裡人們敬個禮，跟了出去。

「……為什麼我會傻住呢？」

往店後繞的路上，迦南恍惚地這麼說。

「我曾經見過有聖人之稱的教會法學者權威一眼。」

迦南慢慢往我看來。

「當時我好驚訝，因為他好普通。」

可能跟你有點不一樣就是了。我如此補充後，迦南帶著僵硬的笑點點頭。

「大概是說不定真的找到工匠，讓我太激動了。感覺就像成了傳奇故事的角色一樣。」

好像都能聽見繆里罵只知道看書了。

晚一步繞到店後的我，見到奧蘭多正對醉漢腦袋潑水，嚇得他七手八腳跳起來。

「啊哇！啊！」

然後環顧四周，發現自己不在陰暗的偏僻酒館裡，而是在井邊空地被一群陌生人包圍。

「你就是強嗎？」

奧蘭多的問題讓男子吞了好大一口口水，喉結動得好像都快掉了。

「……異、異端審訊官……？」

這句話已經說明這個瘦子正是我們要找的人。迦南臉色一整個發青，是因為沒想到真的能找到他，太感動了吧。

「所以你就是逃到王國來的最後一個工匠嗎？」

沉默至今的魯．羅瓦問道。

「……啊？喔……我不知道我是不是最後一個……但沒錯。你……是書商？書味好濃，這麼遠都聞得到。」

神色緊繃的強，看來是個比我略為年長的厭世之徒。

「真是的……怎麼現在才來……」

這個工匠，學到了教會翻臉抹殺的危險技術。他兩手一攤，就此倒在濕淋淋的地面上。

「要抓就抓……把我吊死還是怎樣都隨便……」

接著打個大酒嗝，眼睛睏意濃厚地閉上。

魯・羅瓦看看我，聳了個肩。是問我該怎麼辦吧。

「我們有工作要交給你處理。」

潑了水的地面一片泥濘，但迦南不顧弄髒衣物，跪下托起強的手。這樣的場面，宛如戰場上為瀕死者禱告的隨軍祭司。

「……啥？」

「請助我們一臂之力。有了你的技術，我們說不定能改變世界！」

教會察覺到印刷術的威力，企圖將其抹殺。有了它，或許就能使聖經俗文譯本滲透整個大陸，從根基撼動教會。甚至改變教宗的想法，終止王國與教會的衝突。

迦南激昂的請求，使強睜大了他的睡眼。

可是那雙眼逐漸失去力氣，還甩開了迦南的手。

「不關我的事。」

然後無視於滿地泥濘翻過身去，屈手成枕。那看起來不像是基於某種原則的拒絕，就只是厭世而已。

繆里其實很不善於應付這種場面，奧蘭多與迦南的護衛對我使了個不知何意的眼色。至於正義感強烈的羅茲則盯著他的背，似乎想用劍鞘把他的骨氣打醒。

耿直的迦南想再多求他幾句，卻意外遭到魯・羅瓦以手制止，他還說出在場所有人都沒想到的話：

「好吧，無論如何，先喝一杯再說吧？」

那是當下我所能想像到最不緊張的邀請。然而比起迦南滿懷悲愴決心的請求，那樣更能打動強的心。

「……不是三流葡萄酒？」

「沒有渣子的乾淨葡萄酒。」

強立刻跳起來對奧蘭多招手。

「再給我潑一次水。」

抱著胸，像在思考要不要多給他點顏色瞧瞧的奧蘭多嘆一口氣，打桶井水對他臨頭澆下。

問強為何打赤膊，他說不是被嘔吐物弄到不能穿，就是被人扒去抵賭債了。我們在薩連頓中心附近找了間店面還不錯的酒館，在露天桌位坐下。

看樣子，薩連頓的酒館都記住了強的長相，侍女以擺明給他好酒不如餵豬的態度，粗魯地將酒擺在桌上。

「咕嚕、咕嚕……唔啊！好酒！」

我往看得直吞口水的繆里腦袋戳了一下。

「好痛快的喝法。」

魯·羅瓦面帶親切笑容說。

「你們不喝嗎？」

不久肉乾上桌，強大啃特啃地問。

「那我就來陪您喝吧。小姐，再來一杯葡萄酒！」

在這異樣氣氛中，魯·羅瓦依然是那麼地泰然自若。還記得，伊弗曾說他是在門口擺蜂箱就會來的熊。

「喔，你也很會喝嘛。」

「把客人灌醉可是我工作的一部分呢。」

強似乎很欣賞魯·羅瓦。

奧蘭多和迦南的護衛大概是認為他倆不會起衝突而放開劍柄，挑較遠的位置坐。還把對魯·羅瓦的方式感到不耐而繃著臉的羅茲也叫過去，點些小菜來吃。

強和魯·羅瓦對面而席，我、繆里和迦南坐旁邊桌位。

「話說，有件事我不懂。」

強看魯·羅瓦喝得津津有味，還點了羊肉腸和燉羊雜，不像只是陪喝，不禁問道：

「怎麼不把我的手綁起來？」

他酸溜溜的笑容，彷彿懷疑這是最後的晚餐。

「您好像誤會了。」

迦南插嘴道：

「你被抓的那些同行，並沒有送上絞刑台。」

「就是啊。他們只是不能離開教廷底下的城市，現在應該都過得好好的才對。」

即使有魯．羅瓦附和，強依然是繃著臉。

「這樣殺的是他們的靈魂啊。」

若不知道強是誰，在捲線亭那樣的地方遇到他，我肯定會以為他只是個粗野無知的無賴。但他口中的詞彙，能讓人紮實地感到他的教養。

「我們需要您的力量。」

聽到迦南的話，強原想嗤笑，卻被酒嗝打斷了。

「你先前好像也是這麼說……」

「這真的很重要。我相信您的技術可以改變這個世界。」

迦南手扶桌面，挺身向強喊話。

可是強卻不敢恭維地別開臉，喝他的葡萄酒。

「不關我的事，我再也不要碰書了。」

他自暴自棄地這麼說之後，吃黏土似的把剛上桌的熱騰騰羊肉腸塞進嘴裡。

「那麼，您大量散布那些簿子是為了什麼？」

面對迦南的問題，他眼睛抬也不抬。

「在紙坊工作，是為了弄到便宜紙張吧？」

強粗魯地咀嚼幾口，配葡萄酒嚥下去，用灰暗的眼看著迦南。

「不曉得是我勒住你脖子快，還是那邊的長劍揮過來快。」

在迦南錯愕地抿起嘴時，繆里插嘴了。

「劍我也有啊。」

到這裡，強才終於露出注意到繆里的表情。他挑釁地對繆里瞪一眼，但隨即變成驚慌。

「……怎麼了？」

繆里疑惑地反問，強這才回神咳兩聲，說道：

「妳一個小妹妹哪來的長劍？」

「我是騎士嘛。」

「啊？」

聲音大到讓坐在稍遠處看情況的羅茲站了起來。

不過強看起來不像會對繆里胡來的樣子，我便對羅茲使個眼色，點了點頭。

「……小妹妹騎士？最近的貴族也真愛玩些怪怪的遊戲。」

我還在想該如何在這不同於醉漢勸酒的氣氛中應對，紐希拉第一好勝的繆里先把眉毛豎起來了。

「啊～？」

她當場跳起來，一腳踩在椅子上手握劍柄，凶得迦南不禁拉住她的袖子。

「你是看不到這個徽記嗎？我可是真正的騎士！」

雕於劍鞘的狼徽，是受到溫菲爾王國王族特權保障，全世界只有我倆有權使用的徽記。

「喔……啊？徽記？而且還是狼……」

強錯愕的臉孔，簡直是玩世不恭的無賴對旅人灑粉，結果灑到微服出巡的貴族一樣，但氣氛不太對勁。

而且繆里也愣了一下。

「咦，你知道狼徽的事嗎？」

繆里發問時，迦南的視線匆忙地左右移動，想跟上話題。

「因為……狼徽在王國……不，就算在大陸那邊，也只有在書上看過嘛。那是真的嗎？」

徽記也有流行存廢問題，尤其狼有負面形象，如今幾乎沒人使用。大概是因為繼承狼血的繆里對這件事很不高興，現在見到有人知道狼徽的珍貴，讓她很開心。

「怎麼樣，很帥吧？」

強對得意的繆里「呿」了一聲，喝口葡萄酒。

然而態度不再是先前的完全抗拒，變成好奇心一發不可收拾的樣子。

而最後依然是敗給了好奇心。

「所、所以是怎樣……妳是……從古帝國留存到現在的世家嗎？」

語氣顯得很興奮，隱約帶了點諂媚與崇拜。

這讓繆里狼心大悅，以朋友語氣說：

「我也希望是那樣啦，但實在差太多了。」

繆里把腳從椅子上挪開，一屁股坐下去，手指過來說：

「這個特權啊，是一個很～厲害的貴族為了對我跟大哥哥的大冒險表達敬意送給我們的。」

這樣的認知算不上正確，但也不能說全錯。

既然找到與強對話的開端，就該往那多聊幾句，抓住他的心吧。這麼想之後，我發現強的表情認真到了極點。

「冒、險？」

「對呀，冒險！」

笑嘻嘻的繆里對面，羅茲幾個也發現氣氛有變，表情疑惑地繼續看狀況。

「我也想聽，伊弗小姐告訴我的都很片段。」

魯·羅瓦不知何時已經把碗盤全部清光，且還想加點的樣子，朝著店裡揮動空酒杯。

不曉得往這講下去會變成什麼樣的我，忽然想到強散布的是什麼樣的簿子。

那是拙劣得可怕的……

「咦～大哥哥，怎麼辦？」

比我敏銳得多的繆里已經先一步抓住了強的好奇心。她極其刻意地賣關子，吊強的胃口。轉向我眨一隻眼睛，是要我配合吧。

要是答錯了，晚點會被她罵到天亮。

「強先生，只要您願意貢獻……喔不，分享您的故事，我就把我們驚天動地的旅程也告訴你。」

「想不想聽滿載人骨的幽靈船呀？雖然沒有惡魔，不過是真的喔！」

強眨了眨眼，看看我和繆里。

眼裡是強烈的好奇。

但他卻繃緊了嘴，用吃了烤焦的肉的表情說：

「……我再也不想碰書了。」

是我說錯話了嗎，繆里的冰冷視線使我渾身發涼。而強視線垂落桌面，拳頭握到發起了抖。

「可是，如果能換到那麼棒的故事，就另當別論了……」

強的目光傾注在繆里的劍上。

快想想這個瘦巴巴的厭世男子散布的簿子寫了些什麼。

不就是虛構貴族在戰場上橫掃千軍，乏味得可以的故事嗎。

「所以你真的是……」

強聽了移開眼睛，舉起酒杯。

那彷彿是對人生舉起白旗，也像是求救的信號。

「可惡啊……王八蛋……」

強嗚咽著望向繆里。

「小女孩騎士的冒險故事……簡直太有意思了吧！」

在捲線亭，那些裹著破布睡覺，形同乞丐的人擔心他的安危，為他說了點話。原因是他願意在那麼偏僻的破酒館替他們唱歌。

可是強的歌連他們都說差勁，恐怕是詩才糟到無可救藥。而這一點，正是能解開所有紙坊簿子之謎的關鍵。

其實完全沒有必要往羅茲猜測的譏諷貴族，或是為召集四散各地的同伴，甚至幫某人的政治陰謀鋪路的方向想。

如果出發點是純粹的熱情，有些怪異行徑並不足為奇。除繆里外，諾德斯通一事也告訴了我這一點。

強就只是完全忠於自己的熱情行動罷了。

「我實在很沒有寫詩的才能……」

但不管怎麼做，都得不到社會認同。

強道出的，是一名男子為其熱愛付出大半輩子的故事。

最初，是幾乎每個少年都單純會懷抱的「上場殺敵，功成名就」。然而他天生體質孱弱，怎麼練也練不起來，最後只能以加入錙重隊的方式上戰場，當一個給騎士或傭兵送物資的小卒，光是走路就快把他走死了。

即使知道戰場的現實，拋棄了揮舞刀劍馳騁戰場的夢想，他的靈魂依然流連在戰場的激烈碰撞上。也就是由於無法親臨，所以整顆心都飛過去了。

於是強努力思考該如何與戰爭扯上關係，想到歌頌戰爭世界這種事，不需要力氣也做得到。然後就來到跟造書相關，可能會教他讀書寫字的工坊敲門，而那正是研發了新印刷術的工坊。

版本。

此後的部分，便是我從迦南和魯．羅瓦聽說的，異端審訊官與書商追蹤工匠下落的工匠角度

「你手上那個簿子，我做那麼多發出去是因為我……管他去死了。」

「管他去死。」

繆里用「我聽得十分認真」的嚴肅表情覆誦，不過她只是喜歡這種粗魯的詞語吧。在野丫頭的視線攻勢下，我嘆著氣用羊油在桌上寫下拼法。

「進那個工坊以後，我就常常跑到想找專用詩人的貴族家去獻唱詩歌，可是每一次都被人家臭著臉趕出來，我就罵他們是沒有眼光的白痴。」

強一邊說，一邊用令人擔心的速度喝光葡萄酒。

「就這樣搞了一段時間，教廷的追捕來了，我開始逃亡。幸虧工坊的人都笑我是九流詩人，跟我關係很不好，一點交集也沒有才沒被抓到。流落到這個城鎮，到紙坊工作以後，還不死心的我想讓更多人看看我的詩，就忍不住把我從那個工坊帶出來的工具拿出來用，做出那些簿子。」

一陣子之後，強故意跑來其他城鎮的酒館，打聽自己的詩歌受不受歡迎。結果發現樂手把他的詩當笑話，從此一蹶不振。這滿懷夢想，夢想卻二度受挫的男子終於拋棄自己的技術，終日醉生夢死。

「我詩寫得不好，一定是因為那都是我幻想出來的……一次就好……真的一次就好……我想

看看能震撼我心靈的故事。看過以後，大家一定會願意聽我的詩，我就只是沒遇到好故事而已。可是你們……」

說到這裡，他已經醉得搖搖晃晃。

午後已經刮了一陣子的溫暖南風，天也暗下來了。我不認為上天要為他流同情淚，但也不能丟他在這淋雨。為方便監視，奧蘭多和羅茲將強扶到酒館樓上的房間安頓他。

剩下的我們，在天一暗就漫起濃濃倦怠的酒館門口喝著不涼了的剩酒。

「他的眼睛，就像暴風雨夜的蠟燭一樣。」

魯・羅瓦的形容，讓我想起旅途中在路邊的廢棄小寮過夜時，被牆隙漏風吹得不停亂顫的燭火。那是種快要熄滅，卻又會不時放出強光的燭火。

或許跟只剩下一點點芯，即將面臨最後一刻的燭火很類似。

「我們每個人走的路，都是神的安排。對於他的磨難，我深感同情。」

迦南說出很有聖職人員樣的話，嘆了口氣。

「只是，他和我們的前方，都還有光明。」

「唔咕……他說想聽能震撼他心靈的故事嘛。」

只顧說話，都沒吃到東西的繆里用麵包夾塊炸鰻魚，抹上滿滿芥末大咬一口。

強想盡辦法參與他夢想中的戰場世界而遭受了無數挫折。身體貧弱，歌聲連捲線亭的乞丐都嫌差，連最重要的詩詞都是一看我們用來找他的簿子就知道，差到會同情他。

儘管如此，他還是敲了工坊的門，當了幾年工匠。這應該不是有能無能，單純是合不合適的問題。不過強不願承認，堅持自己只是沒遇到好題材而已。

說不定他也發覺了真相，而這份頑固是他最後的依託。

「他醉成那樣，說的話能信嗎？」

魯．羅瓦的話讓我想起，強就像脊骨被抽了一樣，軟趴趴倒在桌上呻吟。

「那也能說是深至如此的靈魂吶喊。」

迦南堅定不移地說。畢竟他們想成功達成計畫，強的幫助是不可或缺。

「而且很幸運的是，這裡有人能滿足他的渴望。」

這話讓我自然而然望向稀世書商魯．羅瓦，結果他看的是在號稱迷宮的教廷書庫工作的迦南，而迦南以滿懷期待的眼神看著我。只有繆里不同於我們三者，自鳴得意地挺起了胸。

「看來我們三個的共通點就是謙虛。」

魯．羅瓦捧腹大笑，繆里傻在一邊。

「我是覺得魯．羅瓦先生一定知道些稀奇的故事。」

「迦南閣下才摸過不少我沒機會碰的書吧。」

「我聽過的都是很難相信真的發生過的事。不過寇爾先生是真的將聖經譯為俗文，正撼動著教會這巨大組織的人。這是彌足寫詩歌頌的事蹟，還有什麼事比這更驚人的嗎。」

三人的視線在彼此之間打轉。我發現繆里獨落圈外而癟起了嘴，趕緊拍拍她的背。

「現在不是閒聊的時候吧。」

插入我等之間的陌生聲音，是來自在稍遠處監視周遭的迦南的護衛。

「犧牲是在所難免的事。迦南先生，您忘了離開書庫時的決心嗎？」

這位比伊弗的護衛亞茲更寡言的護衛，一開口就是重話。由此可以想像，總顯得從容不迫的迦南是在怎樣的狀況下離開教廷。

「現在不該閒聊，是決斷之時。」

「唔……可、可是強閣下學那門技術是為了自己的夢想，如今夢想破滅，不願再碰那門技術。如果我們繼續傷他的心，以鞭笞其心靈的方式去拯救別人，很難說是正義之舉。」

迦南的護衛依然是那副鐵面皮，雙腿換邊交叉的樣子卻看起來像是讓步，人也恢復沉默了。能激起強的幹勁固然最好，但考慮到一個人的痛苦能換取世界和平，割捨也不是不行。

「沒問題的啦！」

這時繆里站起來說：

「因為那個人一聽到我跟大哥哥的冒險，心就動起來了嘛！」

繆里彷彿在說，激起強幹勁的方式已經擺在眼前。

可是，這關係到堪稱將世界一分為二的王國與教會之爭，該對強說的故事，必須經過精挑細選才行。

而他對繆里的劍與狼徽深感興趣也是事實。

於是為了說服深信我們的冒險天下第一的繆里，我用上了神學辯論的技巧。

「不是在否定妳。就只是上山的路不只一條，在討論怎麼走而已。」

繆里聞到我在哄她而有話想說，不過魯．羅瓦先幫腔了。

「以我的經驗來看，每個人喜好各有不同。也就是說，不要全賭在一項上，每個人拿出一篇覺得夠動聽的故事會比較好。其實啊，人大多是遇到了才知道自己喜歡什麼東西。」

專門販賣書籍的魯．羅瓦說這種話自有其分量。

繆里仍是很想說些什麼的臉，最後繃著嘴坐回去。

「那麼，我們等強閣下醒來以後，就說些能撼動他心靈的故事給他聽……可以吧？」

「就這麼辦。」

迦南的視線若有所思地指向遠方。

這時一絲冰冷打上臉頰，其他人也望向天空。

「開始下了。」

「回旅舍去吧。繆里，剩下的包起來。」

嘴裡唸唸有詞地說我們的故事就能一次搞定的繆里，把菜塞滿整張嘴之後才叫侍女過來。

不開窗，房裡會顯得很暗。燭火也會使影色更濃，氣氛更沉重。

「真是的，事情怎麼會變成這樣……」

還以為找到工匠以後，所有問題都會迎刃而解。

我也不否認自己有就算遭到拒絕也能說服他的樂觀想法。

但想也沒想到，夢想屢屢挫折的他竟會避諱自己學成的技術。

「我的故事跟他講一講就行了啦。」

釋放耳朵尾巴的繆里粗魯地盤坐在床上，喀喀喀地啃著從酒館包回來的羊肋條。

「又不能跟他講伊蕾妮雅小姐跟歐塔姆先生的事。」

據說教會一抓到非人之人就直接火刑。其實跟所謂的魔女一樣，其中絕大多數都只是有點嫌疑就無辜受害，不過我們的故事都是真的。

萬一強聽了喜歡就到處散布，事情就糟了。

「我才不會告訴他。」

「所以是說諾德斯通先生的事？」

繆里說的滿載人骨的幽靈船，的確很可能在滿是醉漢的酒館成為熱門曲目。但即使諾德斯通已經退位，畢竟人還活著，那種鬼怪故事仍會對新領主史蒂芬造成困擾。

還是說……想到一半，繆里嘴裡銜著啃得乾乾淨淨的肋骨伸伸懶腰，從行李翻出紙疊就往床上一倒。

「那也可以啦，可是我比較想跟他說這個。」

掩飾不了表情，是因為她說的是我覺得最不行的幻想騎士故事。

「……你那是什麼臉。」

繆里鬱悶地瞪我。

我是不太想多嘴，但若放她亂來而惹惱了強就賠慘了。

於是我像羊腿避開坑洞走路那樣，小心地說：

「那個……那是妳自己的幻想吧？不是有句老話說，莫言昨日夢嗎？」

在繆里見到什麼想到什麼都想跟人說的年紀，常常快把我煩死。正面抗議恐怕會惹她生氣，所以我用了委婉的說法，緊張地看狀況，結果她只是聳個肩說：

「我的目的又不是給他看我的故事。」

「咦？」

我不懂那是什麼意思，愣在當場。敞開的木窗外，潮濕的空氣擾動燭火。

總是打了就響、說一頂十的繆里抓著腳趾頭搖晃尾巴。表情顯得陰鬱，並不是窗外的陰暗天色所導致。

接著她閉上眼睛，對不解的我重重嘆息。

「這可是夢想啊。」

窗下經過的貨車聲，被我聽成了遠雷。陰暗到感覺就快下雨的天空，在繆里臉上抹下濃濃的陰影。

「大哥哥，你也知道實現不了的夢是什麼東西吧？」

從拉波涅爾那時起，繆里的心都沉醉在她的騎士故事裡。在那裡面對主教率眾而來的那段過程，她思來想去就是不滿意。

全副武裝，不屈不撓的老貴族，與化作狼形急馳森林的銀狼。

這兩者都是戰爭史詩的絕佳題材，但繆里還是不滿意。

因為她希望站在狼身邊的是另一個人物。

「不過……」

繆里這篇故事，不正是寫滿了這名少女所能想像的一切美好未來嗎。想說出來又閉上嘴，是因為看著我的繆里尷尬地苦笑。

「和那個爺爺一起在森林裡到處跑來跑去迎敵的時候，我真的……真的好興奮，打得好開心。」

她肩膀一垂，脖子就顯得好細，讓人懷疑印象中的她是否如此瘦弱。

「等到爺爺站在森林邊緣拔劍的時候，我才注意到一件事。」

「什麼事？」

繆里縮脖子似的點了頭。她從小就在紐希拉到處搗蛋，拿樹枝當劍揮來揮去。雖然這算不上原因，但她終究是得到了騎士頭銜，每天勤奮練劍。

這樣的繆里彷彿剛睡醒看不清楚，瞇著眼對我笑。

「就是大哥哥一定不會准我揮劍。」

「……」

我當然沒資格為這句話驚訝。因為我平時老是嘮叨著要她少撒野，要端莊。

儘管如此，我還是發現她說這句話有她的用意。

「喔不，說不定會准吧。可是怎麼說，感覺上，大哥哥跟我想的好像差很多的樣子。」

繆里伸出手，抓住想像中的劍柄般緊緊地握。

總是寸不離身的狼徽劍，現在倚在一邊的牆上。

「你自己想嘛。要是你看到我揮劍砍人，噴得一身血的樣子，一定比我自己被砍到更難過。」

那畫面實在容易想像到極點。

戰場不是華麗的貴族舞會。這名聰明的少女，早就看穿了站在諾德斯通身旁揮劍戰鬥的意義與結果。

「如果我拿劍傷人，或是把人殺掉……就再也不能跟大哥哥一起笑了吧。這麼一來，不管做什麼都沒有意義了。所以這只是夢，不會實現的夢。」

繆里屈起腿，往自己身上抱，用食指撫摸騎士故事的頁面。

「你不覺得這是最適合說給那個工匠聽的嗎？」

她輕側著頭這麼說，長髮從肩上沙沙滑落，使她看起來是那麼地成熟。

在無盡的清澈純真底下，沉著幾片銳利的現實。繆里赤著腳慢慢踏上它們，佇立在冰冷的水中。即使知道動作一急，那碎片就會劃傷她的腳底，使池水染上血紅。

「你們應該只想跟他說一些勸他樂觀進取的故事吧。」

比誰都更無憂無慮的繆里移開視線，望向敞開的窗口。

幸好沒下起春季的大雷雨，但還是有毛毛細雨。

「甜甜的麵包很適合配鹹鹹的肉喔。我來跟他說些悲傷的故事，應該正合適吧。」

繆里溜下床鋪，關閉木窗。

彷彿是關上了一扇重要的門。

「吟遊詩人也說過，熱鬧的歌最受歡迎，可是最賺錢的都是會讓人鼻酸的歌。」

她轉過來時，已經是平時的戲謔笑臉。

「咦，還是這是爹說的？」

「繆里。」

「總之，事情就是這樣。」

繆里垂落視線，聳肩靦腆一笑，拿起床上紙疊輕敲對齊。

「等我說服那個工匠以後，要給我獎品喔。」

「……」

「例如專用鐵甲之類的。我是認真的喔！」

繆里身手這麼靈活，沒必要穿盔甲減慢動作。可是繆里知道揮劍戰鬥代表什麼，也明白那是不可能的事。所以要表現得像個騎士，就只能參加騎槍比賽那種儀式性的騎士典禮了。

此時究竟該對繆里說什麼才好，我沒有答案。我成天勸她規矩一點，結果她早就參悟了自己的界線。

仍說不出話的我見到繆里腳步輕盈地往門口走，趕緊喊住她。

「妳、妳去哪裡？」

繆里手伸到一半，回過頭來聳個肩說：

「不要那種表情啦。放心，我又不會離家出走。」

在紐希拉的溫泉旅館，她比現在小得多，還是個懵懂孩童時，每次捱罵都會躲到山裡。

「有人已經在走廊上晃很久了。要把受歡迎的哥哥讓出來才行。」

她再度賊臉一笑，藏起耳朵尾巴。無論門後是誰，她都不想待在這種氣氛的房間裡吧。

「娘在這種時候，應該會喝一大堆葡萄酒。」

「不──」

還沒等我說完，繆里很高興我囉唆似的笑起來。

「既然不能喝酒，那我就去找魯・羅瓦叔叔請我吃好吃的。」

才剛吃過那麼多又要吃，太誇張了吧。但回頭想想，那大概只是要我別擔心的意思。

不喜歡被我當孩子看待的繆里，的確在不知不覺之間長大了。

露出並非假意，卻也並不愉快的笑容後，繆里小手一揮就離開房間。

我一直把這個又哭又笑吵鬧貪吃的女孩當成一隻大狗。

在房裡感到強烈的孤寂，不是因為獨自留在房裡。

而是她長大的腳步無聲無息，讓我覺得自己被拋下了。

成長固然值得高興，但沒想到它會是讓人如此寂寞。

世事總是不會盡如人意。不，是我自己不夠成熟吧。

然後我現在才注意到，雖然她說了那麼多，結果不知道什麼時候隨手一拿，把騎士佩劍也偷偷帶出去了。

緊盯現實之餘，她也不忘在夢裡嬉戲。

或許我會敗給繆里，一直都是理所當然的事。

就這樣，我的心如同塵埃落地般漸漸地平靜下來。

或許是房外的人發現動靜不一樣了，門小聲敲響。開了門見到的，正是從繆里的口氣猜得出來的迦南。

迦南應該不會在門外偷聽。他是個聰明人，能從氛圍察覺我和繆里之間有過什麼樣的對話。當然，他不會主動探聽這麼失禮的事，但或許是這個緣故，他站得有些不自在。

「有話就……坐著說吧。」

這旅舍並沒有高級到哪去，椅子簡陋得恐怕魯・羅瓦一坐就會四分五裂。迦南看看椅子，搖搖頭說：

「其實，我是有事相求。」

沒說「商量」，給我不好的預感。看他一直站著，我也放鬆不下來，便率先坐到床緣，迦南見狀也不再堅持，坐到那張椅子上。

「您說有事相求？」

「是的。正確來說，比較接近合作。」

覺得這用詞有點特殊時，迦南又說：

「在我用自己的故事說服強先生的時候，能麻煩您幫幫我嗎？」

「……」

我一直認為自己、迦南和魯·羅瓦三人各有足以說服強的故事，而迦南說過黎明樞機的故事最合適。

只是我不懂他要我幫什麼，因為他不像是要說得比坊間傳聞更詳細。

「是要我……編一些故事之類的嗎？」

我不想說成捏造，但他的感覺是接近這方面。

迦南闔上剛張開的嘴，垂下視線挑選言詞。

「您說編故事，其實沒錯。」

覺得訝異，是因為我覺得迦南不是會這麼做的人。

然而我跟著想起迦南的護衛認為該逼迫強使用技術的事。迦南他們是教會中的少數派，思行廉潔，無疑會遭受主流派的排擠。想在如此狀況下將他們的計畫送到王國來，必然會造成超乎我們想像的爭執與險阻。

「然而那不是捏造，只是……」

迦南深吸口氣，往我直視而來。

「我認為這次機會是神的旨意。直覺告訴我，是神派我在此時此刻來到這裡，向寇爾先生您提出這件事。」

若是其他人說這樣的話，我一定會覺得太誇張。

可是眼前的迦南，是來自教宗名列族譜之中的純正教會組織家族，具有不遜於其血統的信仰之心。

而他是這樣說的：

「寇爾先生，我們來辦列聖手續吧？」

「……啊？」

說不定我表情還有點像在傻笑。

「列聖手續。寇爾先生——不，黎明樞機。」

迦南彎腰離開椅子，雙膝跪地仰望著我。

「您想成為聖人嗎？」

那不像是在說笑。

但是，我想不到玩笑以外的可能。

「不，那個，我……」

甚至有種恍神了片刻的感覺。

我趕緊說些話，伸手按住甚至快抱上腿來的迦南雙肩。

「請先冷靜。我不懂，那個，我不懂您的意思。」

迦南被我傷了心似的垂下眉梢。難道是我聽錯了嗎？不，迦南的確是問我想不想成為聖人。

「我不是在跟您開玩笑。」

他依然保持跪姿，對祭壇另一邊的神祈禱般這麼說：

「認識羅茲先生之後，我就有這個想法了。」

沒想到會聽見這個名字。

「羅茲先生？」

「是的，就是小小年紀就十足有聖庫爾澤騎士風範的羅茲先生。他對您的敬愛，深到我有點驚訝就是了。」

只有說這句話時，他帶了點笑容。

「我照順序來說吧。」

大概是玩笑話讓他平復了點，迦南站起身來，像個講台前的年輕神學者似的說：

「現在，他們聖庫爾澤騎士團的溫菲爾王國分隊，正在進行糾舉這國家教會組織弊病的相關工作。羅茲先生他們當然都是信仰虔誠的人，對於教會法，也比一般聖職人員懂得更多，能夠有效匡正以各種方式不當斂財的腐敗教會組織。」

再加上擁有武力與民眾的支持，可以無所畏懼。

「可是有些人，教會法對他們行不通。簡直像拒絕皈依神之教誨的蠻族一樣。」

這讓我想起羅茲說的什麼主教職位由世襲而來，連聖經也不會讀的文盲聖職人員所管理的鄉下教堂，連聖庫爾澤騎士團的權威也不管用。

「能成功說服，是因為他們拿出了寇爾先生您的名號。」

無論是才學再低的三流聖職人員，似乎都會藉由平時往來的商人與民眾對世局的描述掌握一二，對潮流有一定敏感度。

因此，就連膽敢正面反抗羅茲他們糾舉，罵聖庫爾澤騎士團是強盜，拿水潑他們的人，一聽見黎明樞機就願意溝通了。

這是因為——

「現在這個階段，您的名號已經傳遍天下了。」

我當然早已明白，感嘆或抗議自己沒那麼偉大是白費唇舌。畢竟我離開紐希拉，和海蘭攜手參加這場戰鬥，已經親手將石塊推落山頂了。

除接受結果以外，沒別的選擇。

「羅茲先生告訴我的，堪稱與我們的計畫不謀而合。」

我開始能了解迦南想說什麼了。

「或許會有人懷疑俗文聖經是假聖經吧。喔不，這是絕對會發生的事，尤其在教會組織緊密結合的大陸，他們會利用這點頑強抵抗。」

譯本就是譯本，不是原典。

「只要城鎮裡有權威的聖職人員主張譯本是假，無法分辨真偽的民眾自然會聽他的話。可是，如果有您的名號背書，情況就不同了。」

「某某人說的就是對的」這種想法，在這世上其實具有不可忽視的力量。這和同一個信仰上的矛盾，從迦南或繆里的口中說出來意義完全不同是同樣道理。

「等、等一下，先別急。在聖經俗文譯本上，我的確參與了很大部分，不過這跟用我的名義來散布譯本是兩回事吧？這樣做不只會加深王國與教會的對立，還會引起大陸那邊教會組織的反感啊。」

我這麼說並不是因為繆里老是看不慣的沒自信或謙虛，就只是可以輕易預測，非避免不可的未來。

而據說只要讀一遍就能記住厚重聖經的迦南當然考慮過這些後果，才會找我談這件事。

「列聖的作用就在這裡。」

「……」

「只要您成為教會公認的聖人，就有教會的權威加身。」

「……」

儘管我一句話也答不了，視線卻沒從迦南的雙眼移開。

他真摯的眼神，充滿了明確的決心與理智。

「只要您成為教會公認的聖人，就能解決任何困難。有了教會權威作後盾，甚至能重劃王國與教會兩者衝突的界線。因為您已經是教會權威的體現了！」

雖明白道理說得通，腦袋卻完全無法理解，是因為我感覺自己正面對一幅銜尾蛇的畫。

「更重要的是，教會裡必定有很多思想與您共鳴，卻礙於現實無法公然支持您的人。一旦您成功列聖，他們就可以大大方方支援您，不用再忌諱任何人了。請您想像一下那種情況，那肯定是能讓世界徹底改頭換面的大事啊！」

說得彷彿眨一次眼，冬景就會變成春色一樣。

「可……可是，這列聖……」

「您以為辦不到嗎？」

迦南的笑容像站在懸崖邊的少年那樣僵硬，似乎也明白自己這提議是多麼唐突。

「我們是掌管教廷書庫的人，所有文件都會送來這裡，從這裡出去。」

自教會創立以來，世界各地都出過知名聖職人員。教會傳教時，有必要緊密凝聚信徒以對抗異教徒。用的方法，正是將知名聖職人員列為聖人大肆宣揚。

但是將人認定為聖人的列聖程序裡，並不會有神從天而降，在吹奏號角的天使見證下宣告某某人從此為聖人。純粹是以人手寫下文件，經過一番事務手續而成。

因此，為提升當地威望而提供大筆錢財給教會，要使當地聖職人員列聖的人是絡繹不絕。列聖手續成為教會搖錢樹的事，也早已眾所皆知。

迦南也曉得這條腐臭的金流哪裡來哪裡去吧。畢竟他們的工作就是收取那些用腐敗的黃金溶成的墨水寫下的文件，納入書庫歸檔管理。手續再如何複雜奇異，他們都能倒背如流，也熟知教廷內密如蛛網的權力關係。

這樣的豪語，不管是由哪個大貴族說出來，可信度都不會比迦南他們高。能高過他們的，就只有神或教宗了。

「而列聖手續中，聖人傳記是不可或缺的。」

這架梯入雲般的事，冷不防換成跳過腳邊水窪。我立刻就理解了迦南想說什麼。

「您是要讓強先生寫這傳記嗎？」

迦南以窗外綿綿細雨沁入土地的速度緩緩頷首。

「沒錯。儘管強先生不像是有詩才的人，但他知道怎麼寫文章。我甚至覺得他是方正過頭，妨礙了詩韻。」

在紙坊見到強製造的簿子時，他給我用詞莊嚴到太狂熱的感覺。但若那文體寫的不是抒情詩或史詩，而是人物傳記呢。

他那狂熱且莊嚴的文章，不是正適合用來寫意圖令人起敬的官方文書嗎。

「他現在是誰也不願意多看一眼的落魄作家。當他知道將有聖人誕生在他的筆下，並因此改變世界，豈有激不起鬥志的道理。」

迦南說得雙拳緊握。我對強的喜好沒有多少把握，只知道迦南不只想鼓勵我，還是打從心底相信自己所說的話。

「神將這世上的一切都安排在應當的位置上。我和寇爾先生您之所以來到這裡，除了神的安排以外，沒有別的可能了。」

無論迦南真意為何，都能確定那不是一時衝動。我一時找不到能一口拒絕他的理由，但這和點頭答應完全是兩回事。

「可是聖人這種事……」

感覺實在太不現實了。況且如果我有列聖的資格，面前這迦南也十足有此資格。就連羅茲和克拉克都有吧。

「我懂您的心情。」

迦南走上前，握起我的手。

「畢竟自認為有資格成為聖人的人，根本就沒資格成為聖人。」

這也許就是獲得列聖的聖人們幾乎是故人的原因吧。我混亂的腦袋中異常冷靜地得出這樣的想法。

「再說，假如您真的列聖了——」

迦南放開手，說不定是為了避免造成某種傳染。

「不僅能解決海蘭殿下的資金問題，您朋友的修道院也能獲得極大的幫助。以您對信仰世界的了解，應該知道我在說什麼吧。」

他那自認不敵人世常理的蒼涼笑容，無疑為他的言詞增添了幾分信度。

聖人即是奇蹟的體現者，將有大批巡禮者湧入其墓地，躺在其修行之處期盼見證奇蹟。聖人穿過的聖衣一角、隨身聖經的一頁、羽毛筆的碎片，甚至住處梁柱、在別人家門前坐著休息的石頭都會成為人們高價競標的聖遺物。而去世的聖人不會再穿新衣，在世的聖人就並非如此了。他每到一個地方，都會產生新的聖遺物，能無限製造寶物賣錢。

可以像某個碰到什麼都會變成黃金的古代君王那樣，將夏瓏和克拉克那座連修繕費都很有問題的修道院，變成王國赫赫有名的巡禮聖地。

去了。

「……當然，我不會強迫您答應。」

迦南略俯著臉這麼說。假如他是會不擇手段的人，強多半已經被他捆進麻袋，要送到勞茲本

不，如果他會用這樣的手段，根本就不會來到王國，而是先在教會內部利用其身分打造能夠賺大錢的一套系統，計畫該如何抹黑妨礙他們賺錢的黎明樞機才對。

迦南人在此地的事實，即是那驚天大計的源頭。

「只是提出一種可能罷了。」

但這個可能非常巨大，潛藏著無法估計的威力。

而我正呆立在這巨大的可能之前，被迦南的雙眼迷惑得無法動彈。

「……變涼了呢。」

迦南替動不了的我挪開視線轉移話題。他所望之處，敞開的木窗外，仍答答地滴著水珠。

「繆里小姐說，她要和魯·羅瓦先生幾個一起到對面的店家吃喝。」

說這話時的笑容，不像是裝出來的。

「寇爾先生，晚點見。」

藏寶圖給你了，航線你自己決定。

或許是這麼想的迦南，行一禮之後離開房間。

「聖……人……」

再怎麼拒絕這個詞，我一樣覺得很虛幻。就連繆里寫的騎士故事，都不會有這麼荒誕無稽的發展。

然而現實的踏腳石，已在黑暗中連成了路。

迦南的地圖告訴我，只要能順利跳到最後，就能找到解決一切的方法。

我不知單獨在房裡沉思了多久，直到燭火一晃而滅才回神。抬頭一看，窗外一樣下著雨，霧雨變成了大雨。

溫菲爾王國以牧羊聞名，也就是牧草茂盛到足以供應如此龐大的羊隻，內陸應是一樣多雨。紐希拉冬天同樣會下雪，而夏天降雨其實意外地少，霧常見得多了。

仍留戀上午好天氣的我將木窗開出一條縫往上看，見到遮蔽了太陽的厚厚雲層。降下視線，對面的酒館中，有樂曲和笑聲隨燈光一起湧上街道。

人雖看不透未來，至少還能享受今宵。

我咀嚼著這句不知從哪聽來的話，關上木窗時，發現有個少女手拿啤酒杯，頗為無聊地從門口探出頭來。不經意抬頭而發現我後，表情立刻恢復光采。

看來她至少還懂得別當街大叫，只是大力揮手，要我快點過去。

我也揮揮手，表示我知道了。待在房間裡，的確不會幫助我想出好辦法。

不，好辦法本來就可遇不可求，重點是自己怎麼決定。

若能得到強的協助，即可免去招募龐大謄寫員的成本。可是印製聖經這麼厚的書，依然會有不小的花費。再加上我不知道強獨自一人是否應付得來整個印刷工作，僱用助手與製造印刷工具又可能是一筆大開銷。這些負擔，全都要壓在海蘭的雙肩上。

若得不到強的協助，將會有以上那些根本不能比的開銷擋住我們的去路。

而迦南的提案不只是為了幫助強鼓起鬥志，假如列聖成功，八成也能獲得解決未來所有資金問題的方法。

冠上聖人封號，也能解決我在迦南提起前壓根沒想到的俗文聖經權威問題。羅茲口中那些不識字的聖職人員，沒接觸過神的教誨的教會關係人士，充斥在這個世界上。要他們接受俗文聖經，就得以具有權威的知名名號為武器。

在這點上，聖人這封號是無比地強大。聖人等於是奇蹟的旗手，這也是理所當然，所以我想這也是聖人絕大多數是死後列聖的原因。歷代教宗之中，封活人為聖人，卻因其事後不良品行遭到責怪的應該不是沒有，而迦南要反過來利用這歷史教訓。

做得到嗎？我當然有此疑問。然而不點這個頭，我們就不可能前進。假如真的成功了，就能帶來徹底顛覆現況的結果。

說不定是孩提時被旅行商人收留的經歷，使我現在如此遲疑。因為跟隨他們，讓我學到天平必須左右平衡。

若一邊是我成為聖人，那麼另一邊秤盤盛的究竟是什麼。

到底需要犧牲什麼。我連自己的心臟是否足夠承受都無法想像。

不能將迦南的計畫一笑置之，不只是利益太過龐大。主要是因為我的確也覺得，一旦我答應了，強真的能重拾鬥志。

有哪個詩人不會迷上這荒唐到極點的故事呢？

再說，只要能說服強來寫這荒誕無稽的鬼扯淡，繆里就不用跟他說那篇悲哀的故事了。

對夢想破碎而灰心喪志的人，說出自己也有個無法實現的夢，或許是個有效的安慰方式。但我希望繆里能總是天真歡笑，樂觀進取，不想見到她慘笑著分享無法實現的夢。至少像過去一樣，對我耍任性倒苦水。

只要接受列聖手續，我想不僅是強，繆里也能從紙張中抬起頭，看一看我，為古板的哥哥也會做出那麼瘋狂的事興奮不已。無論我將面臨何種苦難，只要繆里能對我歡笑，都不算什麼。

迦南的提案很荒唐，可是我開始認為有必要捎封信給海蘭，認真研討這條路。雖不知要花多久時間才能說服強，他的樣子也不像會逃跑，應該還有時間和海蘭討論列聖計畫是否實際可行。

話說回來，有這段時間是幸或不幸，猶未可知。海蘭不會妄下結論，就算認為這是個好主意，最後下決定的依然是我自己。時間愈多，煩惱的時間也愈多，徒增苦惱。

不如乾脆和繆里談談，盡早下定論。

如果繆里覺得有趣，就足以成為我踏出第一步的助力了。

決定這麼做之後，我關緊沒關好的窗，確定燭火完全熄滅再出房間。陰雨天使得旅舍走廊陰暗得很，住客似乎不是還在旅程上就是忙著工作，安靜無聲。

昨晚繆里吃了大鰻魚的一樓酒館也沒開，廚房靜悄悄的。大概是因陰暗的關係，寧靜令人備感空寂，加快腳步。

為打掃而搬上桌面的椅子，有如冬季枯木。

穿過酒館，要往路對面的熱鬧店鋪走時，空無一人的廚房裡有東西倒落的聲音。

不是找食物的老鼠，就是抓老鼠的貓吧。平時我不會在意這種事，但現在風雨不小，替他們關上窗或許比較好。

我被寂靜勾引了似的走向廚房，探頭查看。果然沒有生火，也沒有人在，什麼聲音也沒有。本來就沒裝門板的後門口，能直接看見陰雨霏霏的中庭。

這時，我發現腳邊的夯土地面上有拖行重物的痕跡。

從我腳下一直延伸到右前方看似食物儲藏室的房間。說不定他們不只是有大得嚇人的鰻魚，還進了大鯰魚，在倉庫的籠子裡掙扎才發出聲響。

逃出來就糟了，繆里可能也會想聽我說這件事。

於是我探頭進去查看，嘴邊的笑意跟著僵住。

「咦？」

因為見到的是被五花大綁的旅舍老闆。

緊接著兩側黑影一晃，視線被黑暗籠罩。發現是麻袋之類的東西罩住我時，心窩狠狠捱了一拳，頓時吸不上氣而跪下，同時有繩子將我一圈圈捆住。混亂與緊張當中，我居然還有空覺得自己像是變成了醃肉，簡直莫名其妙。

我知道自己必須趕快呼救而拚命扯開喉嚨，但從肚子裡出來的就只有嗚咽和酸液。

不能呼吸，手腳的感覺極速消退。蒙上雙眼的略紅黑暗不是麻袋，是窒息所致。

「！……」

繆里。呼喊了騎士同伴的感覺，說不定只是昏迷前的夢境。

# 第四幕

我一個顫抖，睜開眼睛。好像作了一場很長的夢，又像是轉瞬之間。大概是血液開始在腦裡流動，記憶如水滴在紙上漫開般復甦。

最先想到的是有強盜藉雨天人行少，摸進旅舍打劫被我撞見。但這樣不需要留我活口，更沒有理由把我綁走，把我跟老闆丟在那裡就好了。

這麼說來……他們是來抓我的？同時我聯想到，羅茲說過有人偷襲聖庫爾澤騎士團。推論到這裡，遠處傳來清楚的腳步聲，以及不遜於此的對話聲。

「綁錯人了啦，你們搞什麼東西！」

然後是一些其他人的碎語，聽起來很畏縮，說不定是在給自己的錯誤找藉口。

「夠了夠了！不要亂跑喔，乖乖在這喝酒！」

腳步碰碰碰地接近，然後是開鎖推門聲。我這才發現自己什麼都看不見不是因為閉著眼睛，而是頭上依然套著麻袋。

「受不了……噢，神啊，他們究竟把誰給抓來了？」

雖然口氣粗鄙，發音與用詞倒是很有水準。或許是因為如此，我在這狀況下也不怎麼害怕，對男子下令鬆綁也不驚訝。

麻袋被粗暴扯開，燭光刺入我眼中，但很快就習慣了。

看看周圍，這裡不是我想像中的破敗賊窟，而是個家具格外整齊的乾淨房間，牆上甚至有繡上戰爭圖的掛毯。敞開的窗外，雨已經停了。

「噢，神這個混蛋。」

男子的咒罵，終於使我往站在房間正中央的他望去。他是個個頭高大，肩膀寬厚的男子。身穿大衣，腰間佩了把長劍。見到劍上的羊紋，我頓時充滿疑惑。

王族？

這想法也與腦中的知識串在一塊，告訴我眼前這表情像是吃了大悶虧的人物可能是誰。

「誰說他說不定只是傭人而已的？」

男子皺起野獸般的臉，瞪視縮到貼在門邊牆上的幾個手下。每一個的穿著都頗為體面，不像山賊之流。

「你們不只抓錯人，還偏偏抓到這麼大尾的。我曾經遠遠見過他一次。」

抬頭一看，男子褐色的眼睛正注視著我。感覺不到敵意或惡意，就只是表示一句話——這下麻煩了。

「呃，那個，怎麼說。」

他猛搔一陣頭，兩手叉腰說：

「我們搞錯了。」

那就快放我回去吧。

大概是看出我的想法，男子嘆了口非常非常重的氣。

「我們沒有害你的意思……可是你被我們綁出旅舍，很難當作什麼事都沒發生過吧。」

心窩仍像是塞了顆大鉛塊，呼吸用力點就想吐。

然而我心中再也沒有疑惑。知道我的長相，而且一見到我就一臉不悅的人沒幾個，很容易推導出來。

「……你、是……」

肚子還在陣陣作痛，酸黏的嘴也令人難受。

男子開掌制止，點頭道：

「你是黎明樞機沒錯吧？」

「……克里凡多、王子。」

男子戲謔地在肩膀高度雙手一攤。

「我那個同父異母的妹妹應該把我批得很難聽吧，這下更沒得辯解了。」

接著，這位王位繼承權第二順位的王子再一次用眼神威嚇那些盡力想抹去自己存在感的人，最後無力地往地面嘆息。

「算了，事情既然發生就發生了，就讓我們開開心心地聊一聊吧。如果你願意幫忙，情況又不同了。」

克里凡多對房裡一名男子以下巴示意，椅子送來後一屁股坐下去。

「肚子餓了沒？」

他就是這麼一個有如傭兵團長，很適合說這種話的人。

肚子捱了一拳的我覺得嚥不下食物，只討了杯水漱漱口。

克里凡多跟同夥要了塊夾肉麵包，大口吃著。

之前在房間角落低著頭的人，一個個被他搧了腦袋，趕出房間去了。

「先講清楚，他們好像是要抓教廷派來的人。」

把食物全塞進嘴裡後，王子沒喝葡萄酒，而是用親民的啤酒灌下肚。相對於其不羈的舉止，說話倒是顧慮很多。

「……怎麼說得像不關你的事。」

海蘭口中這位蛇一般狡猾，完全不能信任的叛徒克里凡多搖肩而笑。

「嗯？啊……宮廷天天都有人等著抓小辮子，久了就習慣小心說話了。」

繆里或許會喜歡這樣長相凶悍卻有點難為情的笑臉。

「信不信由你，命令不是我下的。我幾個朋友多喝了幾杯就計畫綁人，醒了以後又不好意思把話收回去，結果真的動手了。就這麼簡單。」

與他一邊說，一邊用小指挑塞牙肉絲的樣子相反，這話有種真實感。

「我們都知道現在這裡有教廷來的貴客，所以他們就把長相最不食人間煙火，最看不慣的傢伙誤認成他了。」

我對他們知道迦南的存在並不意外。看樣子，迦南的資訊在他們之間並沒有完全公開。沒想到迦南那樣的少年地位高貴是很正常的事，而其餘之中最可能來自教廷的，的確就只有我了。

「雨天路上人少，那兩個看起來很強的護衛也都不在，剛好旅舍又沒人，老闆剛過中午就喝得醉醺醺的，菜都沒準備就打起瞌睡。這對於想耍威風，讓同伴知道自己不是只有一張嘴的人來說，是最好的狀況。」

我也經歷過向神祈禱，咬牙豁出去的時候。若想抓我，的確是沒有比那更好的機會。

但是，有一點我很想知道。

「……你們對我們的行動瞭若指掌嗎？」

克里凡多瞇起眼，想看穿什麼似的盯著我看了一會兒點點頭說：

「我是很想說我們全都看透了啦，但實在搞不懂你們在做什麼。知道教廷有人過來，是我聽聖庫爾澤騎士團裡的同伴說的。更想不到的是，教廷的人居然和我妹搭上線了。」

騎士團洩漏迦南來訪這件事，使我表情一沉。羅茲應該不會出賣我們，考慮到眼前這位王子為何結黨策反，騎士團裡有他的眼線也就不奇怪了。

「聖庫爾澤騎士團裡面，也有人希望王國和教會開戰吧？」

克里凡多聳個肩，但不是打馬虎眼的意思，應該是連點頭的必要也沒有。畢竟聖庫爾澤騎士團這樣的戰鬥集團在和平治世中找不到歸屬，與克里凡多這些繼承不了家業，只能靠戰爭奪取一席之地的貴族本來就十分投合。

這麼說來，羅茲告訴我的騎士團遇襲會不會是自導自演，甚至是眼線與克里凡多合作搞出來的呢。

「他們一直很有耐心地監視我妹的宅子，知道你們在策劃一些事，但就是猜不透那到底是什麼。結果你們突然跳上馬背，整群人跑到薩連頓來了。聽報告說，你們到處上工坊找人，那是為了什麼？」

監視宅子的事多半是虛張聲勢，不然繆里不太可能沒發現。我看應該是屋裡也有眼線，只是用這樣的說法來掩護。此外，也有商人、修繕工等人員在進出。

海蘭自己應該也有在注意這方面，卻依然有所遺漏，可見克里凡多真的不只是個粗野的反賊。

「我們在做的事……我不能說。」

「嗯，我想也是。」

椅子上的他動了一下，讓我做好挨打的準備。不過王子就只是扭扭身子，見到我的反應反而有受創的表情。

「喂，多相信我一點行不行？我妹到底跟你怎麼說的啊？」

在海蘭的說詞中，他是企圖掀起內亂篡奪王位的大逆之徒。

可是在夏瓏說來，他像是個義賊頭目，打算拯救遭到貴族制度坑害的人。

眼前這位體型高大舉止粗野，說起話來卻格外慎重的王子，的確不與任何一者矛盾。

「我妹很在意她的身世，所以我也不是不知道妹為什麼對老爸和大哥那麼忠誠。那種不許全世界有一滴汙點的個性，真的很讓我受不了，真虧你能跟她那麼久。」

雖心想海蘭不是那種人，不過那可能是他從遠處——不，說不定是親人才會有的感覺。好比黎明樞機，在繆里眼裡也只是個傻哥哥罷了。

「不過呢，不管你們在薩連頓做什麼，其實都不怎麼重要。反正我們目的不同，每次碰面都要吵，根本沒完沒了。」

我再也不會猜想他是個短慮的暴君。

所以聽了他接下來的提議，我也不太驚訝。

「怎麼樣，我們能見面也是神的指引，和我合作吧。」

只見他碩大的身軀窘迫地向前傾過來，彷彿會就此一口把我吃了，然而他卻伸出手來，想和我輕輕握手。

「這是您要和海蘭殿下和解的意思嗎？」

我不是真心這麼想，只是表示我不會受他籠絡而已。

我絕對不會背叛海蘭。

「這個嘛……很困難吧……」

看他真的很為難地這麼說，我不禁笑了笑。

「她討厭我，大概是出與同族相輕的心理。」

我很訝異他這麼說，而他也為我的反應吃驚。

「喂喂喂，那麼驚訝做什麼？不然還有什麼理由？」

「這……」

「她因為身世的關係，再怎麼優秀，宮廷裡也沒她說話的份。但儘管她吃了很多悶虧，卻仍然是正直進了骨子裡的人。所以她只是用對國王忠誠這層糖衣，包裹她怎麼擦也擦不完的憤慨而已。換句話說——」

克里凡多露出有點哀傷和同情的神色。

「其實她很羨慕我。羨慕我自由自在，敢大聲抱怨自己的身世，並且付諸行動。她一定不會承認，可是沒有別的可能了。你想想，像她這樣心腸那麼好的人，一般來說應該會同情我那些朋友才對吧？」

二王子是為了保障王位有人繼承，當作兄長的備胎出世的。願意跟隨他的，都是以同樣理由豢養到死的貴族次男、三男等。

的確，若只看他們的境遇，海蘭伸出友善之手的畫面並不是那麼突兀。

「不過，說不定她只是不喜歡我的理論而已。」

「……你們想要引起戰爭。」

克里凡多毫無愧疚地聳聳肩。

「否則我還能怎麼做？跟大家一起種田啊？在父母和大哥會騎馬巡視的土地上？」

回他貴族以外的人都是這麼做也沒有用吧。

然而克里凡多似乎早就考量過這個可能。

「是啊，我知道大多數人都會接受現實。不想曝屍荒野的話，就只有這條路能走。」

「那麼——」

我的話被他頗為哀戚的笑容打斷。

「一次就好，我也想要一段光榮時刻。有這種願望很過分嗎？」

相信即使不一定能繼承王位，也能出征建功而從小練劍騎馬的他，腳下的梯子忽然沒了。

他前不久還是個有點粗野的爽朗青年，如今眼底卻閃爍著怒火。

「我也知道和平比戰爭好，我們並不是只想打打殺殺的傭兵。但要不是懷抱這個在戰場上發光發熱的夢想，我們也沒辦法吃那麼久的冷飯。結果現在還沒有機會出場，世界就變了。就算知道留戀這種事一點用也沒有，要我們捨棄原來的夢想走另一條路，是需要足夠誘因的。」

那雙褐色的眼睛和強是那麼相近，差別只是強心中的火焰早已熄滅，本質上依然相同。

我忽然想到，說不定繆里也曾是如此。在我發燒臥床的期間，她就是帶著這種眼神望著拉波涅爾的港口。這雙慧眼，也看透了自己揮劍砍人比被人砍傷更令我傷心。那個聰明堅強的少女，主動斷絕了這一條路。而這抉擇當然也造成了影響，使她怎麼也按捺不住拿起羽毛筆的衝動。

強也是斷不了對戰爭的憧憬，不惜使用一度封禁的危險技術印製戰歌。見過王子，我似乎能理解他為何離開西亞托師傅的工坊，甚至跑去做類似牧羊的事了。目睹樂手嘲笑他的詩，的確是足以造成他捨棄所學的一大打擊，可是他這樣總歸是用自己的方式拚命摸索過放棄夢想以後的人生了吧？他真正的悲哀不是夢想破滅，而是找不到新的道路，只能在捲線亭買醉吧？

而迦南那邊也是如此。

這群正直的人不為黃金所惑，儘管只要有心就能操弄文件中飽私囊，他們卻沒那麼做。他們送迦南到溫菲爾王國來，其實是因為他們也快受不了了吧。

既然連走上歧途也不允許，至少要留下殉道的證明。結果在跳進黑漆漆的河水之前，河裡竟出現了一塊以為不可能會有的踏腳石。情況就是這麼回事吧。

不成功便成仁的迦南便踏穩這塊石頭，盡全力多跳一步，並喊出列聖計畫。而我則是被他的手，被他的渴望震懾了。

這樣想之後，我注意到世上也有許多人被命運抓住了腳，死命地掙扎。

每一個都伸出了求援的手，且在我拉得到的位置。

但現在的我，卻連繆里的手都抓不穩。

「一旦你和我聯手——」

這時，克里凡多的話將我喚了回來。

「直覺告訴我，我們可以漂亮擺平很多人。怎麼樣？」

克里凡多王子對人稱黎明樞機的我，以及強和迦南等人的所知並不詳細，不過我仍能理解他為何這麼說。

因為王國與教會的衝突陷入膠著，現況擺明對誰都沒有好處。

只要雙方眼中只有黑與白，這場衝突就得維持到一方塗滿另一方為止，而那只會是戰爭。我和海蘭等許多人奮鬥至今，即是為了避免這樣的悲劇發生，同時這也成為了各方人士前往下一座舞台的阻礙。

為了打破膠著，克里凡多想找一條新的方向。

「我當然不是要你背叛我妹。你跟她可以繼續遵循神的正確教誨，我們那些人也不會反對。他們都是會固定作禮拜的虔誠信徒，不是盜賊或異教徒那種人。」

「……王位呢？你們不是不惜內亂嗎？」

克里凡多睜大眼睛，揚起雙手。

「說到重點了。我們努力了這麼久，最後還是只得出戰爭這個解法。我們實在很想在拋棄身世，到城裡或農田過普通生活前輝煌過那麼一次。問題就只是怎麼做而已，不是說一定要引起內亂。我們對掌權的野心，並沒有大到非要拿家人來血祭不可。所以內亂的部分你就當作沒這回事吧，看來我妹是把我當成渴望鮮血的篡國賊了。」

克里凡多說到這裡，靜默片刻。這使我發現，那段靜默正是他具有王子風範的證明。

「和我們有同樣不滿的人，在大陸當然多到數不完。與其在小小的島國打自家人，不如跟那些人一起把教會拉進來大戰一場，你不覺得這樣比較能降低風險和民怨嗎？因為這個緣故，我們才想讓王國跟教會打起來。」

內亂會將自國蹂躪得滿目瘡痍，克里凡多只是將這當成最後手段之一。而貴族的問題放諸世界各國皆是如此，用其他名目開戰才是上策。

這才是王國與教會之間這個史上少有的大型衝突真正會引發的效應。

克里凡多的視野，和夏瓏飛上天時一樣地廣。

「……你的想法很實際，像個商人一樣。」

克里凡多聳聳肩，一副榮幸之至的樣子。

然而覺得他想法合理的同時，我也有星火燎原之憂。究竟這場捲入教會的世界大戰，真的會比各國自己內戰好嗎？

克里凡多像是看出了我的憂慮，縮小體型似的大口吐氣後說：

「當然，我們也不是認為打起來就好，其他什麼都不管。國王和教會不敢輕言全面開戰，都是因為知道戰爭的悲慘。現在還有很多頭髮掉光的老爺爺，會說以前那段動不動就戰爭的時代是怎麼過的呢。所以我想和你聯手，看事情能不能更有計畫性一點。」

「……」

在我懷疑的眼神下，王子聳起他寬厚的肩膀。

「只要你帶頭揮旗，對教會不滿的陣營就會無視國家的界線，跟你一起前進。然後我希望你跟某個教會高層談一談，找個地方打場會戰，要打得像古帝國時期的史詩那麼盛大。和異教徒拖拖拉拉打了那麼多年的戰爭結束以後，現在已經沒人會認真去打爭不到領地的仗了。除了我們這種人以外，會煽動戰爭的就只有想發戰爭財的商人，或是說了大話以後收不回來的人。要知道，把你抓過來卻不知道該怎麼辦，含著眼淚寫信跟我求救的這種人，教會那邊也有。而且教宗和樞機主教那種層級的人，也被自己的利害關係綁住了。」

往克里凡多腳邊一看，靴子上滿是泥濘。

如果背對我，就能看到背上全是馬濺起的泥水吧。

表示他真的是接到部下的聯絡才匆匆趕來的。

我也像克里凡多那樣觀察全局，注意是不是有哪裡遺漏。

「可是，要是雙方打過一場各地史冊都會記錄的大戰會怎麼樣？滿肚子怨氣的貴族子弟，可以藉此替他們為劍而活的人生找到一個滿意的斷點。而且王國和教會也能以打了一場大戰為由，有名義一起收手，各退一步萬萬歲這樣。」

這番話理想得像幅畫，卻讓我覺得最後真的會是如此。伊弗和繆里也曾強調過，想終止王國與教會的衝突，就得給他們一個能夠同時收手的名義。

在這樣的狀況下，迦南帶來了雙方不開戰就能解決的計畫。只要有強在，這種事就不是空想。儘管沒人能保證一定順利，但感覺上就算失敗了，也有克里凡多的計畫可以挽救。

「問題在於，事情不會自然往那裡發展。這世上不是每個人都像海蘭那麼明理，什麼都往肚子裡吞，肚子再痛也裝沒事。更重要的是，我根本不認為那是對的事。想做就說想做，不想做就說不要才是應該的。」

克里凡多不再使用我妹這種有些分高低的詞，直接稱呼海蘭的名字。

而他口中的海蘭，也是我能輕易想像的海蘭。

「既然神在這世上創造了我們，我們應該至少有一次發光的機會。不是嗎？」

我是能用一句「長不大的幼稚夢想」鄙棄這想法，然而幸福究竟是什麼呢。

當然，我不可能現在就決定是否接受克里凡多的邀請，只知道無法當作沒聽見，也了解必須仔細推敲接受以後還得花上多少時間。

因此，我目不轉睛地直視克里凡多的雙眼，而王子感謝我傾聽似的慢慢閉眼。

「為了讓你相信我的話，接下來這陣子，我一定會管好我的朋友。我們真的沒有引發內亂，殘害自己人的念頭。」

克里凡多說完注視自己的手。

「但是你別忘了，這世上不只是有我們而已。大陸那邊類似的人跟山一樣多，而那些人給教會的刺激比我們大多了。剩下的時間，比我們想像中更少。」

迦南也說過類似的話。所以在事情變成一團混亂之前，需要有個人站出來領導才行。儘管如此，我仍不認為戰爭是正當手段。而且這個方法如迦南那邊所想，難以冀望戰火能燒盡教會的腐敗之處。

我自己是覺得迦南的計畫才是最佳解法，才會追查強的下落。知道克里凡多沒有海蘭說的那麼壞之後，我甚至希望他們來協助迦南。畢竟是貴族子弟，讀寫能力都沒問題才對。

想到這裡，我才發現有件事得先問問克里凡多。

「……假如我們突然就解決了王國和教會的衝突，戰爭沒有發生，你有什麼打算。」

王子連意外的表情都沒有。

只是抽搐似的為難乾笑。

「這樣的話……只能背水一戰了吧。」

這一戰的對象，八成就是王城的厚重城門與石牆。

屆時我一定是站在海蘭那邊，與這位王子對立。

「您無論如何都要上戰場嗎？」

我覺得就算在戰場上見到他，我也會這麼問。

「哪有什麼辦法。這裡可是四面環海的島國，不去大陸闖一闖就沒地方去了。」

一聽克里凡多這麼說，我就屁股挨針了似的渾身一顫。

「喔？喂，你怎麼了？」

他們並不是海蘭說的那樣怨恨國王，也不是想看世界燃燒，那就有機會了。要讓他們知道，說不定有更好的解法。

「您說，你們想要一個能靠揮劍爭取榮耀的地方是吧？」

「嗯？」

「我是說，只要有能靠揮劍爭取榮耀的地方，你們就不用相殘了吧？」

我再對聳肩的克里凡多說：

「對手是教會還是國王，其實都不重要，甚至是第三者也可以。」

「話是這麼說沒錯……可是有這種戰場嗎？要我們跟幽靈打啊？」

我搖了頭。

戰士能揮劍的地方，並不是只有戰場。

「我說的不是戰場，是冒險。」

「嗯……？」

「在溫菲爾王國建國之前，登陸到這座島上的教會騎士和古帝國戰士不是戰友嗎？」

克里凡多王子啞口片刻，最後擺出疑惑的臉。

「那是在很久以前，這座島還不屬於任何人的時候吧？實際上是異教徒的地盤就是了……嗯？」

說到這裡，聰明的王子表情變得像在暗處發現屍體一樣。

應在王國各地都有眼線，時時豎耳接收最新消息的他顯得不敢置信。

「難道你是在說，傳說中大海盡頭的那塊大陸？」

這種繆里會講得很開心，諾德斯通等曾在月光下瘋狂的人會說的話，需要勇氣來承認。

「我在宮裡也聽說過有探礦師在講這件事……喂，你真的相信這件事嗎？」

克里凡多王子是以理智的頭腦來推想最安穩的手段，得出引發戰爭的結論。並認為我是執行計畫的必要夥伴，邀我加入。

換言之，這位王子的目標其實和我們一樣，只是方法不同罷了。假如未來化解衝突的計畫受阻，他很有可能是能防止事情往壞方向發展的寶貴助力。

然而直接告訴他我相信新大陸存在，說不定會讓他認為黎明樞機信神不是因為信仰，單純是個聽什麼信什麼的傻瓜，一個頭腦簡單的盲信者。如此一來，這條碰巧得來的寶貴聯繫就斷了。

但話說回來，看克里凡多的臉也知道現在否認也沒用。

所以該怎麼做呢。我想起了將驚天動地的列聖計畫送進我房裡來的迦南。

也想起自己還有個會跳進冰寒海水救我的同伴。

「在宮裡說這件事的，是名叫諾德斯通的貴族嗎？」

克里凡多似乎沒想到我會繼續深入，樣子很意外，不由自主般點了頭。

「就、就是他沒錯。這個貴族有些怪怪的謠言……對了，我聽說你們曾經找過他……」

「在拜會諾德斯通先生之前，我就聽過新大陸的事了。」

我沒有說謊，但我並不是真的相信。既然繆里不在，這部分就別提了。

「我在想，若能證實新大陸存在，或許會是終結這場衝突的關鍵。因為王國爭的是戰後教會當成戰利品的什一稅。所以我覺得，只要讓他們知道眼前有龐大的新利益，沒必要再去爭配額有限的稅金，他們很可能就會把這場衝突付諸流水。」

「……」

現在換克里凡多逡巡是不是該考慮我的想法了。

他看起來像個會憑感覺執行魯莽計畫的蠻族，事實上卻是實事求是的策士。

於是我下定決心，乾脆用他的角度來檢驗自己的想法究竟有多實際。

「新大陸或許只是水手們漫天胡扯的鬼話。但假如——」

想吞口水，才發現嘴裡好乾。

「假如，有足夠證據讓人相信新大陸真的存在呢？」

克里凡多肯定與大陸那邊類似於異議分子，試圖刺激教會的人士有聯繫，說不定能說服他們前往新大陸。

當這些牆腳被挖掉時，注意戰局的教會決策群也將不得不改變方針，而這部分正與迦南的計畫相通。

迦南的計畫是很棒沒錯，但執迷於爬上山頂的方法只有一種就未免太愚蠢了。

「如果情況允許，您願意往這方向推進嗎？」

我不知道他們綁架我到底是不是一時失手，至少克里凡多沒有對我施行不必要的逼迫，表現得像是要利用這機會拉攏我，或至少是希望我理解其想法而與我溝通。

然而他根本就沒想到，同伴抓錯的人會突然提出另一種出路吧。

克里凡多手摀著嘴低吟起來。

「……我已經很瘋狂了，居然你也……」

那表情彷彿見到了五條腿的青蛙，但這個外表粗野的王子，還具有想看五腿蛙能跑多遠的好奇心。

「呃，這個新大陸嘛，對喔……」

王國與教會的衝突，可說是異教徒戰爭的餘火。只能在戰場求榮的克里凡多與其同伴，是用盡一切努力要用劍照亮那餘火的一群人。

然而異教徒戰爭已經結束，我相信現在需要的是符合新時代價值，並非戰爭的解決手段。

「說不定我太小看你了。」

「在愛作夢這方面，我想確實如此。」

克里凡多愣了一下後自嘲地笑。

「我可不能在這裡輸給你。」

他臉上那真切的懊惱，是因為刺激教會與其對立勢力來場大戰的計謀，雖然是他們認真思考到最後，但他們也知道這手段激進到被人嗤之以鼻也不奇怪吧。

克里凡多的身體往椅背重重一壓，視線在天花板尋找蜘蛛網似的投向遠方。

「這想法很誇張……也很可笑。不過冒險這種事，就是要笑得出來才好。」

我真的覺得他跟繆里能聊得很投機。

「然後走這條路，就不會跟頑固的海蘭撞上了。是吧？」

諾德斯通家裡將世界塑為球形的大球體，使我不敢當即同意。如果那是尋找新大陸的重大線索，教會教義將會被迫進行大幅修訂，招致信仰危機。我不知道海蘭這樣信仰純正的忠僕，是否能接受這種事。

可是新大陸也和迦南的計畫一樣，至少能避免全面開戰，王國也不會被教會踩在腳下。最重要的是，一旦那個球體真的造成信仰問題之後，那也將會是我的戰場。

在信仰的戰場上，我這不才兄長肯定能比繆里更勇敢。

「我相信會有好的結果。」

我這種除了神旨以外不敢斷言任何事的聖職人員式答覆，惹來克里凡多的淺笑。

可是他也這麼說：

「她的頭硬得跟石頭一樣。要是跟她對立，恐怕會比說服神還要辛苦。」

克里凡多笑到最後吁了口氣。

「我們有我們自己的顧慮，而你們……喔不，我妹有我妹的顧慮。」

如同迦南他們也擬出計畫，這世上一定有許許多多的人正為了解決各自的問題竭盡心力。

「我和我妹的顧慮，原先是一黑一白沒有交集。說不定你們也會因為自己獨特的顧慮，用墨水畫出一道聯繫你我的橋梁。」

「但願如此。」

如此回答後，我覺得實在有補充的必要，便說：

「但是，這取決於我能找到多少證據來證明新大陸的存在……」

「就是這樣。不過呢，再怎麼樣都比沒有備案好。是吧？」

剎那間，我腦中浮現繆里說起她將無法實現的夢寫成騎士故事時的表情。

沒錯。希望他別把那當成適合慘笑的悲情夢想，而是實際的有趣備案。

我有足夠理由相信，克里凡多很可能會是我們寶貴的戰力。同樣地，我冀求他也能注意到我們的聯繫。

「登上山頂的方法，不會只有一種才對。」

「希望是這樣。」

克里凡多王子往前彎腰，伸出右手，並對驚訝得睜大眼睛的我俏皮地眨動一隻眼睛。

「這裡沒人替我們見證，算不上是任何誓約，但這樣至少能了解我們並沒有互相憎恨吧。」

所謂的信任，或許就是這麼回事。

「當、當然。」

我也伸手握住那厚實的手。儘管無人見證令人惋惜，不過現在這樣或許已經夠了。

「那麼……我們先把美好的未來放一邊，回來談麻煩的現實吧。」

「咦？」

好好地怎麼突然這麼說？我不解地往克里凡多一看，結果他出現繆里那種不敢置信的表情。

「拜託喔，你是被我們綁來的耶。這個問題完全沒解決到。」

「啊……」

「當然，抓你真的是抓錯人。我們這邊啊，有好幾十個只能看大哥迎娶可愛新娘，歌頌貴族生活，自己卻一點著落都沒有的年輕人，只能把希望全都放在不平凡的結局上。再加上同伴之間彼此會有立場之爭，又不想讓人看笑話，想退出也不敢退，希望感覺愈來愈渺茫，大家都很急，不找點事來做就好像會發瘋的人也一大堆。所以才會不管三七二十一就去抓教廷的人，希望王國和教會會因此打起來這樣。」

然而計畫魯莽歸魯莽，進行得倒是十分順利。

除了抓錯人這點以外。

「我跟你談得很有進展，可是說聲抱歉放你回去以後會怎麼樣？我知道海蘭恨我、討厭我，把我當成國家的毒瘤，而這不是沒有理由的。在這種狀況下抓走黎明樞機，她會認為是誰為了做什麼而幹的呢？」

如果有個人動不動在我面前亂揮匕首還口出惡言，就算沒親眼見到他殺人，我也會懷疑他是凶手。

「所以要平平安安地送你回去。這裡的平安，是指我們平安。」

無論克里凡多王子勢力有多大，只要站在正統王權這邊的海蘭真的翻臉，他們勢必是無法全身而退。與王城一戰，是真的無路可走時的最後手段。

再說，只要想想她聽說聖庫爾澤騎士團遇襲，猜測犯人恐怕是受到克里凡多王子陣營指使的冰冷眼神，實在不難想像海蘭獲報我被擄時會怎麼想。

「就算要你別把今天的事說出去，她也不一定會聽你解釋，搞不好還把這當作是判我死刑的好藉口。」

「……海蘭殿下是個理智的人。」

我對自己擠出的回答也沒有自信。而且想像海蘭因擔心我安危而採取行動後，我想到另一個更需要擔心的人物，她失去理智的後果遠甚於海蘭之上。光是被想像中的那雙紅眼睛瞪穿，我就惶恐得像是掉進地上開的大洞裡一樣。

「對、對了，真正該擔憂的不是海蘭殿下！」

見我急得從椅子跳起來，克里凡多王子錯愕地半張著嘴抬頭看我。

「這、這裡是什麼地方？離薩連頓夠遠嗎？」

當時下雨，繆里沒法用味道找出我吧。然而融雪季尚未完全過去，道路即使不稀爛也很柔軟，雨後肯定是十分泥濘，會留下清楚的腳印、貨馬車輪痕或馬蹄印。

「這裡是我朋友的房子，離薩連頓幾刻鐘……你是擔心輪痕馬蹄印那些嗎？就算他們追得過來，也是明天天亮以後的事吧。現在雨停了，但看不到月亮。等到天亮以後，早起的牧羊人應該會把所有痕跡都踩掉。」

因此沒人找得到——以人類而言。想到這裡，我猛然往窗口看去。

溫菲爾王國有遼闊的平原，而貴族大多會在宅邸周圍留下森林，以儲備柴火或不時之需，夏瓏和克拉克的修道院也是如此。即使用力祈求外面其實在下雨，窗外仍充滿雨後的靜謐。

於是我吞吞口水，往窗外凝視。

最後在沙沙搖晃的黑壓壓樹林裡，找到一雙發亮的眼睛。

一隻貓頭鷹呼呼叫一聲，飛走了。

「怎麼啦？」

「……」

「喂，你怎麼臉都綠了？」

位置早就曝光啦。繆里認真跑起來，薩連頓到勞茲本只是一下子的事。她一定是直接衝進夏瓏她家，急得要一口吞掉似的拜託她找人。接著鳥群立刻起飛，以薩連頓為中心飛越雨後的天空，沿途呼叫鳥同伴一起找。想躲開牠們，就只能像修道院建地的狐狸母子那樣躲在地下。

既然繆里她們已經找出位置，這裡就不安全了。

不安全的當然不是我，是克里凡多他們。他們不再是敵人，在希望找個妥善方式解決國內問題與雙方衝突這一點上，還可以視為目的相同的寶貴同伴。

「快——」

話說一半，我忽然閉上了嘴。逃？自力還是騎馬？不管用什麼方式，她們都肯定追得上。對方是銀狼和支配天空的鳥類，離開這房子與我分散，對他們來說還比較危險。

儘管相信海蘭會願意聽克里凡多解釋，但還得考慮到繆里因為我被抓而比海蘭更失去理智的可能。

假如今天是繆里被抓，我也不敢保證自己能保持冷靜。

「喂，你也太緊張了吧？難道你是跟童話故事一樣，沿路灑麵包屑什麼的嗎？」

克里凡多感到我反應非比尋常而乾笑著問。

不曉得該怎麼解釋的我只好這麼說了：

「我的同伴裡有深山長大的高超獵人。」

對於在平原國度生活的人而言，這樣的說法似乎很有效。

他大概是想像了酒席間所聽說，形同魔法師的林中隱士。

「你、你那位同伴知道這裡情況以後，能接受這只是誤會一場嗎？這個，雖然說我們要抓的那個教廷來的人一樣是你們那邊的啦……」

「……」

就算我替克里凡多他們說話，海蘭那邊也可能認為我是受到逼迫。更糟糕的是，或許會有人氣到連聽都不肯聽。繆里很聰明，但她不像活了幾百年的母親賢狼那麼沉穩。說不定在我開口之前，她就從黑暗之中把人一個個拖進森林裡去了。

很可能直到屋裡一個人也沒有，我才終於發現繆里的存在。

該怎麼辦？即使現在與克里凡多王子完全聯手是言之過早，將他們當強盜剿滅也顯然是個錯誤。更重要的是，當迦南的計畫失敗時，他們十分可能在尋找新大陸這方面與我們並肩作戰。

此時此地，能幫助克里凡多他們的就只有我一個了。

「逃也沒有用，一定會被她追到。不留在我身邊的話，不管講什麼他們都不會聽，當場就宣判罪行。」

聖庫爾澤騎士團遇襲後，國王已經下了某些命令也不足為奇。

就算不會隨便處死克里凡多，跟隨他的低階貴族次子三子就不在此限了，直接就地斬首也不是不可能。

「而真正可怕的是我那個同伴。如果不想個辦法，你的同伴們說不定會被她無聲無息地從暗處撂倒。」

克里凡多嘴角開始抽搐，不禁望向窗外，似乎是相信了我說的話。

「快請所有人進屋裡來釘好門窗。等對方火氣降下來一點以後，應該會有對話的餘地。」

最好是全部聚在一個大房間裡。站到了敵對的立場，我才知道繆里是多麼可靠。

「打籠城戰嗎……可是這樣解決不了問題吧？海蘭見到我以後，還會願意放過我們嗎？你來說情也沒用吧。」

雖想反駁，但這與夏瓏和海蘭不懂我和伊弗的關係是相同道理。我無法一口咬定克里凡多設想的最壞情況不會發生。

「不如直接再把你捆起來，把『想要他活命就乖乖聽話』的戲碼跑一遍，如此會不會比較有機會？」

「這樣你們不就決裂定了嗎……」

「至少你還會相信我，是吧？」

在克里凡多的褐色眼睛注視下，我似乎能了解為何有那麼多人願意跟隨他了。

「要當壞人就當到底，這也是很合理的事。」

我知道民眾對他們的觀感還不壞，這應該是玩笑話。

若他們真是自私自利到不惜掀起內亂的集團，民眾對他們的觀感會完全不同才對。

「所以呢，我會以釋放你為代價，嘗試說服她對我留在王國的同伴高抬貴手。如果我妹也是神的忠僕，答應了就不會毀約才對。」

克里凡多的視野比我廣闊，知道內亂主謀逃亡國外後，殘黨必然會遭到清除，但我不認為這樣做是對的。

我很明白他們這樣做並不值得鼓勵，只是他們並不是沒有苦衷，且就算成功抓到迦南也不像會對他施虐。頂多是嚇唬嚇唬他，假稱王國與教會的關係已經差到極點就放他走了吧。

即使他們應該為所作所為受罰，斬首也未免太超過了。

另一方面，要是上演拿我當人質這種戲碼，真的會讓海蘭和克里凡多之間的裂縫加深到無可彌補的地步。

「應該有更好的方法才對。」

這麼說之後，那親民的義賊首領聳了聳肩。

「你真是一個好人。」

那揶揄的口吻，給人心意已決的感覺。

反而令人氣憤。

「這樣只會造成更多誤會而已啊！」

他們的行動是出於他們的苦衷，絕不是外人可以隨意低蔑。王國與教會的衝突，將不由分說地席捲各種立場的人。若不懂得站在他人立場設想，我也不會堅守信仰到今天了。

「……不然我還能怎麼做？」

說得沒錯。這個狀況，大致上是克里凡多王子他們自作自受。

他們抓我是事實，他們被視為危險分子也是事實，不是一句誤會一場，別人就會不予追究。

這麼說來——

有必要當成不是誤會？

「塑造成我有意與你對談怎麼樣？」

「嗯……嗯？」

王子的粗眉高高聳起。

「如果當作是我自己來到這裡，海蘭殿下也會收兵吧。」

他才展開深皺的眉頭，隨即又投來質疑的眼光。

「用什麼理由？你要背叛我妹嗎？」

就是說啊。若這理由成立，就表示我和克里凡多暗中往來很久了。我當然不願意想像海蘭以為我是叛徒後會多傷心，且說句僭越的話，我想海蘭根本就不會相信。克里凡多對自己異母妹妹的性格，似乎也有這樣的了解。

但是，我並不害怕，總覺得自己在這條思路上抓到了些什麼。在將一切都往壞方向推的河流裡，出現了那麼幾塊踏腳石。

「以促成您和海蘭殿下和解為目的怎麼樣？」

並拋出石頭，尋找踏腳之處。

管這種閒事，的確是保密也不奇怪。

「嗯……這有需要避開護衛的耳目嗎？就算和我見面需要掩飾行蹤，也有輕重緩急要顧。尤其是那個連你都怕的追蹤高手，應該沒必要一起騙吧？他會急成那樣，不就代表他就是那麼關心你嗎？」

「唔。」

有道理。隻字不留就突然從旅舍消失不見，會害繆里擔心成什麼樣，根本連想也不用想。

克里凡多之所以沒什麼意願，是認為輪不到理應責怪他們的我來替他們傷腦筋，希望我別再多管吧。

他與海蘭雖是異母兄妹，但在這一點上感覺得到他們共享著同樣的血統。

「就只是欠一個足以讓我主動過來的理由而已！」

我激勵自己似的這麼說，加緊動腦。

究竟還能用什麼名義？

現在不能放克里凡多他們逃跑，既然他們勢必得面對海蘭，想化干戈為玉帛，就得需要足夠有力的名義。夠我忽然從旅舍消失，與應屬敵方克里凡多王子會面的正當理由。

一個能解釋這場複雜密會的合理緣由。

「你也快幫我想啊！不是要救朋友嗎！」

克里凡多從未以部下二字稱呼自己的跟隨者。

他握有王位第二繼承權，是僅次於國王與下任國王之下，這國家權力第三大的人。然而卻因為同伴爭面子而造成的綁架烏龍，在天黑以後趕來收拾爛攤，弄得滿靴泥巴。這樣的人，不可能是壞人。

頭痛之中，克里凡多嘆口氣說：

「感覺立場好像亂了……總之好吧，看在朋友的份上。」

克里凡多無奈一笑，蜷著背端起下巴。

「對了，你們來薩連頓是為了什麼？」

「……？」

「你們是來找人的吧，這部分可以當作理由嗎？比如說……我們手上有重要線索，所以才和我們接觸之類。」

這原本是個好辦法，但現在有個重大的問題。

「我們已經找到那個人了。」

「噢，神啊祢這混——」

他是想說混蛋吧。

「但還有問題要解決。那個人因為私人的緣故，對未來絕望到了極點。我們實在很需要那個人的能力，可是他提不起半點力氣。」

「嗯……那往我們有辦法解決他的苦惱想怎麼樣？」

「……」

「沒這麼剛好的吧。算了，當我沒說。」

「……」

我答不出話，是因為聽見了往黑河拋出的小石擊中硬物的聲音。

「……不會。」

「嗯？」

「可以。真的可以。」

現在換克里凡多瞪眼了。

「不要亂說喔，沒必要安慰我。」

「不是！真的可以！這真的可以！」

我從椅子跳起來，抓住克里凡多的肩膀猛搖。

「先等一下……對，呃……沒錯，就是這個。我怎麼沒想到呢。聽強先生說那些事的時候，我早該想到您的名字了。」

「……什麼？」

「因為那個工匠和您，都需要一場光采奪目的戰鬥。」

克里凡多表情很是疑惑，但我怕解釋下去，這想法的泡泡恐怕尚未完全成形就要破掉。強的消沉和克里凡多他們的問題，應該能以一個「戰」字串在一起。

但我需要一個必須隱瞞迦南和奧蘭多，甚至得在不告知繆里的情況下離開旅舍的藉口。非得想出一個能讓一切都漂亮契合的說詞不可。

「那位工匠很想參與戰爭的世界，可是他一點力氣也沒有，只好往詩歌發展。」

還怕我解釋得太含糊，克里凡多卻深感認同地點了頭。

「我的朋友裡也有這種人。畢竟貴族的靈魂跟戰爭綁在一起，生來虛弱的人就只能走那條路了。這麼說來……要當成你想把工匠介紹給我們嗎？讓他知道有機會發生戰爭？但是這樣，該怎麼說……」

「怪怪的呢。」

因為我的立場本該是和海蘭一起阻止戰爭發生。

然而這方向應該沒錯。

我費盡心思想讓迦南的計畫成形的設定，並沒有問題。然後一不做二不休，為準備足以說服強的故事而與本該是宿敵的克里凡多派接觸。這樣的劇本是十足地可以成立才對。

不過這樣會變成我臨時變卦，去推助本該阻止的戰爭。

如果要不顧後果到這種地步，不是應該先接受迦南的列聖計畫嗎。畢竟只要列聖計畫成功，即可解決資金問題，重建修道院和營運都變成旁枝末節。

再加上強的協助，要印出滿坑滿谷的聖經也毫不費力。在這樣的狀況下特地密會克里凡多，必須具備遠勝於列聖計畫的誘因，或是有連帶影響。

然後是繆里的問題。為何有需要瞞著繆里離開旅舍？

這是最大的難題。

這和隱瞞在諾德斯通家見到的球體模型不一樣，我可是想略過繆里，做出這場冒險中的重大決定。

想到她會有多傷心，我就心如刀割。

就算撇開這不談，海蘭也比任何人都看重我和繆里的感情。要是無法說明我為何瞞著她密會，海蘭立刻會看出其中的欺瞞，不聽我辯解，最終導致克里凡多受刑。

「總之大綱是……你為了討好那個工匠，需要一場光采奪目的戰鬥，於是和計畫戰鬥的我們接觸。」

克里凡多這麼說是為了整理思緒吧。

「光是這樣的話，就像是要把大顆的圓形水果塞進小小的方形盒子裡。好像進得去，其實做不到。再說，到底是需要怎樣的戰鬥？」

對，怎樣的戰鬥？要盛大到有機會說服強，且能將迦南的計畫擺一邊，甚至瞞著繆里進行。要編出怎樣的故事，才能同時符合這三個條件呢？

「更何況從你之前做過的事來看，真正的戰鬥肯定行不通。這樣就夠難的了。」

「就……就是說啊。」

因故遭國家放逐的王子，歷經千辛萬險後奪回王位的故事，在酒館總是很受歡迎，但搬到現實裡來實在太不自然，更與請強協助的目的矛盾。

難道真如克里凡多所說，不如狠下心與海蘭和國王那邊決裂，演一場拿我當人質的爛戲，對他們還比較好嗎。

到時候，克里凡多他們將再也無法踏上故土。

我實在不認為那樣符合正義。

「黎明樞機先生啊，我已經很了解你的為人了。而且你現在直接認識了我，不再只是聽信我妹的片面之詞。」

克里凡多挺直了背脊說道。

閃現的希望，沒入了黑漆漆的湍流裡。

「要演戲，就得在他們包圍這裡之前演。要是老爸……國王派兵過來，那就真的玩完了。」

的確如此。或許是因為站在生死邊緣的是他們，只有我處境安全，才能眼見克里凡多起身作準備，自己還在這慢悠悠地拘泥於思考良策。

而克里凡多的方法不僅能解釋一切，還能避免傷害繆里。

「不好意思啊，又要把你綁起來。」

我很努力地擠出笑臉，不知道看起來到底怎麼樣。

克里凡多搔搔頭，往房門走。

那高大的身軀，形同守護、指引眾人的騎士。

當我不禁心生敬畏，起身握起脖子上的教會徽記時——

「或許這樣說能讓你寬心一點，我會寫封信告訴我妹，說你現在平安無事……呃，又怎麼了？」

克里凡多開門之際轉向我，愣在原地。我似乎聽見了他在說話，又好像沒有，視線專注於一點，無法自力挪開。

視線彼端，是貴族宅邸常見的擺設之一。冷冰冰的石造樓房裡，用來防止牆邊冷空氣擴散，並對客人展示家族榮耀的東西。

「……掛毯怎麼了？」

以各種彩色絲線編成的掛毯，描繪著一個場景。眾多騎士騎著馬，手上拿著尖槍，在城堡前戰鬥。可是那不帶血腥，反而有種異樣的絢爛。騎士背後有群樂手高鳴號角，周圍是一群捧著花朵的女性。城牆上有國王王后等顯貴觀戰，插滿了各色旗幟。

因為那是騎士們仿照戰鬥而——

心裡響起繆里那些話。

那場盛大的活動，眾騎士共襄盛舉的戰鬥。

「騎槍比賽。」

一切的答案都在這裡。

「可以。」

「什麼？」

克里凡多的視線在我與掛毯之間來回往返。

「這可以。我是基於某個強烈的理由，來到這裡和你商量的。」

我沒說這是神的安排。迦南或許會這麼說，但他並不是畏畏縮縮地等待命運流入口中，而是主動前進找到出路。就連繆里也在放棄在戰場上衝鋒陷陣的夢想之後，找到了另一個能編織夢想的舞台。

那我也不能輸給他們。

既然我老是空談理想，就該偶爾把現實塗進理想裡，給其他人看看。就像把又大又圓的水果塞進方盒裡，繆里將桌上佳餚全塞進嘴裡一樣。

「我有一個必須解決的問題，同時您和海蘭閬牆是王國的損失。我有義務遵從神的教誨，幫助兩位和解，絕不會讓兩位走向無法挽回的決裂。」

克里凡多縮縮脖子，一個大個子用小小的聲音抗議：

「說我跟她不合，那只是她自己對我有意見而已啊……」

「那不重要！」

我大聲打斷他，重新檢視整個計畫。

關鍵是騎槍比賽。以這為名義，就能繞過強、迦南和繆里的撲咬，直達克里凡多，將一切串在一起。

「我是無論如何都有來到這裡的必要。」

我說得像不當自己的事來看一樣。

克里凡多放開門把，嘆了口氣。

「能請你解釋清楚嗎？」

他少年時期都是這樣向教師提問的吧。克里凡多坐回椅子上，舉起了右手。

在薩連頓，克里凡多的同伴避開他人耳目，與獨自待在旅舍的我接觸。這場會面對我的立場會有很大的危險，於是綁起老闆偽裝成強盜以防不利謠言。

讓各位替我操這麼大的心，實在萬分抱歉。尤其是繆里，我已經做好被她咒罵三天三夜的準備了……

我將這樣的信和碰巧戴在身上的手帕一起交給克里凡多的同伴，連夜送往薩連頓。如果繆里在附近遊蕩，應該會注意到我的氣味。若是在薩連頓磨牙，也會事先了解我現在安全無虞。

向克里凡多說明計畫後，這位高大的戰士立刻彎著腰低吟起來，最後的答覆是：「這樣勝算是比拿你當人質高沒錯……」

聽我說就算要拿匕首抵住自己的喉嚨，也要保住他們的命，他苦笑著往我背上拍了拍。

這晚，儘管不認為會有一堆官兵破門湧進來，我還是和克里凡多的同伴們一起睡在一樓的大廳裡。

怎麼也放不下心的我被細小聲響吵醒，直到黎明時分，想看看屋外狀況而到二樓房間開窗之後才鬆了口氣。

對著昨晚下雨而濕度偏高的紫色天空吐出暖暖白氣時，一隻大鷲降落在窗口。

「……給妳添麻煩了。」

鷲之化身夏瓏鼓起身體，嘆氣似的縮小。

「繆里她……怎麼樣了？」

『你先問這個啊？』

不會扭曲的喙彷彿彎成了笑的形狀。

「她應該擔心死了吧……」

夏瓏眨眨大眼睛，左右扭扭脖子。

『我可分不出狼是在笑還是在生氣。』

總之就是露出牙齒高吊嘴角的臉吧。

『海蘭幾個中午過後就會來到這裡，自己看最準。』

接著夏瓏從窗口往房裡看幾眼。

『他們對你還不錯嘛。』

「是啊，大家都很親切。」

她對我白了一眼。

「本來就是搞錯人嘛。」

『你這個藉口真的拗得過去嗎。』

從夏瓏的口吻，可以想像海蘭把這件事看得多嚴重。

「沒問題的。」

『嗯？』

「所謂雨後地更實嘛。」

夏瓏轉向外頭，那是一整片雨過天明的晨景。

『反正你也幫過我們不只一次了。』

「這次都是你們幫我。」

若說這不帶些許謙虛，那就是騙人的了。夏瓏用頗為尖銳的眼神盯著我瞧。

『受不了。正要準備睡覺就有狗跑過來，害我花了好大的力氣才唬過克拉克。』

可以想見當時的情境。

「總之，我改天再登門道歉。這次應該可以一併解決修道院的事，能請妳包涵包涵嗎？」

『……』

夏瓏盯了我一會兒，拍拍翅膀。

『我等著看神的奇蹟。』

說完就霍一聲飛走了。

隨後房門敲響，克里凡多探頭進來。

「抱歉，你在晨禱嗎？」

「不，只是窗口上有一隻大鷲。」

「這樣啊……」克里凡多伸長脖子，出聲感嘆。

「某個聖人的故事，也有過會到處跟鳥啊羊啊，甚至蛇和蜘蛛傳教的聖職人員。」

這讓人有些難為情，不過這玩笑讓我想起迦南的計畫。

在我這個能讓事情圓滿結束的計畫中，唯一無法兼顧的就是迦南的列聖計畫了。不管怎麼想，就只有這件事依然懸在空中。不只是規模巨大，主要是因為我有別的顧慮。

我能想像克里凡多與海蘭握手言和，忘卻嫌隙。

但成為聖人受人崇拜這種事，別說無法想像了，我甚至不願積極往這方向走。

我當然知道這不是應以個人好惡抉擇的事，等這場意外過去，我也會認真檢討。

「那我去把樓下的人叫起來洗臉了。等我妹率兵過來，他們連衣服都整平了吧。」

與貴族對峙就該拿出貴族的樣子，不能表現得像群籠城的山賊。

「戰鬥這種事，觀感也是很重要的呢。」

高頭大馬，鬍髮濃密，十足粗野強盜頭子樣的克里凡多說這種話，特別有說服力。

「反正再急下去也沒用，先吃個飯吧。」

他老朋友似的拍拍我肩膀，看向窗外的平緩下坡如此說道。

如夏瓏所料，由鋼鐵披掛的馬匹所率領的隊伍，在午後不久抵達了。

「你們幾個，都給我抬頭挺胸。我們有黎明樞機撐腰！」

克里凡多面帶略僵的笑容激勵士氣。這關乎會不會被送上絞刑台，不遜於真正的戰鬥。所有人嚴陣以待，因為爭面子而誤綁了我的人也在其中。那些人臉上有些瘀青，大概是捱了克里凡多的巴掌吧。

克里凡多說過，想在人生中輝煌個一次並不為過，我也是這麼想。

論緊張程度，我與他們差不了多少。

因為我完全無法想像海蘭和繆里如今是作何表情。

「走吧。」

推開了宅子的雙開門，午時陽光一口氣灌入門廳。

我們抵抗那激流大步前進，在眼睛習慣後看清對方的陣容。

「竟然沒逃走。」

雖不至於全身鐵甲，海蘭仍戴上鐵盔、手甲與附帶馬刺的厚靴，腰間掛了把與禮劍相差甚遠的厚重長劍。

背後還有幾十名步兵。

「逃什麼逃，我們又沒做虧心事。」

確定所有同伴離開房子後，克里凡多如此答覆。

「國王有令。」

海蘭以下巴示意，候於身旁的奧蘭多便攤開一卷羊皮紙。

從這裡當然是看不清寫了什麼，但仍能看見那鮮紅的蠟印。

「發現反賊當即逮捕。」

隊伍裡有十來匹馬，裝備精良的長槍步兵是其三倍之多。

若連夜趕路，步兵也能從勞茲本跑來這裡，但這些兵馬我想海蘭是利用王族權限向鄰近貴族借調來的。

然而，其中沒有繆里的身影。還以為她一定是怒沖沖地抓著劍柄登場，結果找不到她。迦南和魯．羅瓦也不在，挑起我的不安。

「反賊嗎？那就沒事了。」

克里凡多看了看我說：

「我實在料不到事情會變成什麼樣，就和黎明樞機好好地談了一整晚。對於隱瞞這件事，我向妳道歉。」

海蘭聽了這番說詞也面不改色，視線朝我投來。

「沒事嗎？」

聲音很剛硬，沒有平時的親切，使我挺直背脊。

但現在不是畏縮的時候。

「是的，我和王子對話了很久。」

海蘭點點頭，手扶劍柄。

「我現在指控你綁架為王國奔波的黎明樞機，你有什麼話想說？」

海蘭背後的士兵也一起擺出備戰架勢。我們背後的人都難免有些緊張，而克里凡多自己當然是不為所動，我應該也是。

我深吸一口氣，開口說道：

「這裡頭似乎有些誤會。」

並站出一步。

「誤會？」

海蘭皺眉望著我。她是第一次對我有這種表情。

「海蘭殿下，您有接到報告，說明我們來到薩連頓以後遭遇的問題嗎？」

海蘭慎重地頷首。

「有。你們找到了工匠，需要說服他提供協助。」

「是的。因此，克里凡多殿下在這時與我見面，正好幫了我們大忙。」

克里凡多在這時清咳一聲說：

「我聽說你們在薩連頓不知道到處在打聽些什麼，而且你們好像也以為聖庫爾澤騎士團的事是我們下的手，所以就派人去打聲招呼了。」

這樣的說法幾乎是踩在擺明說謊的邊緣上，但在克里凡多粗野口氣的渲染下，聽起來頗像那麼回事。

「總之先把騎士團的事擺一邊吧，沒結果的。」

「所以呢？」

據傳為王位不惜引發內亂的王子，帶走了黎明樞機。海蘭的眼告訴我，在這樣的狀況下，他說什麼也無法開脫。

那不只是因為她擔心我，主要是她對克里凡多的多年偏見所導致。

而我應該能夠將狀況解釋清楚，促進他們和解才對。

於是我大口吸氣，說道：

「想說服強先生，我需要克里凡多殿下的協助。」

「……？」

海蘭眉頭愈皺愈深，看得我有點害怕。我也知道這聽起來很不合理，但這應該正是能將大顆圓形水果漂亮塞滿方盒的方法。

「我們需要舉辦一場騎槍比賽。」

那是騎士與立志成為騎士者展現平日鍛鍊結果的戰鬥盛宴。

距離我非常遙遠，卻因為繆里而遺留在我腦中一隅。

「騎槍……？等等，寇爾你——」

這話是她始料未及吧。我趁海蘭臉上閃過平時表情時加快唇舌，盡可能誇大地說：

「這場面一定會是空前盛大，畢竟每個人都知道克里凡多王子在國內有怎樣的風評。要是他的對手是您或下任國王，不曉得會引來多少目光。」

如此無恥的想法，是魯．羅瓦提議的延伸。他說如今最引人注目的黎明樞機若寫下抨擊教會的書，將會是難以估計的天價。這樣的想法，翻遍我腦袋也找不出來。

然而世人的耳目，說穿了就是那麼庸俗。

「不僅是克里凡多王子，這裡每一位都是日益鍛鍊，受過騎士禮教的人。他們只缺一個能發揮所長的地方，不是嗎？」

相信海蘭不會不懂他們的背景，不至於沒有任何同情。克里凡多說過，海蘭的偏見是來自同族相輕。

「那會是一場在王國內所有史冊都留下記錄的盛會吧。所以理所當然地，我們需要一枝筆來記錄這場騎士雲集的英勇戰記！」

強都對獲得騎士身分的繆里那麼感興趣了，肯定會愛死這件事。屆時請海蘭以王族身分正式委任他寫下記錄，以這殊榮換取他手中的技術……

就算強依然不願協助，這計畫仍具有大力推進複製聖經計畫的力量。

因為——

「地點就選在修道院建地吧。」

海蘭聽得連回話都不會了。

就只是目瞪口呆地望著我。

「那是古帝國時期知名騎士曾住過的宅院，正適合辦這種盛會。一定會引來無數詩人競相高歌，成為王國內無人不知的名勝。不僅巡禮者川流不息，王國內所有愛參加這種盛會的人也一定願意慷慨捐獻。」

被視為反賊首腦的叛逆王子與正統王權的守護者在賽場上對決這種事，是一輩子都不一定會遇上一次的事。而且如此以花瓣與號角妝點的騎槍比賽，沒有會破壞人民生活的血腥。

這是個能夠無後顧之憂地共饗的舞台，沒有哪裡條件比這更好的了，全國的貴族會期待自己成為這場傳說的一部分吧。

「到時就算把修道院修整得華美氣派，都還會有找呢！這筆龐大的捐款，將會是能把希望化為實體的資金。」

有了這龐大的捐款，哪怕得不到強的協助，也有錢僱用足夠人手散布聖經。若有強的協助，可說是沒人擋得住我們了。

「只是──」

我終於停下說個不停的嘴。

至今的解釋，應足以說明我為何會在克里凡多王子的屋子裡歡談一晚，為何克里凡多王子並非反賊。但海蘭仍可能固執地認為，沒心機的黎明樞機是受到惡毒的克里凡多哄騙，因為我還沒解釋為何需要在隱瞞繆里的情況下離開旅舍。

可是海蘭也注意到這條路已經斷了吧。

她一定比我更清楚繆里是多麼熱衷於騎士的一切上。

「只是，克里凡多王子說得沒錯，我們之間仍有所猜忌。談過的事會怎麼發展，只有神曉得，任何決定都得慎重理智，不可以感情用事。就算因為想法不同而拆夥，也不要結怨。」

海蘭表情愈發凝重。那是因為她知道我說得都對，且明白那個可能罔顧正道的人是誰。

「言歸正傳。如果知道我要去談這麼好玩的事──」

稍遠處的林子裡似乎傳來沙沙搖晃聲。我刻意不看，繼續說：

「那個野丫頭一定會無論如何都要把它辦起來吧。就算我真的是受到王子殿下的哄騙也一樣。」

我不認為繆里有那麼孩子氣，但她的前科使我無法完全否認。

這裡就只能給繆里背點黑鍋了。

不難想像若繆里在場，將很難靜下心來與王子討論比賽事宜或利益交換。我都能看見她眼睛發光地踮著腳尖，擺動她藏起來的耳朵和尾巴了。

海蘭應該也能想像，萬一克里凡多提出我們吃虧的條件，沒信心做出理性判斷的我，說不定會單純為了不讓繆里失望而順了對方的意。

「海蘭殿下，您也能想像得到吧？當我們準備放棄合作，她會又哭又叫地阻止；真的放棄以後她也會張嘴咬過來，要我們自己辦這場騎槍比賽。」

然後寵繆里的海蘭就會在資金已經很窘迫的狀況下，為額外的事操煩。

當然，問題不在於這些事是否能夠避免。重點是在這裡有足夠說服力，能使她想像那情境。

黎明樞機神不知鬼不覺地從旅舍中消失的事，可以有很多種解釋。既然除了神以外誰都看不清真相，那就該選一個最驚奇，能讓人笑得最大聲的說法。

「你……」

海蘭終於回神，以仍未站穩的神情說：

「你……真的是……」

海蘭也不知如何表達自己滿腔的思緒吧。

但我不認為那會是負面的情感。

「在擅自行動這點上，我願受責罰。但是，身為與您思想共鳴，為宣揚神正確教誨而奮鬥的一分子，有句話我必須說。」

我轉向身旁，抓起克里凡多粗厚的手向前走。海蘭與奧蘭多紋風不動，只有背後士兵有些緊張，金屬裝備鏗鏗鏘鏘地碰撞。

將克里凡多帶到海蘭面前後，海蘭表情一整個糾結地往我看。到了這一步，連我也看得出來，海蘭是用盡全力裝出這凝重表情的。

而且說不定，從一開始就是。

「同一血脈的人，應該和平相處。」

這不是會對大人說的話，他們的狀況也不是王族外的人可以置喙。不過他們倆應該都明白，如果這是能自力解決的事，他們早就有所行動了。

西亞托師傅和奧蘭多對峙時的解法，值得我們學習。

雖然我沒有繆里那麼可愛，在天真這點上，不會輸給她太多。

就像王國與教會，或許只要有個契機，他們就能和解。

若我能成為那個契機，就算嫌我多事而疏遠我，我也甘之如飴。

「來，握手言和吧。」

給吵架的人仲裁這種事，我在紐希拉的溫泉旅館替村裡小孩做了很多次。海蘭和克里凡多的表情簡直跟那些小孩一樣，就是不面對對方，但視線不時往對方瞥。我交互看看他們，沉默地表示有哪裡不滿就先說出來。

不知是領會了還是如何，先伸出手的，是克里凡多。

「我對妳沒有半點意見。」

那兄長般居高臨下的感覺，只是一瞬之間。

「不過，我可能從來都不是一個好哥哥。」

我不知道他們小時候處得如何。

但我相信，沒有跨不過的塹。

海蘭注視克里凡多的手，又往我看來。

「……說不定我會怨你一輩子。」

她的藍眼睛真摯地看著我，與克里凡多握手。

「至少給我一點心理準備的時間。」

兩人手緊緊一握。或許是體重差距的關係，海蘭晃了一下。殼剝開之後，露出的是極其尷尬的自然笑容。

「大哥那邊會很錯愕吧。」

「……騎槍比賽啊……」

大概是出於一身反骨精神，克里凡多笑得像是只要能讓國王傻眼，幹什麼都好玩一樣。正經的海蘭想到國王不知會如何看待這整件事，顯得很乏力。

「怕什麼。只要我乖乖低個頭，妳的聲勢就會上漲。再大的事都會好轉的啦。」

克里凡多的話讓海蘭表情更悶了。

「我就是討厭你這點。」

克里凡多笑得更開心，海蘭垂下肩膀。但兩人沒有放手，雙方人馬見沒有動武的必要，也都鬆了口氣。

「然後，那個，海蘭殿下。」

雙方圓滿和解後，我還有事情要做。

「繆里她人呢？」

或許是長年苦惱得以冰釋，海蘭擦擦眼角泛的淚，回敬我似的微笑。

「儘管頭痛吧你。」

「……」

我只能以乾笑回應。一旁奧蘭多的視線，也像個要我少亂來的堂兄一樣。夏瓏也沒提過繆里的狀況。

樹林一角仍在沙沙搖晃。我側眼窺視著那裡，端正姿勢。

上戰場的心情肯定就是這麼回事。想到有繆里在身邊，一定會更有信心後，我也為自己的愚蠢苦笑。但在我準備走向好比斷頭臺的狼牙時，我是真的希望繆里在我身旁。如果有她在，哪怕是面臨真正的戰鬥，我也不會害怕。

不過我也覺得，這樣想或許有點太自私。

因為繆里已經認了，自知不會有和我一起上戰場的一天。她想像自己斬殺敵人而濺得一身血時我會有什麼表情，便永遠放棄了上陣殺敵的夢想。而我卻在想像自己上戰場時，對繆里在身邊不覺得哪裡不自然，可說是心裡有某個地方歪得很嚴重。

還是說，是只有知識而不懂現實的我太輕視戰鬥了？

根本就是了吧，但我對繆里和我一起上戰場的想像清晰得伸手可及也是事實。

假如我們不可能共赴戰場，那我身旁這位銀色少女又是什麼呢。

我凝視她的身影，鉅細靡遺地看著她摻了銀粉般的美麗灰髮隨風飄逸，面帶滿是自信的笑容走在我身旁。

「啊……這樣啊，原來是這麼回事。」

說不定我打從一開始就對繆里有所寄望。如今必將名留青史的騎槍比賽就要舉行，那個野丫頭一定會吵著要參加。如何安撫她是個令人頭痛的問題，而能夠避開這問題的答案也在那裡。

將圓形水果塞進方盒的最後一推，居然是迦南提供的。

也就是列聖這絕不可能塞進盒子裡的超特大異想天開。

就算進不了我的嘴，還有另一個夢想大得我無法比擬的人在。

「戰場上有很多種職務。」

我整禮儀容，抬頭挺胸說：

「而騎槍比賽，需要邀請主賓。」

圓形水果滑順地溜進了方盒裡。

若說今天能踏出這麼大的一步，是因為我很期待見到繆里傻眼的臉，或許是誇張了點。

# 終幕

自棄到在破爛酒館的井邊潑了水也不起來的強，換上了光鮮的新衣，成了有頭有臉的史書撰者。受王族指名的官方記錄撰者身分，使他受到參賽者與其支持者的熱烈關切，渴望能多提他們一個字。強拚命地站穩雙腳，仍緊張得差點跌倒。

修道院建地的整修工作進展不多，但由於與從前來到這島上的古帝國騎士有關，凋蔽的景觀反而更有味道。所以只是清除草木，替換嚴重毀損的鋪石，補強有坍塌之餘的部分，賽場的部分就完成了。

畢竟全副武裝的騎士，將要騎乘配戴戰具的馬匹在這裡奔走，再怎麼乾淨整齊，也會一轉眼就灰頭土臉。

海蘭和克里凡多在那棟宅邸前見面後，一起來到國王面前說明事情經過。據我所知，國王驚訝到心臟差點停掉，但由於王國就此排除了一個懸念，不知道有多開心。

而受到挑戰的王儲大王子，對於有機會昭告世人自己不單純是因為出生得早而有權繼位，諸位胞弟也能證明自己不是無能到無法承擔治國大任，都感到十分高興。弟弟會因為晚生幾年而錯失王位而鬱鬱不得志，擠開了胞弟的兄長其實也不好受。

大哥二哥的聯名布告，使這場騎槍比賽還沒開始就已經鼎沸得超乎想像。

在受到教會威脅的情況下，宮廷也希望盡快宣傳王國少了一項憂患的喜事，比賽的籌備速度快得令人目不暇給。

人潮從全國各地蜂擁而至，不僅是修道院建地，連周邊村落都蓋起臨時屋舍。聽說馬匹能在兩天內往返的範圍裡，所有城鎮的旅舍都一位難求，我都擔心睡在薩連頓捲線亭裡那些人會不會被趕出去了。

修道院的投資人伊弗當然是笑歪了腰，為比賽提供大筆獎金。前些日子還在獨自默默拔草的克拉克，如今成了修道院兼賽場的主人，接待不完的顯貴讓他感覺像作夢一樣。

這當中，在當初害魯．羅瓦倒栽蔥的水道入口稍微往北的寧靜建築二樓，我對正在餵小狐狸的繆里拍拍手。

「起來起來，坐到椅子上。」

繆里垂下狼耳，尾巴不滿地晃動。我當然聽說過我被抓走之後她做了多少事，真的快急死了的樣子。

結果我平安無事，在某方面成了她發火的燃料。

那場屋前對話都過去兩星期了，她還在生我的氣。

「繆里。」

我無力地再喊一聲。小狐狸聞聞她的手，舔個兩下跑出房間。繆里終於站起來，將尾巴收到長長的白袍裙襬下之後說：

「我說什麼都不會原諒大哥哥。」

繆里這些和海蘭類似的話，已經不曉得是第幾次了。

但她埋怨時，大多是抓在我的胸口上。

簡直像是對聖人說你無論如何都甩不開我的惡魔，就算不完全是也差不遠了。接下來一陣子，不管她要什麼任性我都得聽了。我欠她的就是這麼多。

而其中之一，就是眼前這身亮麗的妝容。

「拜託，鐵盔有什麼不好啊！不是有這樣的女武神嗎！」

北方異教徒的傳說裡的確有這樣的人物。我簡單帶過繆里的抗議，好不容易讓她坐回椅子上。

「穿這樣戴鐵盔太奇怪了吧。」

「那至少把劍給我！」

我抓住繆里的腦袋，朝向正面替她梳頭。這件最高級的毛織白袍，據說是大家為這天勞師動眾弄來的。從領口露出的脖子撲了些粉，比平時滑溜不少。

手上小巧的指甲，在昨晚修得漂漂亮亮，並以滿足她今天一切所需為條件，才總算把她請來了這裡。

「讓妳背這麼大的責任，實在很對不起。」

「哼！」

繆里甩頭到一邊去，嘟起了嘴。接下來再沒有其他動作，我便趕快幫她梳好頭紮起來。

「唉～好想上場喔～」

但安靜也只是一下子，她很快就發起牢騷，甩動腳丫。

「不要亂動。」

「咿～」

繆里刻意大甩尾巴翻動裙襬，兩條白腿忽隱忽現。她大概是想故意惹我嘮叨，一直陪她起舞我可受不了。

「再說啊，妳這種體格跟人家比什麼？沒看到真正的騎士嗎？」

繆里雖然輕盈靈巧，騎槍可是全副武裝的騎士騎軍馬對撞的比賽，比的是純粹的力氣和強韌。水準不夠，顯然不會有好下場。

「……大哥哥老愛說這種話。」

是說我滿口現實很無趣的意思吧。

像追蝴蝶的小狗一樣愛作夢的繆里，這幾天臉都很臭。

「可是會在奇怪的地方想一些很笨的事。」

繆里突然轉頭過來，只差一點就能紮好的髮束整個散了。

「啊——幹麼啦！」

「哼。」

繆里哼得像在說你活該一樣。

「原本不是說好你做的事都給我來做嗎？以後你都要乖乖聽我的話了啦。」

自從和我談過的那天聽說騎槍比賽的事以後，繆里動不動就這樣說。先前害她那麼擔心，我也知道自己該甘願承擔後果才對。

然而我還是有正當理由能拒絕的，只是沒有說出來而已。這是因為我不太能想像她會有什麼反應。

只是繆里的任性真的愈來愈過火，差不多是時候了。

「沒錯，我不否認迦南先生提的聖人計畫變成需要借用妳的形象。」

繆里在這場騎槍比賽上不拿劍，反倒穿起白袍擦脂抹粉，是因為我的請求。騎槍比賽向來都需要一個致敬的對象，我正是請求她當這個對象。

騎槍比賽中，參賽騎士對主辦的知名貴族家中女性示愛是少不了的事。

可是這次預想的高潮是正統王位繼承人對上叛賊二王子，致敬的對象必須仔細評量，以免留下禍根。

迦南見機不可失，主張應由黎明樞機坐在主賓席上，代神接受騎士們奉上的武術表演。單純把比賽當作噱頭的伊弗首先反對，認為即使黎明樞機是全國愛戴的人物，將騎士的慶典獻給男性，氣氛肯定炒不起來。不喜歡出風頭的我當然不樂意，炒不熱氣氛也會使比賽失去意義。經過一番百計盡出的議論後，我們得出一個替代方案。

這是克里凡多和海蘭和解後，我去找被迦南和魯．羅瓦按在草叢裡的繆里時想到的。

不如就讓繆里當主賓吧，讓她在形象上成為聖女，成為新修道院的頭臉。

「妳想像一下。有那麼多騎士為了討妳歡心騎馬擊槍耶，不是很棒嗎？」

如此對平民婦女簡直是美夢成真的事，繆里卻很不高興。

「我還比較想當騎士咧！」

還用裸露在外的狼耳拍打我努力編髮的手。

我再放低聲音對繆里說：

「可是妳不是已經放棄上戰場了嗎？」

我似乎聽見繆里短促吸氣的聲音。當繃起的肩膀放鬆時，回頭的她表情好像快哭了。

「妳是在想，我為什麼要說這麼過分的話嗎？」

繆里從小對騎士懷有憧憬，如今還真的得到了騎士身分。但在置身於說不定真的要揮劍的場面時，她才明白那是不可能的事。

而且她不是害怕自己受傷倒下，而是想像斬殺敵人而濺了一身血，發現那是不該發生的事。由此可知繆里這少女是多麼善良聰明。

但她也不是將夢想拋棄得乾乾淨淨，而是選了一個頗為婆媽的方式——用羽毛筆寫下自己心目中的故事。自知那是無法實現的夢想，全心投入地寫。

我講那句話，等於是把這件事挑出來說。會想到讓繆里以聖女之姿坐在騎槍比賽的主賓席上，其實是出於一個還沒有對任何人透露的原因。

不知原因的繆里，似乎是將我提起她的傷心事當成了責罵。

「……你是嫌我太任性，生氣了嗎？」

繆里狼耳低垂地問。

在紐希拉也不時有這種事。這聰明的少女距離繼承母親賢狼別名還早得很，主要是因為很容易一時開心就鬧過頭吧。

我對繆里微微笑，以手示意要她轉向前方。她略為遲疑地轉頭，但還是想轉回來。

本來是想等比賽結束，情緒比較平靜以後再告訴她，可惜計畫永遠趕不上變化。

替繆里紮好一半頭髮後，我繞到正面說：

「繆里。」

「……？」

她以為哥哥毫不客氣地碰觸她騎士之夢的冰冷之處，是處罰她不知分寸，怕得縮起身子。

見到繆里那麼哀傷的眼神，我也為自己太粗魯而反省。

「會請妳扮這個聖女，是有理由的……應該說，是我的願望。」

「……願、望？」

大概是比賽就快開始，重裝騎士正接連入場，歡呼聲不絕於耳。我聽著那遠處的喧囂，用指尖擦去繆里眼角的淚，說道：

「我是在讓海蘭殿下和克里凡多殿下握手後，過去給妳咬的時候想到的。」

「……」

繆里像是想起了那時的事，但表情依舊茫然。

「我那時好害怕好害怕，真的很希望妳能在我身邊。明明馬上就要被妳罵了。」

她瞇起眼，嘴邊泛起怪異的笑說：「什麼啊。」

「很好笑吧，不過我說的都是實話。每次去可怕的地方，都有妳陪我嘛。」

繆里眨眨眼睛，不知該氣還是該笑。

「而且真正上戰場的時候，一定也會這樣。」

這話使她睜大了眼睛。

那雙承自母親，比紅色更深濃的寶石般美麗眼睛。

「然後我想，以後我們並不是絕對不會上戰場。而且到時候妳一定會在我身邊，我卻一點也不會覺得不對。」

當時我想像了站在我身邊的她，並凝目看清她的樣貌。

見到的，無非就是現在眼前的繆里。

「既然妳和我站在同一邊，一起上戰場是很有可能的事。」

繆里想說些什麼，又閉上了嘴。

稍微前傾時，我握住她的手。

「在戰場上能做的，不只是殺敵，就算是騎士團也一樣。有聽過隨軍祭司吧？」

繆里對信仰沒有半點興趣，但只要是跟騎士故事有關的事，就不在此限了。

「我做起來不太合適，但如果是妳拿聖經鼓舞騎士，一定會給人神聖的感覺。替騎士治療傷口的樣子，多半會被稱為降臨人間的天使。或許妳不得不放棄手握長劍踏上戰場的可能——」

到這裡，我再也說不下去。忽然一陣天旋地轉，我後腦杓碰一聲撞在地上。

「大哥哥大笨蛋！」

繆里掐我脖子似的抓了過來。

「我都好不容易、好不容易……！」

她將頭埋在我胸口，豎起指甲揪住衣服。

我把手繞上她瘦小的背，嘆一口氣。

「我好不容易……才放棄掉的耶……」

「只有我自己追夢，太不公平了嘛。」

繆里抬起頭，眼淚撲簌簌地流。

「只不過，那當然跟妳想的那種劍與嘶吼的世界不太一樣就是了。」

用拇指抹去的淚水，仍一顆接一顆地滑落。

「這種騎槍比賽，以後一定還會有很多場。等妳長大成人，騎上馬也不會比其他騎士遜色以後再去參加個一次也不遲吧。」

以她母親賢狼的人形體格來說，繆里是否能有堪稱女騎士的體格還很難說，但不是不可能。

「一次哪夠。」

而繆里的死纏爛打可是天下第一。

「好啊。只要不受傷，幾次都行。」

大人的揶揄使繆里小孩似的抿起嘴，又低下頭抓住我。

「大哥哥……大笨蛋！壞心眼！」

「好好好。」

我拍拍她的背，摸一摸。狼尾大幅搖晃，將裙襬整個捲起。等等要扮聖女的人，弄成這樣成何體統。要幫她蓋回去時，門突然敲響，且不等我回答就開了。

「……喂，在忙啊？」

是夏瓏，眼神冰冷。

「我相信妳能了解，這是誤會。」

夏瓏聳聳肩，大步進房來，往絲毫不理會她，緊抓著我的繆里頭上敲一下。

「趕快準備好，要跟克拉克一起順一下開賽典禮的流程了。」

「……」

抓得像是啃光了羊肋，還要把骨髓吸乾的繆里猛然站直，往夏瓏瞪。

「臭雞！」

「好好好，隨便妳怎麼叫，動作快一點。你啊，也太寵這隻笨狗了。算了算了，我來弄。」

「不要！大哥哥來比較好！」

「別吵。我經常幫孤兒院的小朋友弄，很習慣應付妳這種的了。」

夏瓏與沖沖地從我手上搶走梳子，梳起繆里的頭髮。繆里先是掙扎了一會兒，最後還是乖乖讓她梳了。

「你也不能在這發呆吧？」

夏瓏說得對，我立刻起身。

「那就待會兒見。」

看著一邊生悶氣的繆里聽了，以不至於干擾夏瓏的速度慢慢轉向我。

「等著後悔沒娶我當新娘吧。」

還能說這種話就沒事了吧。

「很期待妳的聖女扮相喔。」

「咿～！」

她知道黎明樞機有多蠢，我也是唯一知道繆里有多孩子氣的人。我這麼想著離開房間，在走廊上見到小狐狸。

等這裡整理乾淨，牠就要離開這裡了吧。

我不想破壞牠的家園，對世上所有人皆是如此。

王國與教會的衝突，一定可以和平解決。

我懷抱如此信念，從寧靜的北方建築走向喧騰的南方賽地。

# 後記

感謝愛護，我是支倉……最近好像也寫過這樣的開頭。在《狼與辛香料》新刊上市後相隔三個月，離《狼與羊皮紙》前一集約相隔九個月，感覺今年出了好多本。一般來說很普通，或是有點慢啦……

話說《狼與羊皮紙》這集變得好厚，好久沒因為開端都還沒寫完就破百頁而發抖了。劇情脈絡應該沒有多複雜，只是想寫的、寫了比較有氣氛的、不寫不行的太多，能充分感受到故事步入中段的感覺。

另外，還有種劇情在這集推進不少的感覺。對於未來的進度，我自己已經有一個概略的想法，覺得很滿意。但滿意歸滿意，我不曉得自己的能力究竟能不能綁好這一大捆包袱，難免會有所不安。所以對於劇中寇爾面對巨大的社會潮流感到惶恐的心情，我這個面對故事中段的作者也深有共鳴。

接下來是讀過《狼與辛香料》系列〈Spring Log〉篇才會知道的部分。「繆里變得這麼出名了？」的鋪墊總算在這裡解釋了。其實先在〈Spring Log〉寫出來時，我只是一時興起，搞得自己苦惱了很久。

本集的遺憾之處，大概只有沒推出新女角吧。《狼與辛香料》的女性角色好像一集比一集多，或多或少有點赫蘿恐怕要吃醋了的感覺。相反地，《狼與羊皮紙》都是夏瓏等角色反覆出來和繆里嘰哩呱啦鬥嘴，不過這樣也有其魅力。夏瓏真的是一個能幫我推動故事的好角色。

寫著寫著，篇幅就填滿了。

我會朝在九個月內，最好是半年之內推出續集來努力，未來也請各位多多關照《狼與羊皮紙》。

文倉凍砂

國家圖書館出版品預行編目(CIP)資料

新說狼與辛香料狼與羊皮紙/支倉凍砂作 ; 吳松諺譯. -- 初版. -- 臺北市 : 臺灣角川股份有限公司, 2022.07-

冊 ; 公分. -- (Kadokawa fantastic novels)

譯自 : 新説 狼と香辛料 狼と羊皮紙

ISBN 978-626-321-592-4(第7冊 : 平裝)

861.57 111007254

Kadokawa
Fantastic
Novels

**新說 狼與辛香料**
# 狼與羊皮紙 7
（原著名：新説 狼と香辛料 狼と羊皮紙Ⅶ）

2022年7月28日 初版第1刷發行

作　　者：支倉凍砂
插　　畫：文倉十
日版設計：渡辺宏一
譯　　者：吳松諺

發 行 人：岩崎剛人
總 編 輯：蔡佩芬
編　　輯：黎夢萍
美術設計：莊捷寧
印　　務：李明修（主任）、張加恩（主任）、張凱棋

發 行 所：台灣角川股份有限公司
地　　址：104台北市中山區松江路223號3樓
電　　話：（02）2515-3000
傳　　真：（02）2515-0033
網　　址：www.kadokawa.com.tw
劃撥帳戶：台灣角川股份有限公司
劃撥帳號：19487412
法律顧問：有澤法律事務所
製　　版：巨茂科技印刷有限公司
ISBN：978-626-321-592-4



SHINSETSU OKAMI TO KOSHINRYO OKAMI TO YOHISHI Vol.VII

Edited by 電撃文庫
First published in Japan in 2021 by KADOKAWA CORPORATION, Tokyo.
Complex Chinese translation rights arranged with KADOKAWA CORPORATION, Tokyo.